Ein Mann von der Straße

NADINE GORDIMER

Ein Mann von der Straße

Roman

Aus dem Englischen
von Heidi Zerning

Berlin Verlag

Die Originalausgabe erschien 2001 unter dem Titel
The Pickup
bei Farrar, Straus & Giroux, New York

Umschlaggestaltung:
Nina Rothfos und Patrick Gabler, Hamburg
Gesetzt aus der Minion
durch psb, Berlin
Druck & Bindung: GGP Media, Pößneck
Printed in Germany 2001
ISBN 3-8270-0005-x

Für Reinhold
Oriane
Hugo

Gehn wir in ein andres Land …
Der Rest, der findet sich,
Du brauchst nur ja zu sagen.

William Plomer

Raubtiere vor dem Sprung. Geschart um ein kleines Auto mit einer jungen Frau darin. Die Batterie will nicht mehr, und Taxis, Personenwagen, Kleinbusse, Laster, Motorräder drängeln und drohen einander, schnauzen sie an, fluchen, es ist ein Verkehrsmob, der seine eigene Konfusion inszeniert. Na los doch. Blöde Kuh. *Idikazana lomlungu, le!* Sie hebt die Hände, die Handteller offen, ergibt sich. Das Gerangel geht weiter, das ungeduldige Hupen. Sie steigt aus und stellt sich. Einer der arbeitslosen Schwarzen, die betteln, indem sie Autos in Parklücken winken, schlüpft geschickt zwischen Stoßstangen durch, deutet mit dem Kopf: »Mach schon, mach, setz dich rein!«, und dreht pantomimisch an einem Lenkrad. Noch einer wie er taucht auf, und die beiden schieben sie und ihren Wagen in eine Einfahrt. Die Straße hetzt weiter. Die beiden schauen versonnen an ihr vorbei, während sie nach ihrem Portemonnaie tastet. Ein rascher Kennerblick auf das, was sie ihm in die Hand gedrückt hat, bestätigt dem Straßenboss, dass es mehr als angemessen ist. Sie weiß gar nicht, wie sie ihnen danken soll usw. Er strafft den Körper, um das Geld in einer Hose zu verstauen, die einem anderen gepasst hat, und lächelt, hält dabei schon Ausschau nach dem nächsten Wagen, der einen Parkplatz sucht. Eine Frau mit einem Frottéhandtuch um den Kopf, die auf einer Obstkiste hinter ihrem Sortiment an Kämmen, Rasierklingen, Bimssteinen, Wollmützen und Kopfschmerzpulvern thront, ruft ihm etwas zu, was in einer Sprache, die die junge Frau nicht versteht, eine neckende Bemerkung sein muss.

Da: Sie haben es gesehen. Ich habe es gesehen. Die Geste. Eine Frau in einer Verkehrsstockung, wie sie in einer Großstadt, in

jeder Großstadt, an der Tagesordnung ist. Sie werden sich nicht daran erinnern, Sie werden nicht wissen, wer sie ist.
Aber ich weiß es, denn anhand dieser Szene werde ich – in einer Geschichte – ausfindig machen, was als Folge dieser alltäglichen Verlegenheit auf den Straßen geschehen wird; wohin es sie lenkte, und zu was. Ihre erhobenen Hände, offen.

Die junge Frau war unten in einer Gasse, die ein Basar all dessen war, was die Stadt nach den Gesetzen und Traditionen der Generation ihrer Eltern nicht hatte sein dürfen. In Cafés und Bars die Hemmungen der Vergangenheit aufzubrechen ist immer ein Werk der Jungen, Unbekümmerten und selektiv Toleranten gewesen. Sie war auf dem Weg zu einem Lokal, wo sie gewöhnlich Freunde und Freunde von Freunden antraf, ohne feste Verabredung, wer gerade da war. Das L. A. Café. Die meisten Leute, die daran vorbeizogen, wussten wahrscheinlich gar nicht, dass sich hinter den Großbuchstaben Los Angeles verbarg, sondern hielten sie für die Initialen des Besitzers, so wie die alten griechischen Lebensmittelläden den Namen Stavros oder Kimon trugen. EL-EY. Wer der Besitzer auch sein mochte, er war jedenfalls der Meinung, dass dieser Name den Stammgästen einen imaginären Lifestyle vorgaukelte, der zu ihrem eigenen passte; wahrscheinlich verwechselte er Los Angeles mit San Francisco. Der Name seines Cafés war eine Aussage. Ein Ort für die Jungen; aber auch einer, wo alte Überlebende aus der Vergangenheit des Viertels, alternde Hippies und linke Juden, Großväter und Großmütter aus der Immigration der 20er, Leute, die nicht zu Wohlstand gekommen waren, über einer einzigen Tasse Kaffee sitzen konnten. Verstörte Bauern, die aus den ländlichen Gebieten in die Stadt gewandert waren, brabbelten und bettelten draußen am Rinnstein. Aus der Straßenbude eines Friseurs wehte der menschliche Filz afrikanischen Haares auf die Terrasse. Prostituierte aus dem Kongo und dem Senegal saßen mit dem Selbstbewusstsein von Schönheitsköniginnen an den Tischen.

Hi, Julie – wie gewöhnlich, sie winkten sie herein. Die sie da begrüßten, sahen einen schönen Hals und ein Gesicht, das, normalerweise blass, jetzt von irgendeiner Erregung gerötet war. Sie fragten sofort nach, Schwarze wie Weiße: *Hi, Julie*, entspann dich, was hast du denn. Zwei ihrer Freunde aus der Studienzeit waren da, ein arbeitsloser Journalist, der für abwesende Besitzer Häuser hütete, ein Paar, das Plakate für Kundgebungen und Popkonzerte malte. Sie waren empört: Diese Stadt. Was für Scheißkerle.

»Die haben nur eins im Sinn, *ankommen* ...«

»Und wo, glauben die, kommen die am Ende an?« – dies von dem Dauergast mit blanker Glatze und einem Kranz grauer Locken, der hinter den Ohren auf die Schultern fiel. Er hatte noch immer nichts veröffentlicht, war aber von Kindesbeinen an als Dichter und Philosoph anerkannt, von seiner Mutter.

»Nichts gibt einem weißen Mann einen stärkeren Kick, als eine Frau am Steuer zu demütigen.«

»Sexuelles Stimulans für Neandertaler –«

»Einer hat was gebrüllt ... klang wie *Idikaza ... mlungu* ... Was bedeutet das, ›weiße Schlampe‹, ja?« Die Frage richtete sie an den schwarzen Freund.

»Ungefähr so was. Diese Stadt, Mann!«

»Aber es waren natürlich schwarze Männer, die mir geholfen haben.«

»Ach komm – für ein Trinkgeld!«

Ihre Freunde kannten eine Werkstatt die nächste Straße runter. Mit einem Winken aus dem Handgelenk verließ sie sie, um die notwendigen praktischen Schritte zu unternehmen.

Sie spürt heißen Abgasatem. Stahlschnauzen und gebleckte Kühlergrillzähne starren ihr ins Gesicht. Etwas in ihr kämpft dagegen an. Ihr Herz ballt sich unter ihren Rippen zur Faust, keuchende Atemzüge steigen zum Schlüsselbein auf. Sie geht die Straße entlang, das ist alles, es ist nichts. Geht nur den Block bis zur Werkstatt. Es ist nichts, es war nichts, es ist vorbei. Ihr schaudert. Eine Verkehrsstockung.

Da ist die Werkstatt, wie sie gesagt haben. Als sie hineinging, sah sie ihre Gewöhnlichkeit, eine Landung in der Normalität: Fahrzeuge als hilflose, harmlose Opfer auf hydraulischen Hebebühnen, Werkzeuge auf Tischen, Wasserspender, Plastikbecher und Pizzakartons, ein Radio plärrte, und ein Mann lag auf dem Rücken halb unter einem Wagen. Es waren noch zwei andere da, die sich mit irgendeiner lärmenden Maschine beschäftigten und sie zu dem Liegenden hinüberwinkten. Die Beine und der untere Teil des Körpers bewegten sich beim Klang ihrer entschuldigenden Stimme schlängelnd unter dem Wagen hervor, und der Mann tauchte auf. Er war jung, in verdreckter Arbeitskleidung, lange ölverschmierte Hände baumelten an langen Armen; er war keiner von ihnen – der weiße Mann sprach mit dem schwarzen Mann an der Maschine Afrikaans –, sondern hatte glänzende dunkle Haare und schwarze Augen in bläulichen Schatten. Ohne jegliche bestätigende Aufmerksamkeit oder Bemerkung hörte er ihr zu. Sie wartete einen Augenblick in seinem Schweigen.

Könnten Sie also jemanden schicken, der mal nachsieht ... das Auto steht um die Ecke.

Er starrte auf seine Hände. Gleich, ich muss mich nur waschen.

Er trug eine sperrige Tasche ohne Tragegriff mit einer neuen Batterie und Werkzeug, und es war schwierig, auf der Straße neben ihm zu gehen, die Leute mussten ihnen ausweichen, aber sie mochte nicht vor dem Mechaniker hergehen, als wäre er eine Art Diener. Schweigend brachte er das Auto in Gang und fuhr es mit ihr auf dem Beifahrersitz in die Werkstatt.

Da ist noch was – ich weiß nicht – mit der Zündung. Ich glaub, Ihr Auto wird wieder stehen bleiben.

Dann lass ich's besser hier. Ich nehm an, es muss sowieso mal durchgesehen werden.

Wann war die letzte Inspektion?

Sie lächelte schuldbewusst. Ich weiß nicht mehr.

Wie lange her?

Ich fahr einfach, bis was kaputtgeht.
Er nickte langsam, sagte nichts: sicher, das ist so eure Art.
Ich ruf an, um mich zu erkundigen, ob es fertig ist – Sie sind Mr. …?
Fragen Sie nach Abdu.

Sie ließ der Werkstatt zwei oder drei Tage Zeit, um zu tun, was erforderlich war. Als sie anrief und nach Abdu fragte, dem Mechaniker, der ihr Auto übernommen hatte, wurde ihr gesagt, er sei nicht da, aber der Wagen sei mit Sicherheit noch nicht fertig. Das machte nichts, der Drittwagen ihres Vaters stand ihr zur Verfügung, ein ansehnlicher alter Rover, den er auf einer Auktion bei Sotheby's gekauft und gründlich hatte überholen lassen. Er benutzte ihn selten. Es war ein Auto aus den Villenvororten, mit dem sich normalerweise niemand in das Viertel vom EL-EY Café hinunterwagte. Als es dort unter der bewundernden Obhut eines mit Trinkgeld gut versorgten Straßenmannes parkte, umstanden es die Leute, um es staunend zu betrachten, ein Wesen aus einer anderen Welt, Reichtum so fern wie der Weltraum. Sie war nicht sonderlich besorgt, dass es gestohlen werden würde – es war zu einzigartig, um damit unbemerkt davonzukommen, und zu altertümlich, um eine profitable Quelle für Ersatzteile zu sein, falls es ausgeschlachtet wurde. Unangenehm war ihr nur der Gedanke, das Auto – und sich, als Familiennutznießerin – vor ihren Freunden zur Schau zu stellen. Sie wohnte nicht in dem Villenvorort, in dem sie aufgewachsen war, sondern in einer Reihe von Hinterhofhäuschen, umgewandelten Dienstbotenunterkünften, oder in bescheidenen Mietwohnungen, wie ihre Freunde sie bevorzugten, gezwungenermaßen, denn sie konnten sich nichts Besseres leisten. Es war Sonntag, sie erholte sich in ihrem Kreis bei therapeutischem Mineralwasser und Kaffee von dem Abend in einem Club in Soweto, wo einer von ihnen Trompete spielte, und fand schließlich drei glückliche Kinder und einen Säugling auf der blinkenden Motorhaube sitzen und mit dem kleinen silbernen Merkur, der Kühlerfigur, spielen. Ihr Vater hätte diesen ganz neuen Umgang mit seinem Oldtimer-Spielzeug vielleicht gerade noch lustig gefunden, aber sie erzählte nichts davon, denn seine junge Ehefrau wäre gar nicht davon erbaut gewesen, dass der Wagen in unpassenden Gegenden herumkutschiert wurde – diese Gemahlin wachte streng über seine Besitztümer.

In der Woche, die folgte – sie hatte noch nicht wieder in der Werkstatt angerufen –, sah sie auf der Straße den Mechaniker, als sie aus dem Wagen ihres Vaters stieg, er war stehen geblieben und betrachtete ihn.

Das ist ein Auto … Entschuldigen Sie. Als hätte er jemanden angesprochen, den er nicht kannte.

Nicht meins! Sie gab sich zu erkennen: Ich hätte gern mein eigenes altes zurück! Und lachte.

Er schien sich zu erinnern, wer von den Kunden sie war, unter deren Autos er lag. Ach ja – Donnerstag fertig. Wir müssen von der Vertretung einen Verteiler kommen lassen.

Er betrachtete den Rover aus anderem Winkel. Wie alt? Welches Modell?

Ehrlich gesagt, ich hab keine Ahnung. Er ist geliehen, er gehört mir nicht, so viel ist sicher.

Ich hab noch nie einen gesehen – nur auf einem Foto.

Die sind vor Ewigkeiten in England gebaut worden, bevor Sie oder ich geboren waren. Sie lieben Autos? Obwohl Sie den ganzen Tag mit deren Innereien zu tun haben?

›Lieben‹ – das will ich nicht sagen. Das ist was anderes. Es ist einfach schön – (seine lange Hand hob sich zu seinem Gesicht und öffnete sich zu dem Auto). Viele Dinge können schön sein.

Und meins ist definitiv nicht schön. Was ist sonst noch daran kaputt außer dem Ding, das Sie von der Vertretung kommen lassen müssen? Hört sich nach einer größeren Reparatur an. Warum behalten Sie's? Sie sollten sich ein neues Auto kaufen.

Er hatte sich von ihr abgewandt, betrachtete wieder den Rover: er war der Beweis, dass sie sich ein neues leisten konnte.
Sie gab ihm den Vorwurf zurück. Warum sollte ich, wenn Sie es für mich wieder in Gang bringen können?
Er kniff die Augen zusammen, die in der Sonne tiefschwarz schimmerten, autoritär. Weil es Sie in Gefahr bringen kann, damit zu fahren. Etwas kann versagen und Sie umbringen. Ich sehe nicht – (er schien ein Wort zu verwerfen, wahrscheinlich eines, das ihm aus einer anderen Sprache in den Sinn gekommen war – er zögerte unentschlossen) – weiß nicht, was ich da machen kann.
Und wenn ich ein neues Auto fahren würde, könnte jemand anders auf der Straße versagen und mich umbringen – also?
Das wäre Schicksal, aber Sie hätten's nicht – wie soll ich sagen – gesucht.
Schicksal.
Das fand sie amüsant: Gibt's so was? Glaub ich daran? Sie offenbar ja.
Für Begegnungen offen zu sein – daran jedenfalls glaubten sie und ihre Freunde, als Teil dessen, was den Wert ihres Lebens ausmachte. Warum gehen wir nicht einen Kaffee trinken – falls Sie Zeit haben?
Das ist meine Mittagspause. Er zog unentschlossen die Mundwinkel herunter, dann lächelte er zum ersten Mal. Ein flüchtiger Blick auf etwas Anziehendes, das dieser Mann in sich zurückhielt und das sich jetzt Bahn brach in dem Bild guter Zähne, kontrastiert von klar umrissenen Lippen unter einem Schnurrbart, so schwarz wie seine Augen. Höchstwahrscheinlich stammte er von Indern oder Kap-Malaien ab; wie sie ein Einheimischer dieses Landes, in dem beide als Nachfahren von Einwanderern der einen oder anderen Ära geboren worden waren – in ihrem Fall aus Suffolk und der Grafschaft Cork, in seinem Fall vielleicht aus Gujarat oder dem Malaiischen Archipel.
EL-EY Café.

Die Freunde waren wahrscheinlich drinnen an ihrem üblichen Tisch. Sie sah nicht hinein und ging zu einem Ecktisch auf der Terrasse.
Wenn Menschen sich zufällig begegnen, vor allem Männer und Frauen, vermeiden sie jedes Thema, das Anlass zu Missverständnissen geben oder kompromittieren könnte, und erzählen sich, was sie tun: was bedeutet, welcher Arbeit sie nachgehen, nicht, wie sie sonst ihr Leben gestalten. Ein großes Wort war aus dem, was dieser Mann in sich zurückhielt, hochgestiegen – ›Schicksal‹ –, aber es war gar nicht so schwer, das, was darin an intimem Glaubensinhalt mitschwang, auf das zulässige Thema umzumünzen: die Beschäftigungen, mit denen sie, die Fahrerin des Rover (auch wenn der, wie sie betonte, nur geliehen war), ebenso wie er, mit seinem Platz unter anderer Leute Fahrzeugen, ihr Brot verdienten. Wer immer ihre Vorfahren waren, als Einheimische derselben Generation verstanden sie doch wohl unter ›Brot‹ eher Geld als einen Laib. Trotzdem merkte sie, wie behutsam sie sprach, sorgfältig auf die offensichtlichen Unterschiede an ›Schicksal‹ zwischen ihnen achtend: sie in dem Rover ihres Vaters (den sie verschwiegen und somit verleugnet hatte), er gefangen unter ihrer kleinen Schrottkiste.
Was ich tue. Was du tust. Das ist so ungefähr das einzige unverfängliche Thema.
Ich weiß nicht genau, wie so was zu Stande kommt. Ich wollte eigentlich Anwältin werden. Diesen Ehrgeiz hatte ich schon in der Schule – eine Tante von mir war Anwältin, ich bin einmal hingegangen, um sie in dieser wundervollen Plisseerobe mit dem weißen Lätzchen beim Kreuzverhör zu sehen. Aber da verschiedene andere Dinge auf mich zukamen ... hab ich mit Jura schon nach zwei Jahren aufgehört. Dann waren es Sprachen ... und irgendwie bin ich dabei gelandet, als PR-Managerin und im Sponsoring zu arbeiten, Wohltätigkeitsgalas, Konzerte, Popgruppen auf Tournee. Alle sagen, wie toll, da lernst du ja berühmte Leute kennen – aber man lernt auch grässliche Leute

kennen, und man muss nett zu ihnen sein. Servil. Lange werd ich das nicht mehr machen. Beinahe hätte sie gesagt: Ich weiß nicht, was ich machen möchte, wenn das bedeutet, was ich sein möchte. Das wäre der Beginn einer Beichte, auch wenn der Grundsatz lautete, zu Fremden offen zu sein.
Das ist bestimmt gutes Geld.
Provision. Hängt davon ab, was ich reinbringe.
Er trank den Kaffee gleichmäßig in Schlucken und Pausen, als wäre das ein geregelter Vorgang. Vielleicht würde er nichts mehr sagen: schließlich war es herablassend, aus dem Leben anderer Menschen freimütige Begegnungen zu machen, eine Demonstration der eigenen Überzeugung von der Gleichheit ihres Wertes und ihrer Bedeutung, den Automechaniker im Netz des EL-EY Cafés zu fangen. Wenn er den letzten Schluck getrunken und die Tasse hingestellt hatte, würde er aufstehen, danke sagen und gehen – also musste sie sich rasch etwas einfallen lassen, um die Art, wie sie ihn aufgegabelt hatte, zu berichtigen, zu rechtfertigen.
Was ist mit Ihnen?
Das war das Falsche! Sie hatte es geschafft, es kam als widerwärtige Anteilnahme heraus, und sie meinte, ihn Luft holen zu hören, um damit, mit ihr, fertig zu werden; aber er streckte nur die Hand nach der Zuckerdose aus, sie beeilte sich, sie ihm zu reichen, er nahm sich noch einen Löffel voll für den Rest in seiner Tasse. Er würde schweigen, wenn er wollte, er würde reden, wenn er Lust hatte, es hing nicht von ihr ab.
Vieles, verschiedene Länder.
Vielleicht ist das der richtige Weg.
Nur, wenn sie dich nicht wollen, wenn sie sagen, das ist nicht dein Land. Du hast kein Land.
Das ist doch unser Land. Als Feststellung von ihr.
Für Sie.
Ach, ich dachte, Sie wären – wie ich – hier zu Hause, aber es ist gut, mal rauszukommen. Ich war ein Jahr in Amerika – ein anderes Land wär für mich besser gewesen.

Ich geh dahin, wo sie mich reinlassen.
Und woher ... Sie zögerte. Jetzt ließ es sich nicht mehr umgehen.
Er nannte ein Land, von dem sie kaum gehört hatte. Eines jener Länder, entstanden beim Abzug der Kolonialmächte oder ausgeschieden aus zusammengeschusterten Föderationen, die das Machtvakuum füllen und verhindern sollten, dass die alten Kolonialmächte sich unter Abkürzungen, die immer noch die Welt einteilen, neu formierten. Eines jener Länder, in denen sich Religion und Politik nicht auseinander halten lassen, ebenso wenig, wie deren Formen der Tyrannei von der Tyrannei der Armut zu trennen waren – als Grund dafür, das Land zu verlassen und sich irgendeins zu suchen, das einen aufnimmt.
Und da war's so schlimm? Sie wusste eigentlich gar nicht, wovon sie redete.
War, ist.
Aber hier geht's Ihnen gut? Ja?
Jetzt stellte er die Tasse ordentlich auf die Untertasse, legte den Löffel hin und stand auf, um zu gehen.
Danke. Ich muss wieder an die Arbeit.
Sie stand auch auf. Donnerstag?
Rufen Sie lieber an, bevor Sie kommen. Donnerstag.

Hier ist Julie.
Aber er sagte: Wer, wen möchten Sie sprechen?
Ich bin die, deren Auto Sie reparieren, Sie haben gesagt, Donnerstag.
Tut mir Leid, es ist sehr laut hier – ja, Sie können's abholen.
In der Werkstatt übergab er dem Besitzer im Büro eine Art Arbeitsbogen, und sie bezahlte.
Ist jetzt alles in Ordnung? Sind Sie sicher?
Er zuckte leicht die Achseln wie jemand, der den Umgang mit besorgten Kunden gewohnt ist. Sie können's mit mir ausprobieren, wenn sie wollen.

Er stieg auf der Beifahrerseite ein; sie fuhr zwischen Hindernissen auf dem Werkstattboden rasch rückwärts hinaus, um ihm zu zeigen, dass sie das konnte. Sie kurvten im Viertel herum, spritzten durch Wasserlachen aus überfließenden Gullys, bremsten scharf hinter plötzlich haltenden Minibus-Taxis, quetschten sich geschickt neben in zweiter Reihe geparkten Lieferwagen durch, wichen Fußgängern aus, die wie Fischschwärme auf die Straßen huschten. Sie war entspannt; jetzt war sie Teil dieser hektischen Völkerwanderung, schwamm plaudernd darin mit.
Sie meinen immer noch, ich sollte mir ein neues kaufen.
Das wär besser. Beim nächsten Mal wird was anderes kaputtgehen; dann zahlen Sie wieder, um dasselbe alte Ding zu behalten.
Ich würd einen guten Gebrauchten kaufen. Vielleicht. Vielleicht ist das eine Idee? Meinen Sie, Sie könnten ihn für mich unter die Lupe nehmen, wenn ich das mache? Ich müsste ihn von jemandem durchsehen lassen, der weiß, was er sich angucken muss.
Wenn Sie wollen. Das könnte ich machen.
Wunderbar. Wissen Sie vielleicht von jemandem, der ein gutes Auto verkaufen möchte? Vielleicht hören Sie was …
Manchmal kommen Leute in die Werkstatt … ich kann mich umschauen. Wenn Sie wollen. Was für ein Wagen?
Keinen Rover, darauf können Sie Gift nehmen!
Ja, aber Zweitürer, Viertürer, Automatik – was immer.
Vor dem EL-EY Café war ein Parkplatz frei. Sie gehorchte dem Halbwüchsigen, der sie mit seiner Klebstoffschnüffelflasche in der Hand einwies. Sie sprachen über den Autotyp, was sie ausgeben wollte, während sie den Wagen verließen und die Treppe zur Terrasse hinaufstiegen. Diesmal gingen sie hinein, diesmal wurde er an den Tisch ihrer Freunde mitgenommen.
Hi, Julie; Stühle wurden gerückt. »Das ist Abdu, er wird mir einen neuen fahrbaren Untersatz besorgen.«
Hi, Abdu. (Klingt für sie wie eine Abkürzung von Abdurramin, einem häufigen Namen unter Malaien in Kapstadt.) Die Freun-

de haben keine Hemmungen, ihn zu fragen, wer bist du, wo kommst du her – das ist genau das Gegenteil bürgerlicher Fremdenfeindlichkeit. Nein, nicht vom Kap. Sie entlocken ihm in kürzester Zeit seine Geschichte, sie machen Einwürfe, ergänzen sie mit Beispielen, die sie kennen, Ratschlägen, die sie zu bieten haben, Interesse, das in aller Unschuld gönnerhaft oder unwillkommen ist, hängt ganz davon ab, wie der Mann es aufnimmt – aber sofort ist er nicht mehr der ›Automechaniker‹, sondern ein Freund, einer von ihnen, ihr Horizont erweitert sich ständig.
Also daher kommt er; einer von ihnen weiß alles über dieses gottverlassene Land. Der Mechaniker hat dort ein Diplom in Volkswirtschaft (die Universität ist eine, von der niemand gehört hat), aber es gab da nicht die geringste Aussicht (warum auch immer, wahrscheinlich auf Grund der religiösen und politischen Splittergruppen, denen er angehörte oder nicht angehörte, oder auf Grund von Geldmangel, um die richtigen Leute zu bestechen), einen akademischen Posten zu bekommen. Oder irgendeinen Job; keine Arbeit, keine Entwicklung, was kann man in einer Wüste anpflanzen, korrupte Regierung, religiöse Unterdrückung, Grenzkonflikte – eine Mischung, wenn auch unzutreffend, aus all dem, was sie über die Region zu wissen meinen, *sie* erzählen *ihm* etwas über sein Land. Aber dann hört sie eine Erklärung für etwas, das er ihr gesagt und das sie nicht verstanden hat. Er sagt ihnen: »Ich kann das nicht sagen – ›mein Land‹ – jemand anders hat einen Strich gezogen und gesagt, das ist es. Zur Zeit meines Vaters haben sie es den Reichen gegeben, die es für sich führen. Von wessen Land soll ich also sagen, es ist meins?«
Unter ihnen reicht sein Englisch aus, und sie sind nicht zu schüchtern, ihn zu fragen, aus welcher Muttersprache sein Akzent und seine Ausdrucksweise stammen. Eine von ihnen erkundigt sich hoffnungsvoll nach dieser Fremdheit, da sie den Glauben angenommen hat, der eine Lebensweise ist, keine kriegerische Verteidigung der eigenen Ethnie. »Bist du Buddhist?«

»Nein, das bin ich nicht.«
Und wieder ist er aufgestanden, er muss sie verlassen, er ist Mechaniker, er gehört zur Welt der körperlichen Arbeit. Einer von ihnen überlegt, zerbricht ein Streichholz in immer kleinere Stücke. »Ein Volkswirt, der Kfz-Schlosser werden musste. Ich frag mich, wie er das mit den Autos gelernt hat.«
Ein anderer hatte die Antwort.
»In der Not ... Der einzige Weg, in Länder zu gelangen, die dich nicht wollen, ist als Handwerker oder durch die Mafia.«
Eine Woche verging. Sie würde ihn nie wieder sehen. Das kam unter ihren Freunden vor, mit Leuten, die sie aufgegabelt hatten: »Wo ist eigentlich die Frau, die du neulich mitgebracht hast, die, die gesagt hat, sie hätte die Reden für einen Minister geschrieben, der entlassen wurde?« »Ach, sie scheint nicht mehr in der Stadt zu sein.« »Und der andere Typ – interessant – er wollte Straßenkinder organisieren, damit sie als Straßenmusikanten vor Kinos Steeldrums spielen, hat er das je in Gang gekriegt?« »Keine Ahnung, wo der abgeblieben ist.«
Zwei Wochen. Natürlich wusste der Mann aus der Werkstatt, wo er sie finden konnte. Er kam an einem Samstagvormittag an den Tisch der Freunde, um ihr zu sagen, dass er ein Auto für sie gefunden hatte. Die Werkstatt war samstags geschlossen, und jetzt trug er gut gebügelte schwarze Jeans, ein rosarotes Hemd und ein Paisley-Halstuch. Sie bestanden darauf, dass er mit ihnen Kaffee trank; jemand hatte Geburtstag, und der Kaffee verwandelte sich bald in Rotwein. Er trank keinen Alkohol; er sah sie an, als sie ihr Glas hob: »Ich habe das Auto hier, Sie können es Probe fahren.«
Und die Freunde, dazu aufgelegt, alles lustig zu finden, lachten darüber mit parodistischem O-ho-hohoho! und versicherten ihm: »Julie verträgt viel, keine Sorge.« Aber sie lehnte ein zweites Glas ab.
»Die Bullen sind mit ihren Röhrchen unterwegs, es ist Wochenende.«

Das Auto gefiel ihr nicht – zu groß, schwierig zu parken –, und vielleicht sollte es das auch gar nicht. Er stand mit jemandem in Kontakt, der sich umsah, er würde am nächsten Wochenende ein anderes vorbeibringen. Wenn ihr das recht sei.
Anfangs sagte sie, sie wisse nicht, ob sie Zeit haben würde; aber dann tat sie es, sie gab ihm ihre Telefonnummer. Kein Zettel, um sie zu notieren. Die Feier mit den Freunden glühte immer noch in ihr nach, sie lachte. Schreib sie aufs Handgelenk. Und dann war ihre Flapsigkeit ihr peinlich, denn er zog einen Kugelschreiber aus der Tasche, drehte das Handgelenk um und schrieb die Nummer auf die zarte Haut mit den blauen Äderchen.
Er rief an, am Telefon kurz und förmlich, redete sie wieder mit ›Miss‹ und ihrem Zunamen an, und sie vereinbarten ein früheres Datum, nach der Arbeit. Dieses Auto war auch wieder nicht ganz das Richtige für sie. Sie fuhren ein kurzes Stück aus der Stadt hinaus. Es war, als wären sie von der Stadt befreit, es war nicht nur die Straße, die ihnen offen stand; mit dem Gesicht zur Straße vor ihnen brachte sie es fertig, ihn nach dem zu fragen, was die Freunde kurz berührt hatten – *In der Not* … Wie wird ein diplomierter Volkswirt zum Automechaniker? War das nicht eine ziemlich lange Ausbildung, Lehrzeit und so weiter? Und als er zu sprechen begann, unterbrach sie ihn: Hör zu, ich bin Julie, nenn mich bitte Julie.
Julie. Also gut, Julie. Seine Stimme war leise, obwohl sie allein waren auf der Straße, niemand konnte sie belauschen. Er zauderte, denn schließlich, kannte er eigentlich diese junge Frau, ihre geschwätzigen Freunde, das laute, unbekümmerte Forum vom EL-EY Café? Aber der Wunsch, sich ihr anzuvertrauen, gewann die Oberhand. Er war kein ausgebildeter Mechaniker. Zu seinem Glück hatte er schon als kleiner Junge an Wagen herumgebastelt, sein Onkel – der Bruder seiner Mutter – reparierte auf seinem Hinterhof Autos und Laster … er lernte von ihm, statt mit anderen Jungen zu spielen … Die Werkstatt beschäftigt ihn illegal – ›schwarz‹ ist das Wort, das dafür benutzt wird. Das ist

billig für den Besitzer; er zahlt keine Unfallversicherung, keine Rente, keine Krankenkasse. Und jetzt das selten gewährte Lächeln, es steigt zu seinen durchdringenden, ernsten Augen auf, als sie ihn für einen Augenblick anschaut. All die Grundrechte von Arbeitern, wie sie mir in meinem Studium beigebracht worden sind.

Was für ein fieser Kerl, ein Ausbeuter.

Was würd ich ohne ihn tun? Er riskiert was, dafür muss ich bezahlen. So funktioniert das bei uns.

Das nächste Auto war das Richtige – Größe, Kraftstoffverbrauch, Preis –, und vielleicht hatte es die ganze Zeit über zur Verfügung gestanden, zurückgehalten für den richtigen Zeitpunkt. Das Auto gefiel ihr, und außerdem hatte sie die Genugtuung (obwohl sie ihm das nicht sagen konnte), dass er sicher vom Besitzer eine Art Provision bekam – als Schwarzarbeiter ohne Ausbildung konnte er nicht viel verdienen.

Wir müssen feiern. Gut, dass Sie mich überzeugt haben, mich von der alten Klapperkiste zu trennen. Wirklich. In solchen Dingen bin ich einfach faul. Aber Sie trinken ja keinen Wein …

Manchmal schon.

Ach, schön! Dann taufen wir mein neues Auto.

Aber nicht im Café.

Er hatte gesprochen: damit fand ein Wechsel in ihren Positionen statt, rasch und glatt wurden sie umgekehrt, wie ein Wechsel von einem synchronisierten Gang in den anderen; jetzt bestimmte er über die Bekanntschaft.

Dann in meiner Wohnung.

In seiner ruhigen Autorität hatte er es nicht nötig, begeistert zuzustimmen.

Obwohl sich ihre Wohnung für die Weißen unter ihren Freunden in genügender Entfernung vom Protz der Villenvororte befand, um ihren Maßstäben für das Hintersichlassen des elterlichen Zuhauses zu genügen, und von den Schwarzen unter ihnen als die Art Wohnraum akzeptiert wurde, in den sie selbst aus der alten Rassentrennung zogen, war ihr zum Cottage umgebautes Nebengebäude recht komfortabel. Die Ausstattung verriet einen gewissen Luxus, wie er selbstverständlich ist, wenn bestimmte Annehmlichkeiten als unabdingbar gelten: es gab ein Badezimmer, neben dem das Wohnschlafzimmer winzig wirkte, und die kleine Küche verfügte über eine Tiefkühltruhe und Haushaltsgeräte. Es war unordentlich; die Behausung von jemandem, der es nicht gewohnt war, selbst aufzuräumen; um sich zu setzen, räumte er benutztes Geschirr, eine Hand voll Briefumschläge, Bögen geöffneter Briefe, verschrumpelte Apfelschalen und eine alte Sonntagszeitung von einem Sessel. Sie entschuldigte die Unordnung mit den üblichen Worten. Sie machte eine Flasche Wein auf, fand eine Packung Salzkekse, roch an Käse, den sie aus dem Kühlschrank nahm und zugunsten eines anderen Stücks zurückstellte. Er beobachtete diese Häuslichkeit, ohne Hilfe anzubieten, wie es ihre Freunde getan hätten, niemand lässt sich von jemand anders bedienen. Aber er aß ihren Käse und ihre Kekse, er trank ihren Wein, dieses erste Mal bei ihr.

Sie redeten bis spät am Abend; über ihn, sein Leben; ihres war hier, wo sie waren, in ihrer Stadt, die Umstände offen für ihn zu erkennen in den Straßen, den Gesichtern, der Geschäftigkeit – aber er, sein Leben, war verborgen. Keine Spur von ihm auf irgendeiner Lohnliste, keine Adresse außer einer Werkstatt, und unter einem Namen, der nicht der seine war. Ein anderer Name? Sie war bestürzt: aber er war doch hier, eine lebendige Gegenwart in ihrem Zimmer, eine Atmosphäre aus Haut, Ein- und Ausatmen, die sich mit der aus ihren Lebensgewohnheiten mischte, mit dem Essen, den Sachen, die herumlagen, den Kissen im Rücken. Nicht sein Name? Nein – denn er war mit einem befristeten Visum hereingelassen worden, das vor über einem Jahr abgelaufen war, und unter seinem Namen wurde er sicherlich gesucht.

Und dann?

Er machte eine Geste: Raus.
Wohin würde er gehen? Sie sah aus, als überlegte sie sich schon Vorschläge; in dem einflussreichen Milieu, aus dem sie kommt, gibt es immer Lösungen.
Er beugte sich vor, um sich noch Wein einzuschenken, wie er sich zur Zuckerdose vorgebeugt hatte. Er sah sie an und lächelte langsam.
Aber es gibt doch bestimmt …?
Immer noch lächelnd, schüttelte er sanft den Kopf. Dann eine Litanei der Länder, die ihn nicht hereingelassen hatten. Ich bin ein Drogendealer, ich bin ein Mädchenhändler, ich werd dem Staat zur Last fallen, sagen sie, ich werd jemand anders den Job wegnehmen, ich werd für weniger Geld arbeiten als die Einheimischen.
Und darüber konnten sie kurz lachen, denn das war genau, was er tat.
Schrecklich. Das ist unmenschlich. Eine Schande.
Nein. Siehst du sie nicht an den Orten, wo du gerne hingehst, im Café? Der Crack, den man da kaufen kann wie eine Schachtel Streichhölzer, die Straßengangs, die deine Brieftasche stehlen, die Frau, die jeder Mann kaufen kann – für wen arbeiten die? Für die von draußen, die reingelassen worden sind. Meinst du, das ist gut für dein Land?
Aber du … du bist doch keiner von denen.
Das Gesetz gilt für mich genauso. Wie für die. Nur die sind schlauer, die haben mehr Geld – um zu zahlen. Seine lange Hand öffnete sich, die Finger entfalteten sich vor ihr, Gelenk um Gelenk.
Es gibt Gesten, die das Leben von Menschen entscheiden: der Händedruck, der Kuss; dies war eine Geste, an der Grenze, bei der Passkontrolle, die über ihr Leben keine Macht hatte.
Bestimmt lässt sich etwas tun. Für ihn.
Seine Hand schloss sich wieder, und er ließ sie aufs Knie fallen. Geistesabwesend entzog er sich dem Gespräch und betrachtete

den Stapel CDs neben sich. Sie stellten fest, dass sie doch etwas Gemeinsames hatten: eine Begeisterung für Salif Keita, Youssou N'Dour und Rhythm & Blues, und hörten sich Aufnahmen auf ihrer Anlage an, die er in höchsten Tönen lobte. Du fährst einen Gebrauchtwagen, aber für Musik hast du eine erstklassige Anlage.

Wie es schien, spürten beide im selben Augenblick, dass es Zeit für ihn war, zu gehen. Sie fand es selbstverständlich, ihn nach Hause zu fahren, aber er lehnte ab, er würde in einem Kombi-Taxi mitfahren.

Kein Problem? Hast du's weit? Wo wohnst du?

Er sagte es ihr: hinter der Werkstatt war ein Zimmer, das ihm der Besitzer überlassen hatte.

Sie schaute vorbei – erlaubte sich nicht, sich zu fragen, warum. Schaute in der Werkstatt vorbei, um ihm zu sagen, dass das Auto gut lief. Und es war um die Zeit seiner Mittagspause. Wo sollten sie anders hingehen als ins EL-EY Café, zu den Freunden. Und bald war das fast jeden Tag so: wenn sie ohne ihn erschien, fragten sie: Wo ist Abdu? Sie hatten ihn gern in ihrer Mitte, sie kannten einander vielleicht zu gut, und er war so etwas wie ein Wetterumschwung zur falschen Jahreszeit, der Hauch einer ungewohnten Temperatur. Er beteiligte sich kaum an ihren unaufhörlichen Gesprächen, aber er hörte zu, manchmal so aufmerksam, dass es ihnen fast unangenehm war.

»Was ist aus der schwarzen Brüderlichkeit geworden, möchte ich mal wissen? Regierungsbonzen. Aufsichtsratsmitglieder. Im Busch waren sie bereit, füreinander zu sterben – doch, doch, das war so –, jetzt sind sie bereit, mit ihrem Dienst-Mercedes an dem obdachlosen Bruder auf der Straße vorbeizufahren.«

»Hast du gestern Abend in der Glotze gesehen – der ehemalige Untergrundkämpfer in Cuito, ein Held, der Mitglied in einem exklusiven Club von Zigarrenrauchern geworden ist ... jetzt gibt's Austern und Champagner statt Maisbrei und Ziegenfleisch.«

Der angejahrte Dichter hatte die Augen geschlossen und zitierte etwas, was niemand als nicht von ihm stammend erkannte: »›In zu viel Hingebung manch Herz zum Steine ward.‹«
Niemand beachtete ihn.
»Ergibt doch keinen Sinn … warum sollten Menschen sich abkehren von dem, woran sie geglaubt und wofür sie gekämpft haben, was ist zwischen damals und heute in sie gefahren?«
Was dachte er darüber, diese im Overall verkleidete Intelligenz – wenn er tatsächlich etwas zu sagen hatte, brachte das schnell ihre Meinung ins Wanken oder stutzte eine ihrer lautstarken Überzeugungen zurecht. Wenn er sprach, hörten sie zu:
»Damals hatten sie keine Wahl. War nichts sonst da. Nur Haferbrei für jeden. Jetzt ist alles andere da. Man kann wählen.«
»Ha! Brüderlichkeit ist also nur der Zustand des Leidens? Gilt nicht mehr, wenn man die Wahl hat, und die Wahl ist der dicke Scheck und der Dienstwagen und die hübschen Vergünstigungen, die ein Minister kriegt.«
»So ist das. Man hat eine Wahl oder man hat keine Wahl. Nur zwei Sorten. Von Menschen.«
Und sie entschieden sich, darüber zu lachen. »Abdu, der große Zyniker.«
»Na und du, David, zu welcher Sorte gehörst du, nach seinen Kategorien?«
»Also im Moment ist meine Wahl Pitta mit Haloumi.«
»Es gibt keinen freien Willen im kapitalistischen Wirtschaftssystem. Nur den Willen der Bosse. Das will der Mann damit eigentlich sagen.« Der politische Theoretiker unter ihnen sagt das in herablassendem Ton.
»Das sagst du, weil du Schwarzer bist, das ist die alte Gewerkschaftsleier, mein Bruder, und inzwischen würdest du am liebsten aussteigen und irgendwo der Boss sein.«
Die beiden packen sich in gespieltem Streit bei den Schultern.
Sie alle kennen die gegenseitigen Haltungen und Ansichten nur allzu gut. Ihre Aufmerksamkeit wendet sich wieder ihm zu.

»Teilst du seine Meinung über das kapitalistische Wirtschaftssystem?«
»Wo ich herkomm, gibt's kein kapitalistisches Wirtschaftssystem, kein sozialistisches. Nichts. Erst an der Universität hab ich davon gehört ...«
Und er hat sie zum Lachen gebracht, er lacht mit, so ist das am Tisch der Freunde, sobald man dort aufgenommen ist.
»Wie würdest du's denn nennen – was meinst du mit ›nichts‹?«
Offenbar sucht er ein Wort, das ihnen etwas sagt, will sie damit zufriedenstellen.
»Feudalismus.« Er hebt und senkt die Ellbogen auf dem Tisch, blickt zu ihr, seiner Mentorin, um zu sehen, ob es das richtige Wort ist; um zu sehen, ob sie, nach diesem Blick, aufbruchsbereit ist. »Aber sie nennen sich Minister, Präsidenten, dies und das.«
Die Freunde schauen den beiden auf ihrem Weg durchs Café nach, vorbei an Gästen, die kauen, trinken, die Köpfe im Gespräch zusammenstecken, Zigarettenrauch steigt auf als Ektoplasma der Kommunikation, die durch am Gürtel steckende oder am Ohr klebende Handys nicht zu erreichen ist. »Wo hat Julie ihn aufgegabelt?« Ein Mitglied der Tafelrunde, das nicht da war, als Julie eine Verkehrsstockung auslöste, musste ins Bild gesetzt werden: in der Autowerkstatt gleich um die Ecke, doch, ist wahr.
Ihr Begleiter war einen Augenblick auf der Terrasse stehen geblieben, sie drehte sich um und sah: eine junge Frau, die Sonnenbrille hochgeschoben aufs Haar, die Schenkel gespreizt, streichelte die Rastalocken eines jungen Mannes in ihrem Schoß, der zusammengeklappt war, Alkohol oder Drogen.
Er ging fort, sein Gesicht verschlossen vor Abscheu. Ihr »Na und?« war eher versöhnlich als eine Frage nach seiner Stimmung.
Die Leute da drin sind schrecklich.
Sie sagte, als spräche sie für die Leute: Es tut mir Leid.

Sie sind nicht da; ich bin nicht da: um zu beobachten. Es ist kein Verkehrsknäuel auf den Straßen, keine Hände, die sich schuldbewusst heben, sich ergeben, gestehen, allen sichtbar.

Es ist keine Abendshow im Fernsehen.

Sie setzt sich nach wie vor zu ihren Freunden an den üblichen Tisch – sie sind schließlich ihre Wahlgeschwister, die sich von den Verhältnissen der Vergangenheit distanziert haben, von ihren Familien, ob es schwarze sind, die immer noch in den alten Ghettos leben, oder weiße in den Villenvororten. Aber ihre Arbeitszeit ist flexibel, und sie ist zu Zeiten da, zu denen er eine Ecke weiter unter Fahrzeugen liegt; er begleitet sie nicht immer, um beim Kaffee dazusitzen oder bei dem miesen Wein, den das EL-EY Café zu bieten hat. Die Freunde gehören nicht zu denen, die nachfragen, das ist Teil ihres Credos: *Was du auch tust, Schwester, was dir auch zustößt, Bruder, egal, was passiert, ich hab damit keine Probleme.* Die Leute an ihrem Tisch kommen und gehen; solange sie sich nur untereinander treu bleiben; versammelt in der Tafelrunde.

Da war der Tag, an dem ihm das deutlich werden musste, der Tag, als einer aus der Runde erzählte, er habe gerade seine Diagnose erfahren: Aids. Ralph. Ebenso wie Julie aus wohlhabender weißer Familie, klare gelbgrüne Augen, glatt rasierte Wangen, in der Jugend viel Sport, der ihm so muskulöse Schultern verliehen hat, dass in seinen Hemden Polster zu stecken scheinen: sie starrten ihn an, und es war, als sähe der alte Dichter etwas, was sie nicht sahen, auf der faltenlosen Stirn. Der alte Mann sprach zur Tischrunde in den raunenden Tönen eines Orakels. »Es ist der Fluch unserer Ahnen.«

»Um Himmels willen, was soll der Quatsch ...«

Es gibt Grenzen für die Narrenfreiheit des Alten. Gemurmel: Schnauze, Mann, das reicht. Aber wenn der Dichter der Tafelrunde etwas zu sagen hat, lässt er sich von niemandem zum Schweigen bringen.

»Wir sind Abkömmlinge des Affen. Die Krankheit fing bei den Primaten an. Dann haben hungrige Menschen in den Wäldern sie erschlagen und ihr Fleisch gegessen. So kommt die Rache unserer Urahnen als Fluch über uns.«

Die Neu-Buddhistin regt sich zustimmend: Fleischesser, keine Achtung vor dem kreatürlichen Leben.

Ralph, das Opfer, bricht plötzlich in Gelächter aus. Niemand hatte gewagt, ihm auch nur ermutigend zuzulächeln; eine Stimmung übermütigen Heldenmuts erfasst die Tafelrunde. Auch mit diesem Schicksalsschlag, der einen der ihren getroffen hat, werden sie am Ende zurechtkommen, und zwar ganz anders als das Establishment mit seinem Abscheu und seinem rührseligen Mitleid. Sie werden immer die Lösung haben – die richtige Einstellung, wenn auch nicht die Heilung.

Er, Abdu, schließt sich ihnen nicht an; vielleicht hat er nicht ganz verstanden, worum es geht: dieser vor Gesundheit strotzende Modellathlet ist nicht einfach HIV-positiv, ein Hasardspiel mit der Zukunft, sondern die Krankheit – der Fluch, von dem der Dichter brabbelt – hat schon von ihm Besitz ergriffen.

Später auf der Straße, ernüchtert, begann sie zu erklären.

Ich weiß, ich hab's gehört. Deine Freunde – sie lachen über alles.

Schwer zu sagen, ob er das beneidete oder anklagte. Sie schwieg. Das ist ihre Art.

Ja, wir halten nichts von Wehklagen.

Und nachdem sie das gesagt hatte, wurde ihr klar, dass es als Verachtung der Art und Weise aufgefasst werden konnte, mit der, wie sie vermutete, in seinem verborgenen Leben auf so etwas reagiert wurde.

Sie trifft gegen Mittag bei der Werkstatt ein, und er kommt zu dem wartenden Auto heraus, das er für sie gefunden hat. Sie fährt zu einem Park außerhalb des Viertels vom EL-EY Café, und sie gehen um den See und kaufen etwas bei einem fahrbaren Imbissstand – einen Hotdog für sie und Chips für ihn. Sie erkundigt sich nach seinem Zuhause, hat er Fotos – wenn sie Vermutungen anstellt, hat sie nicht mal ein Foto, an das sie sich halten kann, Gesichter, aus denen sie etwas erfahren kann. Seine Gestalt, eine schlanke, straffe Vertikale, als er aus dem dumpfigen Halbdunkel der Werkstatt kommt, die Konturen seines Rückens, in der Sonne, als er zum Wasser schlendert, um den Enten Reste zu geben – er ist aus einem Hintergrund ausgeschnitten, den sie sich bestimmt falsch vorstellt. Palmen, Kamele, Gassen, in denen Teppiche und Messinggefäße aushängen. Dhaus, diese Meeresvogelschiffe mit Männern am Ruder, zu denen sein Gesicht nicht passt. Nein, er hat keine Fotos.
Nicht viel zu sehen. Es ist ein Dorf wie hunderte andere dort, kleine Werkstätten, in denen die Leute Dinge herstellen, Essen kochen, Polizeirevier, Schule. Die Häuser, klein. Eine Moschee, klein. Es ist sehr trocken – Staub, staubig. Sand.
Es gibt Brüder und einen Schwager, Schwestern, älter und jünger als er – natürlich eine große Familie, das wird sie verstehen, in jenem Teil der Welt. Ein Bruder ist jenseits der Grenze auf den Ölfeldern. Die Schwägerin lebt mit den Kindern bei der Familie.
Der Onkel mit dem Hinterhof, wo du Autos reparieren gelernt hast?
Ach, das war im Dorf, neben dem Haus meines Vaters.
Du musst sie vermissen, ihr wart euch alle so nah, und hier …
Sie verwandelt sich in ihn, während sie in seinem Rhythmus geht, sie hat vergessen, dass sie sich auch entfernt hat, von ihrer Familie in den Villenvororten. Aber sie hat keine Ahnung (da es nicht mal ein Foto gibt), wie die Menschen, die er vielleicht vermisst, aussehen.

Ich würde meine Mutter herholen. Hierher. Das wollte ich immer.
Das sagte er. Und natürlich war das unmöglich, er selbst war nicht hier: unter dem Namen, mit dem er geboren worden war, galt er als verschwunden.
Vielleicht hab ich von ihr ein Foto – bei meinen Sachen, in dem Zimmer.
Sie hatte das Zimmer nie gesehen. Für sie war er davon abgetrennt, wie auch von dem anderen Ort, den sie nie gesehen hatte, dem Dorf in jenem anderen Land.
Als es eines Samstags regnete, fuhren sie nicht zum Park, sondern zu dem Zuhause, das sie gewählt hatte – ihrem Cottage. Sie trug einen Regenmantel; sein Hemd war klatschnass, klebte schon nach wenigen Augenblicken an seiner Haut, als sie vom Auto zur Tür rannten. Durch Regen zu rennen bringt zum Lachen. Zieh es aus, zieh es aus, wir trocknen es in der Küche. Du kannst eins von meinen anziehen, die passen dir, du wirst sehen. Seine Brust und sein Rücken glänzten, als hätte der Regen ihn mit Öl eingerieben, ein Frösteln zitterte unter den Muskeln seiner Brust, er brachte die Unverfrorenheit auf, die es in seinen Augen offenbar darstellte, sie um etwas zu bitten.
Kann ich ein heißes Bad nehmen?
Durch sein Verhalten wurde ihr plötzlich klar, dass sie sich nie darüber Gedanken gemacht hatte, wie er in dem Zimmer zurechtkam, dem Zimmer hinter der Werkstatt – war da kein Badezimmer?
Ja, natürlich. Ich hol dir Handtücher. Und die Dusche ist wunderbar, wenn dir die lieber ist.
Duschen kann ich immer – in der Werkstatt ist ein altes Ding, und manchmal funktioniert es, manchmal kommt kein Wasser. Ich nehm das Bad, wenn du nichts dagegen hast.
Lass die Wanne richtig voll laufen! Da ist Schaumzeug und Kräuterseife und alles Mögliche. Ich mach inzwischen Kaffee.
Sie hörte ihn da drin, das Platschen des Wassers gegen die Bade-

wanne, als sein Körper es verdrängte, ein leises Stöhnen des Wohlbehagens, als er sich ausstreckte, das Rauschen eines Hahns, der wieder aufgedreht wurde, wahrscheinlich, damit noch heißes Wasser nachlief. Seine gelegentliche Anwesenheit in dieser Wohnung veränderte deren Charakter auch für sie selbst. Sie wurde ein Zuhause – wenigstens für den Samstagnachmittag.
Er kam barfuß heraus, in Jeans, lächelnd, das Handtuch ordentlich zusammengefaltet in den Händen.
Lass doch, gib her.
Sie ging auf ihn zu, um es ihm abzunehmen. Es fiel hin, und die Hände, seine und ihre, ergriffen stattdessen einander. Sie fuhr mit den Handflächen über seine Arme, glücklich über sein Wohlbefinden; so einfach. Sie umarmten sich. Alles war, wie es sein soll. Das Wohnzimmer war auch das Schlafzimmer, also keine unbeholfene Suche nach einem Platz, um sich zu lieben. Wenn sie sich wirklich danach gesehnt hatten, dann hatte es sich bisher nicht gezeigt – kein Händchenhalten, keine Küsse, keine Schauer auslösenden intimen Berührungen bekleideter Körperstellen; wahrscheinlich lag das an ihm, irgendeine Tradition oder eine psychische Sperre, die ihr fremd war – sie war an Liebeleien gewöhnt, seit sie zwölf Jahre alt war, hatte die für die Freunde um den Tisch übliche Quote von Liebhabern gehabt und nahm ihre Antibabypille täglich mit ihren Vitaminen. Aber er musste ähnlich erfahren sein; es war schön mit ihm zu schlafen; sie erreichte einen solchen Höhepunkt, dass ihr mit allem, was sie überflutete, die Tränen kamen; hoffentlich sah er nicht, wie sich ihre offenen Augen vergrößerten.
Er blieb an jenem Wochenende nicht über Nacht. Als er fort war – er nahm ihr Auto, sie wollte das, er würde es am Morgen zurückbringen – um dein Hemd zu holen und mir meins zu geben, sagte sie, den Kopf zur Seite geneigt –, als er fort war, ging sie in dem Nachhall ihres Zusammenseins im Zimmer umher. Sie war schon oft mit einem Mann zusammen gewesen. Aber sie hockte vor dem Bücherregal und fand, wonach sie halb unbe-

wusst suchte. In einer Gedichtsammlung standen die Zeilen, die ausdrückten, was sie in sich selbst erkannte: *Wer eine Frau umarmt, ist Adam. Die Frau ist Eva. Alles geschieht zum ersten Mal … Gelobt sei die Liebe, in der es weder Besitzer noch Besitz gibt, aber die beiden sich hingeben … Alles geschieht zum ersten Mal, aber auf ewige Art.*

Er fuhr zu der abgeschlossenen und verlassenen Werkstatt zurück, dem Raum voller Treibstoff- und Schmierfettgerüche, in der Gemütsruhe und vergehenden Zufriedenheit, die dem Liebesakt folgt, anders als dem, was ihre Freunde um den Tisch einen Fick nennen. Das ist das Wort, das ihm in den Sinn kommt, obwohl es ein entsprechendes Wort in seiner eigenen Sprache gibt. Er weiß, dass er sie zumindest vollständig befriedigt hat. Er widersetzt sich zärtlichen Gefühlen für dieses Mädchen. Er muss dieser Versuchung ausweichen.

Es galt als selbstverständlich, dass jedes Ereignis oder jeder Zeitvertreib im Leben der Freunde den neuesten, Bett und Tisch teilenden Partner eines aus ihrer Runde einschloss: das Mädchen und ihr Typ, der Schwule und sein Typ – welche Kombination gerade etwas miteinander hatte. Dieser Abdu begleitete sie auf Streifzügen, die in so genannten Nachtclubs begannen, Räumen in heruntergekommenen Häusern, die mit Postern von Pop-Ikonen an den Wänden – BOB MARLEY LIVES HUGH MASEKELA BRENDA FASSIE IS BACK – fröhlich in Bars verwandelt worden waren; manche boten Maisbrei und Morogo-Spinat an, zusammen mit Bier und (teurem) Whisky – sie waren die Austern und der Champagner für Menschen mit – so der politische Guru der Freunde – unentfremdetem Wertesystem. Den ganzen Abend lang wechselten die Freunde vom einen zum anderen dieser bescheidenen Häuser, die einst von kleinen weißen Spekulanten als schneller Weg zum Geld gebaut und dann von weißen Arbeitern mit Hang zur bürgerlichen Wohlstandsfassade monatlich abgestottert worden waren. Alle verfielen, seitdem bürgerlicher Wohlstand auf dieser genügsam snobistischen Ebene Teil des verlorenen weißen Privilegs wurde. Es gab Dispute, welcher Schuppen cool war, mit viel Überzeugungsarbeit von den Freunden, die eine besondere Verbindung oder eine Schwäche für einen bestimmten hatten, weil die Frau, die ihn leitete, eine unglaubliche Persönlichkeit aus Westafrika war, eine Sängerin eine Stimme hatte, die Wände zum Einsturz brachte, ein Typ Marimba spielte, so was hast du noch nicht gehört, oder heute Abend vielleicht zwei Bands zusammen eine Jam-Session machten. Einige der Bars waren einen Monat offen und im nächsten schon wieder dunkel – Paris du Sud, Montmartre Mon Amour –, unternehmerische Eintagsfliegen. Sie wurden von französisch sprechenden Kongolesen, Senegalesen, Ivorern betrieben, die vielleicht ebenfalls unter ihren eigenen Namen verschwunden waren und so lebten wie er, aber mit mehr Stil. Vielleicht mit der Handbewegung (nicht schuldbewusst kapitulierend wie sie, mit erhobenen Handflächen) derer, die Geld in eine offene Hand legen konnten, wie seine Geste es angedeutet hatte. Bei diesem Zug durch die Clubs gab es Drogen zu kaufen, und es konnte zu Schlägereien kommen, die aber nichts mit den Freunden zu tun hatten, sie brachten sich mit Alkohol oder (ganz bestimmt der Dichter, der mitzottelte, und die Neu-Buddhistin, die sich den Schädel kahl rasiert hatte) mit Marihuana in Stimmung, das unter allen möglichen Namen firmierte, Gras, Dagga, Pot, aber sie passten aufeinander auf, und jeder hatte seinen Spaß. Außer ihm offenbar, Julies Mann. Manchmal saß er in einer dunklen Ecke und trank nichts; dann wieder schluckte er plötzlich mit einer Entschlossenheit Alkohol, als unterwürfe er sich einer seltsamen Art entgegengesetzter Disziplin. Wenn der Theoretiker unter ihnen sich damit beschäftigt hätte, wäre er darauf gekommen, dass es eine Überlebenstechnik war. Dann tanzte er wild mit ihr, sie lachte vor Verwunderung, begrüßte diese Seite seiner Persönlichkeit, die sie erregte und neugierig machte. Woher kam die Technik, die Energie – Discos im Staub jenes Dorfes – wohl kaum! Als er Student an der Universität war, von der niemand gehört hatte, oder als er irgendwo in Europa gearbeitet hatte – daher mussten sie stammen; er tanzte fantastisch, wenn der Stil auch ein bisschen retro war, vor zehn Jahren hatten die Leute so getanzt, Moden brauchten Zeit, um bis dahin durchzusickern, wo er herkam.

Wenn solch ein Zug unter der Woche geplant wurde, hatte er einen überzeugenden Grund, nicht mitzukommen: die Werkstatt; die Werkstatt, wo er unter dem Bauch eines Autos lag, das war seine Rechtfertigung, sein Grund, überhaupt *hier* zu sein. Er musste um sieben Uhr morgens anfangen; welcher Beschäftigung die anderen auch nachgingen, um ihr Brot zu verdienen,

sie schien sich ihren anderen, vorrangigen Bedürfnissen anpassen zu lassen. Oft drängten die Freunde sie; es gab einen unausgesprochenen Code, den sentimentalen Gebräuchen der Welt entgegengesetzt – Freunde sind immer füreinander da, während Liebhaber nicht von Dauer sind: die Forderungen der Freunde kommen vor denen der Liebhaber. Macht's dir was aus, wenn ich geh? Keine Begeisterung in ihrer Anfrage; wahrscheinlich die Hoffnung, dass es Einwände geben würde.
Er liegt im Bett und wartet auf sie, wacht für sie auf. Für sie ist die Rückkehr der schönste Teil des Abends.
Um sieben Uhr früh ist er in der Werkstatt, in der Verkleidung seines ölstarrenden Overalls. Oder verkleidet er sich, wenn er ihn ablegt, Bein um Bein, wenn er am Abend seine einzige Identität ablegt, die er in diesem Lande hat. Ist er dann ein Niemand? Er darf sich so etwas nicht fragen, solche Fragen sind ein Luxus, den er sich nicht leisten kann. Was den Raum hinter der Werkstatt betraf, den er benutzen konnte, sag keinem was davon, ist er gewarnt worden – als würde nicht in jedem unbenutzten Lagerraum, Schuppen und Verschlag in diesem Viertel irgendjemand hausen –, er ließ ein paar Decken und Kartons da, um vorzutäuschen, dass er immer noch darin schlief, aber der gefällige Besitzer ließ sich nichts vormachen. Diese junge Dame, die jeden Tag hereinkam, um leise mit ihm zu reden, während er seine Arbeit unterbrach, Werkzeug in der Hand, die ihn jeden Abend mit ihrem Auto abholte: sie war was Besseres, das sah man, trotz der Klamotten, die heutzutage junge Leute trugen. Nicht alle Weißen auf den Straßen hier waren was Besseres, aber sie schon. Als weißer Vater von Töchtern fand er, dass es eine Schande war, was sie mit diesem Burschen von Gott weiß woher trieb, nichts gegen ihn, aber trotzdem.
Der Besitzer nahm eines Tages die Gelegenheit wahr, als sie ins Büro kam, um zu fragen, ob der junge Mann unterwegs sei – sie habe ihn nicht in der Werkstatt angetroffen und müsse ihm dringend eine Nachricht zukommen lassen.

Sein Arbeitgeber nahm den zusammengefalteten Zettel entgegen. Sah sie an.
»Der ist doch nichts für Sie.«
Ihre Hand begann nervös zu zucken; Verwirrung, dass er sich das Recht herausnahm, davon auszugehen, dass Abdu ihr Bett teilte, Zorn darüber, dass dieser Primitivling annahm, dass sie beide dieselben menschlichen Maßstäbe teilten, von gleich zu gleich, von weiß zu weiß; und Bestürzung: gab es da etwas, was sie über den Mann, den sie in ihr Leben aufgenommen hatte, womöglich nicht wusste?
»Verstehen Sie mich nicht falsch. Zu Ihrem eigenen Besten, Sie sind ein nettes Mädchen, Sie sind wer, das seh ich doch. Er ist nichts für Sie. Eigentlich darf der sich in diesem Land gar nicht aufhalten. Ich hab ihm einen Job gegeben, dem armen Teufel, ich mein, Gott weiß, was er hinter sich hat, und es ist die andere Sorte, die richtigen Schwarzen, die sich heutzutage alles unter den Nagel reißen.«
Ihre Wut traf sie wie eine Peitsche. Sie war bereit, ihn mit der Arroganz des ›ich bin doch wer‹, die er erkannt hatte, anzugreifen – aber etwas, das sie über eine andere Wirklichkeit als ihre eigene gelernt hatte, riet ihr, sich zu beherrschen: ihr Wutausbruch konnte ihren Liebhaber sein Schlupfloch kosten; diesen Ort, an dem sie ihn unter einem Auto entdeckt hatte.
»Bitte geben Sie ihm die Nachricht, wenn er zurückkommt.« Als hätte der Mann hinter dem Tresen nicht gesprochen.
Er zog geräuschvoll Luft durch die Nase hoch, rieb mit dem Zeigefinger langsam am Nasenflügel, und wandte sich ab.

Es folgt ein Zeitraum, zu dem sie und vielleicht auch er prüfend zurückkehren werden – sich bald an dieses, bald an jenes erinnernd, denn die Vergangenheit hat keine Ganzheit, ist von unterschiedlichen Erklärungen zurechtgestutzt, von nachträglichen Erkenntnissen niedergetreten worden – ihr ganzes Leben hindurch.

Was gab diesem Zeitraum seinen besonderen Charakter? Er zog jeden Tag den Overall an und fuhr in die Werkstatt. Sie begab sich wesentlich später in eine Büroetage im zehnten Stock und nahm auf ihrem spezialangefertigten Sessel (ein Geschenk eines Klienten) Platz an einem aus Elementen zusammengesetzten Schreibtisch mit herrlichem Blick auf die Stadt, über einen Computer, eine Telefonanlage und subtropische Zimmerpflanzen hinweg, die monatlich erneuert wurden, oder sie holte eine Popgruppe vom Flughafen ab. Sie verließen ihr Bett und gingen auseinander in der Gewissheit, dass sie sich am Ende jedes Arbeitstages wieder darin finden würden. Wer oder was immer ihm nachstellte, konnte ihn hier nicht erreichen. Tagsüber getrennt, fuhren sie am Wochenende oft ins *Veld*, wie sie die Umgebung nannte, ob es nun Grasland oder Berge waren. Dort gingen sie spazieren, lagen und sahen den Wolken nach, dem Flügelschlag der Vögel, amüsiert, wie es Liebende sind, über die Unterschiede in dem, was für den anderen an den Wahrnehmungen, die sie austauschten, selbstverständlich war. Sie waren niemals weit genug fort, um nicht die Brandung der Straße, von der sie abgebogen waren, unter dem Rauschen der Luft und den vorüberziehenden Vogelrufen zu hören. Die Vögel beachteten sie nicht – im Gegensatz zum unvermeidlichen Interesse der Tafelrunde im EL-EY Café. Sie legte sanft die Hand auf seine glatte Kehle und sagte verträumt: Stille zu hören. Wir tun es nie.

Für ihn war das nicht Stille, dieses Schlaflied des fernen Verkehrs, das sie für Stille hielt. Stille ist Einöde; die Wüste.
Ums Dorf herum?
Überall. Sobald du ein paar Schritte gehst, ein paar Meter von deinem Haus.
Deinem Haus?
Natürlich.
Und du hast da früher gespielt, mit deinen Freunden?
Nein, nein – nicht da draußen, nie. Auf der Straße.
Was hast du gespielt – Fußball? Was waren das für Spiele, wenn du nicht gerade etwas über die Innereien von Autos gelernt hast?
Dann können sie über den falschen Autoschlosser lachen, und sie streicht seinen dichten Schnurrbart glatt, der in der Sonne glänzt, und Küsse folgen. Sie bringt etwas zu essen und auch Bücher für diese Stunden mit, wenn sie sein Verschwinden verdoppeln, zusammen verschwinden im *Veld*, aber die Schriftsteller, die sie bevorzugt, sind im Allgemeinen nicht die, die er von seinen Englischkursen an der Universität kennt (in der Wüste?, in einer Postkartenoase? – es gibt keine Fotos). Er ist Zeitungsleser; er kauft beim letzten Straßenverkäufer am Stadtrand alle Sonntagszeitungen, und die bauschen sich raschelnd um sie, Segel im Wind, wenn sie auf einer alten Zeltplane liegen, die sie im Auto mitführt. Er liest die Zeitungen mit angespannter Konzentration und einer prinzipiellen Skepsis. Manchmal fragt er sie nach der Bedeutung eines ihm nicht geläufigen Ausdrucks. Sie beobachtet ihn heimlich, wenn er vergessen hat, dass sie da ist – eine der beschaulichen Beschäftigungen Liebender: er liest, als hinge sein Leben von dem ab, was da steht. Das Buch, in dem sie gelesen hat, liegt auf ihrer Brust, aufgeschlagen bei einer Seite, wo sie auf einen Satz gestoßen ist, der für sie geschrieben zu sein scheint, lange bevor sie auf die Welt kam, bevor sie in diesem Zeitraum ihres Lebens anlangte. Sie hat ihn wieder und wieder gelesen, so dass er laut geschrieben steht, in der Luft um

sie, um ihn und sie, am Himmel, der auf sie hinunterschaut. ›Ich entschloss mich, unsere Zukunft hinauszuschieben, und zwar auf eine möglichst lange Zeit, und inzwischen alles so zu lassen, wie es war.‹

Manchmal findet etwas ganz anderes im *Veld* statt. Eine Expedition, nichts weniger, der EL-EY Café-Tafelrunde. Einmal ein Campingwochenende, alle Freunde und der übliche wechselnde Anhang. Sie genoss das sehr, das war deutlich zu merken. Alle tranken viel Wein und Bier und tauschten Geschichten von früheren Wochenenden aus, erregte Stimmen, Gelächter und spöttische Zurufe hallten übers *Veld* und rangen um Aufmerksamkeit, eine heulende Meute. Er beschäftigte sich mit praktischen Dingen, machte Holz klein und versorgte das Feuer, holte Wasser aus dem Fluss; er war bei den früheren Abenteuern nicht dabei gewesen, hatte nicht auf dem Strand in Kwa-Zulu übernachtet, war nicht im *Bushveld* von einem Farmer mit der Nilpferdpeitsche vertrieben worden und konnte diesen Anekdoten keine hinzufügen. Er hörte zu oder hörte überhaupt nicht zu; verlor sich in seinen Gedanken. Hin und wieder, in einem Augenblick des Atemholens, fiel es ihnen auf, und sie hatten das Gefühl, von ihm prüfend beobachtet zu werden. Dann ging sie zu ihm, hin- und hergerissen zwischen der vertrauten Wärme ihres Platzes unter den Freunden und ihrer anderen, intimen Beziehung, versuchte ihn in diese Wärme zu ziehen, indem sie das Verhältnis zur Schau stellte, ihn umschlang, ihm etwas zuflüsterte und an seinem Ohr knabberte. Er wehrte sie sanft ab, als wäre sie ein allzu anschmiegsamer Hund. Die Freunde waren an Zärtlichkeiten während dieser Wochenendexkursionen der Tafelrunde des EL-EY Cafés gewöhnt, niemand dachte sich etwas dabei; es war seine – seine ungewohnte Reaktion, die befremdete. Es gab Gerede. Diese Beziehung wird langsam heftig, unsere Julie hat sich ja richtig in ihren Prinzen aus dem Morgenland verknallt. Wo hat sie ihn noch mal aufgegabelt?

Alles so lassen wie es war: allein schon seine Situation erzwang das. Er ist da, und er ist nicht da. Innerhalb dieses Rahmens existieren sie als Liebespaar. Es ist ein Schwebezustand, frei von Zwängen, zu planen, wie andere planen müssen, vorausschauen müssen. Es gibt keine Zukunft ohne Identität, mit der man sie einfordern kann; oder mit der man ihr verpflichtet ist. Es gibt keine einengenden Normen. Gerade auf Grund seiner Unsicherheit ist der Zustand rein und frei. Ein Zustand, wie die Freunde vom EL-EY Café ihn gern erreichen würden? Allerdings wissen sie nicht genau, wie, können es nicht definieren, sondern nur darüber streiten.

Also überrascht es Julie, bringt sie aus ihrer perfekten Hochseilbalance, als er aus einer seiner Schweigepausen heraus plötzlich spricht.

Du hast eine Mutter und einen Vater. Warum nimmst du mich nicht mit, damit ich deine Eltern kennen lerne?

Ach ja, und seine sind weit fort! In ihrer Vorstellung von ihnen sogar noch weiter fort, weiter als Meer und Land. Sie möchte mit einer Aufwallung von Zärtlichkeit reagieren, auch von Schuldbewusstsein, weil sie daran erinnert werden musste – an das Heimweh, das sich ihrer Meinung nach darin ausdrückt. Aber gleichzeitig treibt sie ihr instinktiver Selbstschutz – das Bild von sich, das sie für ihr wahres Ich hält und das sie ihm vermittelt hat –, ihn davon mit einer Erklärung abzubringen, die mit diesem Bild in Einklang steht.

Vier von der Sorte. Einen Vater und eine Stiefmutter, eine Mutter und einen Stiefvater. Wie ich dir schon gesagt hab. Also müsste ich dich dem zwei Mal aussetzen. Beiden Paaren und ihren Kreisen; sehr langweiligen Leuten. Das wollte ich dir nicht antun.

Julie. Wir sind jetzt – ja, fünf Monate zusammen. Wir sind immer noch die ganze Zeit nur mit deinen Freunden zusammen.
Nein. Ich dachte, wir sind zusammen allein.
Ja, wir sind zusammen, leben in deiner Wohnung, alles ... Mehr als fünf Monate. Wenn eine Frau sich einen Mann dafür wählt, oder ein Mann eine Frau, dann wird es Zeit für die Eltern, das zu erfahren. Den Mann zu sehen. Das ist üblich.
Vielleicht da, wo er herkommt. Zum ersten Mal ist der Unterschied zwischen ihnen, die geheime Prägung der Herkunft, der besondere Reiz ihrer Verbindung gegen alle anderen, ein Unterschied in einem anderen Sinn – ein Gegensatz.
Ich schwöre dir, du wirst es schauderhaft finden. Ich wüsste gar nicht, mit wem ich anfangen soll, mit meinem Vater und seiner neuen Frau, oder mit meiner Mutter und dem Kasinobesitzer, der ihr neuester Mann ist.
Und du hast wirklich keine Schwestern und Brüder.
Nein, sie ist nicht Teil eines solchen Geschwistersternbilds, in dem er offenbar seinen festen Platz hat, auch wenn es an dem Himmel, unter dem er und sie zusammen liegen, nicht zu sehen ist.
Mein Leben ist mein Leben, nicht ihres. Und weil sie nicht mehr dazu zu sagen weiß, wiederholt sie: Ich wollte dich ihnen nicht aussetzen.
Er schmollt; oder liegt einsame Traurigkeit in seinem Profil? Sie fühlt sich ausgeschlossen, ist verletzt. Liebe prägt ein Profil so endgültig wie die Presse eine Münze.
Sie schämt sich für ihre Eltern; er denkt, sie schämt sich für ihn. Beide wissen das voneinander nicht.

Als ihr Vater sie das nächste Mal zum Mittagessen am Sonntag einlädt (obwohl seine Tochter ihn seit Monaten nicht einmal angerufen hat), sagt sie, dass sie jemanden mitbringen wird. Der Satz ist als Hinweis gemeint, als Vorbereitung: die normale Formulierung wäre, dass sie einen Freund mitbringen wird. Was allerdings auch nicht üblich war; sie führte ihrem Vater selten ihre jeweiligen Freunde vor, auch wenn er sich auf Grund ihrer Haltung ihm und seiner Frau gegenüber ein Bild von ihnen machen konnte.

»Ist euch das recht? Auch Danielle?«

Sie weiß, dass das gesellschaftliche Leben im Haus ihres Vaters von seiner Ehefrau überwacht wird.

»Großer Gott, natürlich. Du kannst mitbringen, wen du willst, deine Freunde sind immer willkommen, das weißt du.«

Er hat die Nuance nicht mitbekommen; vielmehr lässt er selbst eine einfließen: den Vorwurf, dass seine Tochter ihn aus ihrem Leben ausschließt.

Um im Haus ihres Vaters von Anfang an alles richtig zu machen, ist es eine gute Idee, die Anstandsregeln für Gäste einzuhalten – zwar ist sie im Haus ihres eigenen Vaters eigentlich kein Gast, aber ihr ›Jemand‹ ist es –, also bittet sie ihn unterwegs, an einer Ecke anzuhalten, wo eine Blumenfrau einen Stand hat, und kauft einen Rosenstrauß. Den drückst du Danielle in die Hand, damit sie sie nicht gegen dich erheben kann, sozusagen. Etwas, was ihr, anders als dem jungen Mann neben ihr, nicht droht. Ein weiterer Hinweis, so meint sie – hofft sie, falls einer ihr Auto durch das bewachte Tor zum Haus fahren sieht –, ist, dass er, der Jemand, und nicht sie, am Steuer sitzt.

Seien Sie sich nicht zu sicher, Sie wüssten, was jetzt kommt, dieses Bühnenbild, das jeden Sonntag für dieselbe Szene überall in den Vororten errichtet wird. Diese Gäste sind nicht halb bekleidet auf Plastikstühlen um einen Swimmingpool in jedem Sinn der Sonne ausgesetzt, ihr Vater beugt seinen Bauch nicht über grillendes Fleisch. Dies ist eine andere Ebene vorstädtischer Gastlichkeit. Die Gäste befinden sich auf einer kühlen Terrasse vor einem Wohnzimmer, in dem Torbögen zu anderen Empfangsräumen undefinierter Funktion (für größere Festlichkeiten?) führen, und die gepolsterten Chaiselongues und Blumenarrangements sind keine Abwandlung, sondern eher eine Fortsetzung des förmlichen Komforts in den Zimmern mit ihren sich spiegelnden Blumenbuketts und den Ölbildern. Das Essen, das schon aufgetragen ist, als die Tochter des Hauses eintrifft, besteht aus dem kalten gedünsteten norwegischen Lachs mit Soßen und kaleidoskop-bunten Salaten, die die Köchin nach Danielles Anweisungen perfekt zubereitet. Die Margaritas (eine Spezialität der Gastgeberin) haben ihren Salzrand, die zinnernen Bierkrüge und die Weingläser sind beschlagen durch den Temperaturunterschied zwischen dem warmen Tag und ihrem gekühlten Inhalt. Sie sind alle sehr angenehm, die Opfergaben dieser Art von Sonntag, ohne jeden Zweifel; Julie begegnet dem wie immer: sie versinkt in eine vertraute Depression. Aber *er* ist neben ihr, einer dieser unsichtbaren Schilde, die Pfeile abwehren und dem Träger Unversehrtheit gewähren.

Als ihr Vater ihrem Jemand vorgestellt wurde, huschte beim Nennen des Namens kurz Unverständnis über sein Gesicht, verschwand aber gleich hinter guten Manieren und einem Händedruck. Was war der erste Eindruck? Schwarz … oder eine Art von Schwarz. Aber was sie hineinlas, wurde rasch von etwas durcheinander gebracht, das ihr anfangs nicht aufgefallen war – unter den Gästen befand sich bereits ein schwarzes Paar – erstaunlich: die Neuerung zeigte, wie lange es her sein musste, seit sie zu einer der sonntäglichen Lunchpartys in dieses Haus gekommen war, das Nigel Ackroyd Summers für seine Danielle gebaut hatte. Die pragmatische Selbstsicherheit ihres Vaters konnte inzwischen ohne weiteres mit halb verstandenen Namen umgehen, denn die Träger solcher Namen waren in die Finanz- und Geschäftswelt vorgedrungen. Sie hätte sich eigentlich denken können, dass ihr Vater als Investmentbanker in dieser Ära expandierender internationaler Finanzmärkte, in der Schwarze nach der politischen Macht auch finanzielle Macht anstrebten, um der Ausgewogenheit seiner Verbindungen willen solche Namen der Gästeliste hinzufügen musste. Er überließ es ihr, den Satz zu ergänzen: »Das sind meine Tochter Julie und ihr Freund …«

Der Name, der genannt wurde, war nicht sein Name.

Gedankenlose Wangenküsschen links und rechts, Danielle hätte sie wohl auch ausgeteilt, wenn ihr zur Begrüßung eine Schaufensterpuppe hingestellt worden wäre, und dann wandte sie sich Julies Begleiter zu: mit einem Lächeln und einem anmutigen Heben des Kopfes. Entweder überhaupt keine Reaktion außer der einer gewandten Gastgeberin; oder, noch wahrscheinlicher, keinerlei Überraschung, dass die Tochter es wieder einmal auf einen Affront angelegt hatte, um sich von ihrem Vater zu distanzieren. Der Jemand an Julies Seite lächelte zurück, und diese Gepflogenheit entsprach dem, was beiden zu Gebote stand, der Fähigkeit, in einem rein ästhetischen Reflex ohne Aufrichtigkeit das Antlitz gefällig zu verwandeln. (Er hatte Julie angelächelt, aus seiner Zurückhaltung, im schmierigen Halbdunkel der Werkstatt, oder war es auf der Straße, jenes erste Mal.) Und Danielle – ihr Lächeln war eine Art persönlicher Proklamation ihrer Schönheit. Sie war schön; wie von Julies Vater nicht anders zu erwarten. Ihre gesellschaftliche Intelligenz setzte sie geschickt dazu ein, jedem, der dafür empfänglich war, den Eindruck zu vermitteln, dass ihre wahre Intelligenz nüchterner und tiefer war. Ihre Stieftochter sah sie, wie so oft, einen weiblichen Gast mit dem Köder einer schmeichelhaften Bitte von einem Mann fortlocken, den Geplauder über Themen, von denen das arme Ding keine Ahnung hatte, sichtlich langweilte; anmutig ihr Hinterteil schwenkend (sie war Schauspielerin gewesen, hatte in Gesellschaftskomödien geglänzt, die in London, Paris oder New York spielten und inzwischen von den Veränderungen überholt worden waren, die auch ihre Gästeliste verändert hatten), mischte sie geschickt die Gäste wie Spielkarten, ließ hier und dort eine Bemerkung fallen (… ach bitte erzählen Sie doch diese fantastische …), besonders unter Männern, um zu zeigen, dass sie die Zeitungen las und in Klatsch über Industrielle und Politiker eingeweiht war; von den üblichen drei oder vier Frauen, die nichts dazu bringen konnte, ihr Kränzchen zu verlassen, schnappte sie Varianten häuslicher Anekdoten auf, und einer bis dahin unverdächtigen älteren Feministin, die plötzlich, mit einem Glas in der Hand, zwei Männer wegen ihrer Witze über weibliche Vorstandsmitglieder attackierte, nahm sie mit einem Scherz den Wind aus den Segeln.

Abgesehen vom Nachfüllen der Margaritas überließ ihr Vater die meisten Leute seiner Danielle. Er widmete sich nur den wirklich wichtigen Gästen (seine Tochter glaubt, ihn gut zu kennen) und erörterte mit ihnen die Themen des Tages, der Woche; für sie waren das Menschen, die ihr Leben immer unter Kontrolle hatten. Sie sprachen davon, ›sich in Futures einzukaufen‹ (was immer das war), maßten sich an, von der unmittelbaren Gegenwart aus über das Kommende zu bestimmen: die Zukunft, auf die der Jemand neben ihr keinerlei Zugriff hatte. Die Ausstrahlung seiner Gegenwart, Körperwärme und Atem, war nur ein Dunst, der ihn vor ihnen verbarg; sie nahmen ihn gar nicht wahr.

»Gold … ist kaum noch ein Problem. Wenn man an die Krise denkt, die uns vor gar nicht so langer Zeit fast erledigt hätte … die Verkäufe in London, die den Markt so gedrückt haben …«

»… ein voller Tresor irgendwo verdient kein Geld …«

»… ganz genau. Verschwendung. Für jedes Land. Verkaufen, verkaufen, verkaufen, für Dollars, Euros, egal was, und Blue Chips kaufen. Vermögen muss Geld verdienen, Gesetz des Überlebens, jawohl!«

»... bin ziemlich sicher, dass AngloGold seine Terminkontraktposition innerhalb eines Jahres abbauen wird ... da stecken wahrscheinlich über fünfzig Prozent der Produktion drin, und der Markt sieht nicht gut aus ...«
»... dreiunddreißigtausend Tonnen von dem Glitzerzeug in den Tresoren ...«
»Umstellen und auf Platin gehen, was meinen Sie ...«
»Die Goldminen hier werden sich sowieso nicht mehr rentieren ...«
»... all die Aufregung, den Armen wird die Arbeit geraubt, ein Industriezweig wird zerstört – die Regierung, die Gewerkschaften müssen den Tatsachen ins Auge sehen – die Wirtschaft gehorcht nicht mehr den Gesetzen der Vergangenheit, Arbeitslosigkeit lässt sich nicht beseitigen, indem ein Industriezweig gestützt wird, der in den Begriffen globaler Finanzmärkte keine Rolle mehr spielt. Das ist das Ende einer alten Industrieära, kein vorübergehendes Problem ...«
»Durch Rationalisierung und gesteigerte Produktivität könnten einige Minen ...«
»Streiks? Arbeitskämpfe?«
»Also das war ein schlechter Tag, der ganze Sektor hat dreiundzwanzig Prozent nachgegeben ...«
»Desinvestment, im Paket verkaufen ...«
»... ich weiß nicht ... eine Erholung auf breiter Basis, ein spezielles Wachstumsprogramm ... Chrom ...«
»Software – weitere feindliche Übernahmen ...«
»... ja, und weitere Zerschlagungen, Sie werden sehen ...«
»Für Ellora und Ajanta muss man sich wenigstens einen ganzen Tag nehmen, obwohl die Straße, du lieber Gott, kein heiler Knochen mehr im Leib.« Ein Kontrapunkt von Stimmen tauschte Begeistertes über einen Urlaub in Indien aus. Als hätte sie ein vertrautes Produkt des Kunsthandwerks entdeckt oder vielleicht aus der guten Absicht, jemanden, der nirgendwo in der Gesellschaft gehört zu werden schien, ins Gespräch zu ziehen, drehte

sich eine Frau, die einzelne Handschellen aus silbernen Armreifen trug, klirrend um und sprach den Fremden an.
»Ich sehne mich danach, wieder hinzufahren, kann's nicht erklären, ich *gehöre* einfach dahin, ich glaub, ich bin eine alte Seele, die schon mal gelebt hat ... ich nehm an, Sie sind hier geboren, aber Ihre Vorfahren ... sind Sie je nach Indien zurück?«
»Ich bin kein Inder.«
Er bietet keine Identität an. Sie nickt mit dem Kopf in beiläufiger Entschuldigung (falls eine erforderlich sein sollte) und macht eine Bemerkung über das köstliche Essen; »... ich will mir noch was von Danielles Fisch holen.« Die Haltung ihres Rückens ist die Schlussfolgerung: also irgendein Araber.
»... aber wenn der Dow und der Nasdaq klar auseinander liegen ...«
»... eine Steigerung der Reingewinne um einundzwanzig Prozent, vier Milliarden ...«
»... ja, aber das bleibt deutlich hinter den Erwartungen zurück ...«
»... wie hat der Minister es ausgedrückt – ›sich von der Inflation nicht unterkriegen lassen‹ – ich mein, drei oder sechs Prozent als Testfall der Launen des globalen Finanzsystems ...«
»... wie soll man das diesen Dickköpfen einhämmern ... ihr Überleben, Privatisierung ist die einzige Antwort, wenn ein Versorgungsbetrieb Profit machen muss, ist er gezwungen, kostengünstig zu arbeiten, und dann bekommt die Allgemeinheit, was sie braucht ...«
»Ich hab so eine Ahnung, bei dem Ansturm, mit dem Neuen Markt geht's rauf und dann ab in den Keller ...«
»... unsere Gesellschaft hat von den Exportsteigerungen bei Grundmetallen und Chemikalien durchaus profitiert, sehr zufriedenstellend ...«
»... nichts – null – *nada* wird passieren, es sei denn, die Landeszentralbank ...«
Der andere Schwarze unter den Gästen saß vorgebeugt in sei-

nem Sessel, die Hände auf den Knien. »Ah-häh … ich stelle die Diversifizierung nicht in Frage, nein, nein, überhaupt nicht. Aber unser eigentliches Problem ist, dass es nicht genug Risikokapital gibt. Der Börsengang bringt nicht genug.«
»Keine Frage, globale Schwankungen haben unserem Wachstum in vieler Hinsicht einen Strich durch die Rechnung gemacht, die Währung immer weiter runter, die Ölpreise immer weiter rauf …«
»… Umsatz mehr als dreizehn Milliarden, wobei Futures dominieren …«
Die schwärmerische Unterbrechung der aus Indien zurückgekehrten Dame hatte die Aufmerksamkeit von Julies Begleiter nur kurz abgelenkt; seine Antwort eine höfliche Nebenbemerkung. Sie beobachtet, wie er dieser den Eingeweihten vorbehaltenen Sprache des Geldes konzentriert und angespannt zuhört – so hört er im EL-EY Café nie zu. Da ist er immer abwesend, anderswo, beteiligt sich nur hin und wieder an der Diskussion, wenn er aufgefordert wird. Es ist ihr unsagbar peinlich – was immer er von diesen Leuten denken mag, sie ist dafür verantwortlich. Sie ist für diese Leute verantwortlich.
Plötzlich ist sie gegangen, durchs Wohnzimmer, durchs Halbdunkel im Innern und die Treppe hinauf.
Aber es ist ein anderes Haus, in dem sie fortläuft, um sich zu verstecken; in diesem hat sie nie gewohnt. Dies ist nicht die Zuflucht im Obergeschoss des Hauses, in dem sie ein Kind war. Jedes Zimmer, in das sie da oben sieht – keines davon ist das Zimmer, das ihr gehörte, mit den pubertären Postern von Filmstars und auf dem Bett der abgenutzte Plüschpanda, den ihr Vater ihr auf einem Flughafen gekauft hatte. Es ist nicht jenes Haus, in dem sie herumgeht, stehen bleibt, in sich hineinhorcht. Die Schande, sich dieser Leute zu schämen; die Schande, von ihm gesehen zu werden als das, was sie war, ist; wie er sein muss, was er ist, jenseits der dunklen Unterwelt der Werkstatt, des Hinterzimmers, des anonymen Namens, mit dem sie ihn vorgestellt

hat, in dem Dorf, wo die Wüste gleich hinter dem Haus anfängt. Verweigerung deutet auf Verborgenes – ihre Verweigerung verbarg ihre Herkunft, die jetzt so umfassend vor ihm enthüllt wird, hergerichtet wie die Margaritas und der Wein und das sorgfältig komponierte Stillleben aus Fischplatten, Salaten und Nachspeisen. Sie stolpert in eins der Badezimmer; schafft es aber nicht, sich zu übergeben.

»Fühlst du dich wohl, Liebling?« Es ist ein Befehl, sich wieder einzureihen, nachdem sie, wohin auch immer, verschwunden war, von ihrem Vater, der gerade aufsteht, offenbar, um eine kleine Rede zu halten.

»Wir werden dir nicht nachweinen und dich nicht anflehen, verlass uns nicht, wir werden uns mit keinem Wort darüber beklagen, dass du uns im Stich lässt, aber wir müssen dir gestehen, wir werden bald schlaffe Säcke sein ohne deinen fulminanten Aufschlag beim Squash, Adrian, ganz zu schweigen von der Treffsicherheit deiner Voraussagen für Zins- und Steuersätze. Du bist immer für uns da gewesen, bevor das Finanzamt anklopfte – und Gillie, ihr offenes Haus unten an der Küste im Sommer, ihr offenes Herz … Danielle und ich haben die Freunde zusammengetrommelt, um dir viel Glück und Erfolg zu wünschen, mögest du da unten in Australien triumphieren, Adrian. Dieser Standortwechsel bedeutet eine immense Erweiterung deines Tätigkeitsfeldes, eine großartige Anerkennung deiner weltumspannenden Sachkenntnis, die sich die Kommunikationsgiganten zu ihrem Glück nun zu Nutze machen. Du brauchst keine Ratschläge – nur: iss kein Känguruﬂeisch, wenn es dir bei Firmenessen aus Patriotismus vorgesetzt wird, das ist ausschließlich für die beiden Labradors von Gillie bestimmt, die sie, wie ich höre, mitnimmt …«

Unter Gelächter und Gläserklirren ist von Australien die Rede, nicht mehr von Cisco Systems, Gold oder Indien. Die Frauen zeigen angemessenes Interesse für das Haus, das die Auswanderer sich suchen werden, am Stadtrand oder im Umland, ohnehin wunderbares Klima. Der Mann erklärt, dass die gesamte Organisation bereits steht – ausgezeichnetes australisches Personal, das er selbst bei vorbereitenden Besuchen ausgewählt hat. »Es wird euch vielleicht nicht wundern, von der Ausnahme zu hören, meinem alten Fahrer – Festus, ihr erinnert euch? Ja – seine Frau ist vor kurzem gestorben, er will ein neues Leben versuchen, sagt er, also kommt er mit, zusammen mit allem anderen, was wir einpacken können.«

Der junge Fremde (ein Farbiger oder so) begibt sich aus dem Schutz der Tochter von Nigel Summers in den allgemeinen Gedankenaustausch.

»War es leicht, eine Einreisegenehmigung zu kriegen?«

Niemand darf darüber lachen: die Vorstellung, dass ein Mann mit solchem Hintergrund für irgendein Land kein Gewinn wäre. Der leitende Direktor eines globalen Website-Networks lächelt nur, freundlich, nickt kurz bejahend, Kinn und Unterlippe verzogen über die Naivität.

Der Fremde blickt aus einer unzugänglichen Höhle schwarzer Augen: »Ich mein nicht Sie. Ich meine Ihren Fahrer.«

»Ach, das hab ich meinem Kollegen Hamilton überlassen – Mr. Motsamai hier. Hamilton ist ein Zauberer, er weiß genau, was man alles besorgen muss, wen man ansprechen muss, Unterlagen und so weiter. Bürokratischer Kram. Es war ungeheuer nützlich für unser Zweigunternehmen hier, einen erstklassigen Anwalt in der Geschäftsleitung zu haben, ganz zu schweigen natürlich von seinem unschätzbaren finanziellen Sachverstand …« Er sprach laut, damit das Kompliment die Ohren von Mr. Motsamai erreichte, aber der war zu sehr in ein anderes lebhaftes Gespräch vertieft, um es über seinem eigenen Bass zu hören. Köpfe drehten sich, um einen derart Ausgezeichneten zu erblicken, und eine Frau, die zu ihrer Freude im Bilde war, informierte tuschelnd: »Das ist der schwarze Anwalt, der den Sohn von engen Freunden der Summers gerettet hat. Ganz reizende Leute, schreckliche Geschichte. Hat es geschafft, dass er nur sieben Jahre für diesen grässlichen Mord vor ein paar Jahren bekam – der Sohn hatte den Homosexuellen erschossen, der seine Freundin verführt hatte und mit dem er selber eine Affäre gehabt hatte. Hätte lebenslänglich sein können.«

›Standortwechsel‹, sagen sie. Das Paar wechselt seinen Standort. Seinen Wirtschaftsstandort. Also ein anderes Wort für Migration? Ein Euphemismus dafür, seine Zelte abzubrechen und woandershin zu gehen, entweder gezwungenermaßen oder auf Grund der Einschränkungen durch Armut oder Politik, oder aus Ehrgeiz und dem Glauben, dass es woanders ein noch komfortableres Leben gibt, in Sicherheit vor den Mistgabeln und den AK47 der aufständischen Armen und den Handfeuerwaffen der Kriminellen. Es geht nicht nur darum, die Möbel in neue Räumlichkeiten zu stellen. Vielleicht steckt auch eine unaussprechliche Sehnsucht darin, die nicht durch Ehrgeiz, Komfort oder sogar Furcht vor anderen erklärt werden kann. Das gelobte Land, ein Australien, wenn man so will.

Ein Abschied ist auch eine Feier der Einwanderung als einer menschlichen Lösung. Niemand hier erinnert daran, dass es nicht das erste Mal ist. Giles Yelverton. Hein Straus. Mario Marini. Debby und Glen Horwitz. Top (Spitzname) Ivanovic. Sandy und Alison McLeod. Owen Williams. Danielle (geborene Le Sueur) und Nigel Ackroyd Summers und seine Tochter Julie. Generationen haben diese Zugehörigkeit zusammen mit den Großvätern begraben, aber sie alle sind ihrer Herkunft nach Einwanderer. Die einzige Ausnahme unter ihnen ist Rechtsanwalt Motsamai. Er war hier; er ist hier. Ein Anwalt mit dem Triumph berühmter Fälle hinter sich, inzwischen auch Finanzfachmann. Was er geworden ist, ist offenkundig das, was er sein möchte; sein Name bleibt unverändert mit dem identisch, wo sein Leben begann und wo es weiterhin gelebt wird.

Das gefeierte Paar ist auf dem Wege, zu Einwanderern zu werden. Inmitten der Zusammenkunft sieht Julie in dem Paar Menschen von der Art ihres Vaters, die durch die Welt ziehen, wie es ihnen gefällt, und die überall willkommen sind, während jemand anders als ölverschmierter Mechaniker verkleidet ohne einen Namen leben muss.

Ihr Vater erschien, als sie zu ihrem Auto gingen. Sie hatten sich eigentlich schon verabschiedet. Er hielt sie für einen Augenblick mit einer Geste auf, berührte kaum ihre Schulter. Sie drehte sich um zu dem Gesicht, das ihre Kindheit wachrief. »Geht es dir gut?« In einem Tonfall, der nur für sie bestimmt war. Und in dem Augenblick, der unmittelbar danach nie geschehen zu sein schien, gaben ihre Augen nur ihm zu verstehen, dass sie dasselbe fragte: ihn, ihren Vater, dass sie diese Frage miteinander teilten, die auch ihm, auch seinem Leben galt.

Dieser Sonntag ist zu Ende. Einen weiteren braucht es nicht zu geben; davon müsste er inzwischen überzeugt sein. Ihre Mutter lebt in Kalifornien; ihn mit ihr bekannt zu machen, falls er das für notwendig hält, wird irgendwann stattfinden, wenn sie ihren Ehemann zu seinen Kasinogeschäften zurück in dieses Land begleitet. Das wird nicht viel hinzufügen; alles, was es ihm zu erzählen, zu gestehen gab, war heute vor ihm ausgebreitet worden. In dem Auto, das er für sie gefunden hatte, auf der Heimfahrt zu ihrem Cottage, schwiegen sie, ruhebedürftig. Sie war dankbar, dass er nichts über das Erlebte sagte; noch nicht. Sie legte die Hand auf seinen Oberschenkel, und er nahm kurz eine Hand vom Steuer und berührte ihre flüchtig, bevor er sich wieder auf das Fahren konzentrierte.

In ihrer Wohnung – in ihrer beider Wohnung – stand sie für einen Augenblick fast schwindelig da und sah ihn an, um vor sich selbst ihre Wirklichkeit zu behaupten. Er blickte sich in dem kleinen Allzweckzimmer um, die drei Sessel, der Tisch, das gemeinsame Bett, noch ungemacht von der Nacht, als suchte er einen Ort für sich.

Ich hab zu viel gegessen. Was ist mit dir? Etwas zu trinken? Tee?

Er hob die Hand – nein, nein. Er legte sich aufs Bett, streckte sich aus. Sie folgte seinem Blick durchs Zimmer, um zu entdecken, was er sagen wollte; dann ging sie hinüber und setzte sich aufs Bett. Beugte sich hinunter, um ihn zu küssen, erst auf die Stirn und dann zaghaft auf den Mund. Sie geriet sofort in Hitze, in aufwallende Röte, vor heftigem Verlangen, das sie zu verbergen versuchte. Sie verschränkte die Hände, die seinen flachen, dunkel behaarten Bauch unter der Hose berühren wollten.

Interessante Leute. Die haben Erfolg.
Das also waren die Worte, nach denen er sich im Zimmer umgesehen hatte. Das wunderbare Verlangen verließ sie augenblicklich.
Die würden sich gegenseitig tottrampeln, um Erfolg zu haben.

Das Dokument musste am Wochenende auf einem Schreibtisch gelegen haben. Oder vielleicht in dem Postamt, das Briefe an ihn unter seinem angeblichen Namen an die Werkstatt zustellte, die angeblich seine einzige Anschrift war. Später malte sie sich dieses geschlossene und menschenleere Sonntagspostamt als taghellen Albtraum aus, in dem sinnlosen Versuch, nachträglich Vorahnungen bei Nacht im dunklen Bett heraufzubeschwören. Die hochtrabende Bezeichnung ›Dokument‹ für dieses Blatt Papier tat der barschen Aufforderung zu viel Ehre an, auch wenn sie sich auf das eine oder andere Gesetz berief, Paragraf soundso, Abschnitt soundso, erlassen am soundsovielten. Es war dem Innenministerium zur Kenntnis gelangt, dass (sein richtiger Name) an der obigen Anschrift unter dem Decknamen (der Name, auf den der Mechaniker hörte) wohnhaft war, was eine Zuwiderhandlung gegen die einschlägigen Bestimmungen darstellte, da seine Erlaubnis, sich in der Republik aufzuhalten, am soundsovielten abgelaufen war, und ihm wurde deshalb ordnungsgemäß mitgeteilt, dass er das Land innerhalb von 14 Tagen zu verlassen hatte, andernfalls drohten ihm Verhaftung und Abschiebung in sein Heimatland.
Diese Briefe, die ohne Briefmarken verschickt werden, Dienstsachen. Sie hat noch nie einen erhalten; ihr Steuerbescheid, der für jeden Bürger übliche Schriftwechsel mit dem Finanzamt, geht an den Steuerberater ihrer Familie. Er kam in seinem schmutzigen Overall ins Cottage, mit diesem – Wisch in der Hand. Der Umschlag ist grob aufgerissen worden – er weiß, was er von solchen Schreiben zu erwarten hat. Er hatte es gelesen und war in seiner Arbeitskleidung von den ausgeweideten Autos und der dröhnenden Popmusik in der Werkstatt hergekommen. – Da ist es.

Sie hatte das fast vergessen; die Monate, die vergangen waren, seitdem er für sie das Auto gefunden hatte, die Abende, an denen er regelmäßig zu ihr nach Hause gekommen war, die Nachtclub-Touren mit den Freunden von der Tafelrunde, die Wochenenden draußen im *Veld*, neben ihm zu liegen in seinem Schweigen, die Erregung und der anschließende Friede körperlicher Liebe, nachts und am frühen Morgen – all das hatte sie eingeschläfert. All das (wie lauteten die Zeilen, die ihr wieder in den Sinn kamen) schob die Zukunft hinaus – ließ alles so, wie es war.
Sie setzte sich abrupt aufs Bett, um den Wisch noch einmal zu lesen. Er stand im Zimmer, als wäre er bereits der Fremde, der daraus vertrieben wurde. Worauf sie in Tränen ausbrach und ihm um den Hals fiel, aber von den Armen, die er um sie legte, ging nichts Tröstliches aus. Beide waren unsicher auf den Beinen. Sie machte sich los und hob das Blatt Papier auf. Sie nahm ihn bei der Hand, um sich mit ihm zusammen hinzusetzen und es noch einmal durchzulesen. Aber als er neben ihr saß, zuckte er nur die Achseln, richtete den Blick nicht auf die Zeilen. Er kennt die Form, den Inhalt, die Ausdrucksweise; es ist die Form, in der die Welt schriftlich mit ihm verkehrt. Sie sucht nach Gesetzeslücken, zweideutigen Formulierungen, die zu seinem Vorteil ausgelegt werden können, aber er weiß, es gibt keine, alles ist eindeutig. Raus. Hau ab. Raus.
Dann wurde sie wütend. Wer hatte es denen gesagt? Wie waren sie ihm auf die Spur gekommen? Nach so langer Zeit. Wie lange?
Zwei Jahre –
Zwei Jahre und ein paar Monate.
Wer? Wer würde denn so was tun, und weshalb?
Könnte jeder sein. Jemand, der meinen Job will, vielleicht. Ja. Warum nicht.
Warum nicht! Wem schadest du denn schon, wem hast du etwas weggenommen, dieser miese Job und der Verschlag, in dem du hausen sollst!
Julie. Jemand, der hier zu Hause ist.

Seine Augen waren jetzt durchdringend wie Suchscheinwerfer auf sie gerichtet, ein wilder Schmerz verzog seine Lippen und verdrängte das schöne, geschwungene Lächeln. Sogar das, was ich anhabe … dieser Dreck … sogar, wie sagst du, ein Verschlag, eine Ecke auf der Straße zum Schlafen, das gehört ihm, nicht mir. So ist das eben. Alles, was ich habe, gehört ihm.
Eine Bö des Unbekannten wehte sie auseinander. In ihrer Sorge wollte sie ihn irgendwie erreichen und mit ihm ringen, während er fortgetragen wurde, während sie fortgetragen wurde.
Warum nimmst du es so hin! Was wirst du dagegen unternehmen? Es muss doch etwas geben – Einspruch, Berufung – das Innenministerium, kannst du nicht hingehen, gleich morgen früh – wie kannst du so einfach –
Mich verlassen, mich verlassen: er weiß, das ist eigentlich, was diese Frau sagt; für sie bedeutet seine Ausweisung natürlich, dass sie ihren Liebhaber verliert, dieses Bett wird leer sein, zumindest, bis sie – sie ist frei, in Sicherheit und frei – einen neuen Liebhaber findet. Um sie zu beruhigen – und auch sich: Ich geh da hin. Aber das wird nichts ändern. Sie sehen nach und finden das andere Schreiben, vor anderthalb Jahren. Sie wissen, dass ich damals schon raus sollte.
Du wusstest also, dass das auf dich zukommen würde. Selbst nach so langer Zeit.
Ich wusste das, ja. Ich dachte, vielleicht sind die Papiere verloren gegangen, vielleicht gibt es so viele Papiere von Leuten wie mir, dass sie mich vergessen könnten. Das war meine Chance. So ist das eben. Ich könnte da hingehen, aber wozu. Es wird besser sein, wenn ich nichts tu, ich habe den Brief nicht bekommen, ich bin nicht mehr in der Werkstatt, ich bin irgendwo …
Zumindest wissen die nicht, dass du hier bei mir wohnst. Diese Anschrift kennen sie nicht. Das ist schon mal was.
Ich glaube, sie werden es erfahren.
Dieser widerliche Kerl in der Werkstatt! *Der ist doch nichts für Sie. Eigentlich darf der sich in diesem Land gar nicht aufhalten.*

Was ist mit deinem Job? Selbst wenn es keinen Vertrag gibt … da müsstest du auch verschwinden …
Verschwinden (sie hat ihm das Wort gegeben, das er braucht), ja.
Wieder. Wieder! Und wieder ein anderer Name.
Er sieht, wie sie den Kopf hin und her dreht, in der Falle. So ist das eben.
Wenn er das noch ein Mal sagt! Es geht also nicht darum, was er gegen diesen Brief unternehmen wird, gegen dieses Dokument, das ein Urteil über sein Leben fällt, sondern darum, was sie beide tun werden. Sie hat Freunde, Dank sei den Göttern, seinen, ihren, jedermanns; ihre Freunde, die alle möglichen Schwierigkeiten in ihrem Widerstand gegen die Behörden lösen. Sie haben alternative Lösungen für die alternative Gesellschaft, und es gibt genug Beweise, dass es diese Gesellschaft ist, der er und sie angehören: dieser Brief macht es deutlich. Sie verzichtet auf alle ihre Rechte, bis die auch ihm gewährt werden. Das bedeutet, sie wird sich nicht an die Wahrheitsliebe halten, die ihr in der Schule eingetrichtert worden ist, nicht an die Grundsätze, die in der Verfassung verkündet werden, nicht an eine klare Linie wie in den Vorstandszimmern, in denen die Regeln des Investmentgeschäfts gelten.
Julie sagt ihm davon nichts; nur wenn sie sich an ihn schmiegt, ist er greifbar, hat er sich noch nicht von ihr entfernt, wenn sie ihren Mund an seinen drückt, bis er sich öffnet und sie einlässt, in seine lebendige, feuchte Wärme.
Er nimmt sie auf, kann sich aber selbst nicht hingeben. Sie versteht: der Schock, der Brief, der schließlich gekommen ist, der ihn verfolgt, ihn aufgespürt hat; für sie ist das aufrüttelnd, Empörung auslösend, für ihn ist es betäubend. Lass uns ins EL-EY gehen. Wir müssen darüber reden.
Ach nein. Nein, Julie. Nicht jetzt, nicht heute Abend. Lass uns allein bleiben. Er zog seltsamerweise den ölfleckigen Overall aus, als streifte er eine Haut ab, ließ ihn zu Boden fallen und stieg

langsam heraus. Vielleicht wollte er ins Bett? Das Bett war die einfachste Möglichkeit, Vergessen zu finden? Aber nein.
Ich möchte ein Bad nehmen.
Sie hörte lange Zeit das Wasser strömen. Sie hörte es an die Wände der Badewanne klatschen, wenn er sich darin bewegte.
Sie hob das Papier auf und setzte sich hin. Jenes erste Mal; als er bat, ein heißes Bad nehmen zu dürfen, als sie ihn da drin hörte; als er mit dem säuberlich zusammengelegten Handtuch herauskam, barfuß in seiner Jeans, und sie seinen nackten Oberkörper sah, die Rippen unter der glänzenden glatten Haut, die dunklen Brustwarzen auf den Muskelpolstern zu beiden Seiten des Musters aus weich gekräuselten schwarzen Brusthaaren.
So ist das eben.

Sie sind in seiner Mittagspause bei der Tafelrunde verabredet. Sie wollte ihn nicht in der Werkstatt abholen – wenn man nicht wusste, was man tun sollte, war es zumindest der Anfang einer Taktik, die Spur, die von der Werkstatt über sie zum Cottage führte, zu verwischen. Sollten sie ihn woanders suchen.

Sie war vor ihm da.

Es ist was passiert. Was macht sie für ein Gesicht?

Die Freunde im EL-EY Café waren ebenfalls von seiner selbstverständlichen Anwesenheit an ihrem Zufluchtsort eingeschläfert worden; sie empfingen sie mit besorgten und neugierigen Blicken, wilden Vermutungen. (Es ist aus. Er hat sie verlassen. Sie hat ihren Prinzen aus dem Morgenland durchschaut und ihm gesagt, es reicht. Ihr Herr Papa hat von der Affäre Wind gekriegt und ihr den Monatswechsel gesperrt. Was sonst?)

Also blieb ihr Zeit, es ihnen zu erzählen, zu besprechen, was geschehen war, bevor er dazukam. Die ersten Äußerungen der Freunde glichen ihren eigenen; mit den tieferen, von Ängsten und Gefühlen bestimmten Reaktionen hielten sie sich zurück – die Gewohnheit rückhaltloser Offenheit war vor Situationen, in denen sie keine Erfahrungen hatten, nicht aufrechtzuerhalten. Empörung machte sich über dem Cappuccino breit. Dieser Dreckskerl in der Werkstatt! Der Besitzer! Der musste es gewesen sein, wer sonst! Du kannst mir nicht erzählen, dass irgendeiner von den anderen, die da arbeiten, zu den Bullen gehen würde, um ihn anzuzeigen! So ein Arschloch!

»Moment mal.« Der politische Theoretiker denkt nach, ehe er sich voreilige Anschuldigungen gestattet. »Der Werkstattbesitzer würde so einen Angestellten nicht anzeigen. Wenn er es täte, würde er sich selbst anzeigen, denn er hat einen Illegalen beschäftigt. Das ist strafbar, meine Brüder.« Sein kurzes, hartes Lachen ist nicht beleidigend – nur ein Hinweis auf die begrenzten Kenntnisse seiner weißen Freunde, wenn es auf die Tricks im Kampf ums Überleben ankommt.

»Als Erstes stell einen Antrag auf Überprüfung der Entscheidung. Du kannst das nicht einfach so hinnehmen.«

»Du gehst mit ihm zu einem Anwalt, keinem dieser Scheidungs- und Vermögenshaie, einem richtigen Anwalt für Bürgerrechte. Da gibt's doch so was wie Rechtsberatung, die müssen sich doch auskennen mit so einer Situation.«

»Nein, nein, du *gehst* zu einem Hai, und du bezahlst ihn gut – komm schon, Julie, die Kohle kannst du doch auftreiben ...«

David, der gerade ein Haus hütet, hat Zeit für sie übrig. »Ich denke eher, darüber müsste was in der Verfassung stehen. Vielleicht kann er politisches Asyl beantragen – vielleicht nicht ... Ich geh mit dir in die juristische Bibliothek – mein Vetter ist Anwalt, der kann mal was Nützliches tun und uns da reinschaffen. Du musst alle einschlägigen Paragrafen kennen, das Kleingedruckte, damit du dem Innenministerium die Zähne zeigen kannst, du musst denen irgendwie ein Bein stellen ...«

Der Hofpoet der Tafelrunde, dessen Kranz weißgrauer Locken heute mit einem schwarzen Bändchen zusammengebunden ist, hat still seinen gewohnten Platz eingenommen und hört sich kopfschüttelnd an, was Julies Fund passiert ist. »Er muss in den Untergrund gehen. Es gibt eine Welt im Untergrund dieser Stadt, aller Städte, der einzige Ort für die von uns, die so nicht leben können, nicht die Mittel dafür haben, kein Geld und keine gesetzlichen Mittel, um dem zu entsprechen, was andere die Welt nennen. Der Untergrund. Das Dunkel ist die einzige Freiheit, die ihm bleibt.«

Verschwinden. Julie – unter den Freunden diejenige, der dieser betagte Mann besonders zugetan ist, der er gesagt hat, er betrachte sie als seine geistige Tochter – ist von seiner Ahnung berührt, findet darin ihre Ängste bestätigt. Während sie sich

Mühe gibt, im Vertrauen auf ihre jeweilige Weisheit, allen gleichzeitig zuzuhören, sitzt sie hoch aufgerichtet da und hält im Kommen und Gehen der Stammgäste vom EL-EY Café nach ihrem Liebhaber Ausschau. Sie erwidert ein Winken, wenn sie unabsichtlich jemandes Blick begegnet; endlich sieht sie in seine schwarzen Augen, ihr einzigartiges Geschöpf tritt aus dem Wald der anderen hervor.

Hi, Abdu. Heute erheben sich alle Mitglieder der Tafelrunde zu seiner Begrüßung. Frauen und auch Männer küssen ihn auf beide Wangen, wie es ihre Art ist. In ihren Augen sagt das mehr als Worte, jetzt, wo das Thema allen präsent ist. Sie scharen sich um ihn, nur der Dichter nicht. Der sitzt sinnend da, sagt etwas zu sich selbst, was niemand hört, zweifellos ein Zitat von Yeats, Neruda, Lorca, Heaney oder Shakespeare, das den Augenblick, das Geschehen besser zum Ausdruck bringt als alles, was die Tafelrunde sagt oder tut.

Das Opfer dankt ihnen höflich; von ihr bei der Hand gehalten, setzt Abdu sich, um zuzuhören. Um befragt zu werden und seinen eigenen Antworten zu lauschen. Er kann ihnen nicht viel mehr sagen als das, was sie ihm schon vor Monaten entlockt haben, als Julie ihn der Tafelrunde vorstellte; oder will er ihnen nicht mehr sagen? Manchmal muss sie ihm etwas wiederholen, was gesagt worden ist, da sein Kopf abgewandt war – was sucht er in dieser Kommune der Wein- und Kaffeetrinker? Seit er gestern mit diesem Stück Papier ankam, ist seine Haltung, seine Art, anderen zu begegnen, die eines Suchenden, der sich in seiner Wachsamkeit durch nichts ablenken lässt. Sie bestellt ihm Kaffee, da sie ihn auf die Uhr schauen sieht. Er ist erst gekommen, als seine Mittagspause schon halb vorüber war. Gab es irgendein Anzeichen, dass jemand in der Werkstatt Bescheid weiß? Hat niemand was gesagt? Keine Hinweise?

Er trank seinen Kaffee in ungewohnter Weise, sprach zwischen den Schlucken. »Nichts.«

»Und der Boss. Merkt man ihm was an?« Die zum Buddhismus

Bekehrte meinte, es müsste eine Veränderung in der Atmosphäre zu spüren sein, auch wenn sich das nicht in der Handlungsweise äußerte.

Sie wurde unterbrochen: »Mann, kapierst du denn nicht, Teresa, ich hab euch doch gesagt, der Boss würde sich niemals selbst anzeigen.«

Julie nahm aufmerksam alle Empfehlungen dieser guten Freunde, die sich durchzuschlagen wussten, zur Kenntnis. Sie wiederholte ständig für ihn, was sie sagten. Er gab stumm zu verstehen, dass er sie gehört hatte. Die Unterstützung der Freunde umgab ihn; als wäre er einer von ihnen. Als er aufstand, um in der Rolle des Mechanikers wieder in die Werkstatt zu gehen, sagte er ohne Zurückweisung: »Ich hab das alles schon mal durchgemacht.«

Da war es: jenes erste Mal, als er nach Ablauf seiner Aufenthaltserlaubnis aufgefordert worden war, das Land zu verlassen.

Sie wollte ihm nachlaufen, aber ihr Platz – ihren Platz im EL-EY Café musste sie dann aber verlassen. Ralph lächelte ihr zu. Er war auch ein Opfer, für das sie, als er der Tafelrunde von seiner Aids-Infektion erzählt hatte, zu keiner Lösung gelangt waren außer der lachend gespielten Tapferkeit des Opfers selbst.

Als er an diesem Abend aus der Werkstatt zu ihr kam, bügelte sie gerade die Designer-Jeans, die er immer trug, auch wenn er elend in einem Verschlag hauste. Ein Handtuch war auf dem Tisch ausgebreitet, von dem sie sonst aßen, die Jeans lagen darauf, und sie drückte mit beiden Händen das Bügeleisen nieder, um eine Naht zu glätten.

Er hatte sie noch nie bei einer häuslichen Verrichtung dieser Art gesehen. Obwohl sie es vorziehen, in einer umgebauten Dienstbotenunterkunft zu wohnen statt in einem schönen Haus mit schattigen Terrassen und Zimmern für jeden privaten und öffentlichen Zweck, haben Menschen wie sie eine schwarze Frau, die kommt, um zu putzen und zu waschen und zu bügeln. Seit er eingezogen war, hatte er seine Sachen in den dafür vorgesehe-

nen Korb geworfen, zusammen mit ihren – sie legte dann den Overall beiseite, den starren Panzer aus dem Arbeitsschmutz der Woche, mit einem Zettel daran, dass er getrennt gewaschen werden musste.
Sie sah von seinem Kleidungsstück auf, und ihre Augen füllten sich mit Tränen.
So musste es kommen: Tränen, eines Tages. Er ging hin und nahm ihr das Bügeleisen aus der Hand und drehte sie zu sich um. Schon gut. Er küsste sie, ihr Wasser lief ihm salzig in den Mund; alle Flüssigkeiten ihres Körpers, die er geschmeckt hatte, ihr Schweiß, die Säfte ihres Geschlechts, waren darin.
Dann setzten sie sich auf die ausgetretene Betonstufe vor der Haustür, sahen hinaus in das von Bougainvilleen dunkel erstickte magere Gewirr der Tannen und Jakarandabäume, ihr Ende des alten Gartens, in dem weit hinter ihnen das Haupthaus stand. Sie sprang sofort wieder auf und ging hinein, um eine Flasche Wein zu holen – wenn das Bett die einfachste Möglichkeit ist, Vergessen zu finden, dann ist unter Freunden Wein der beste Weg, Mut zu sammeln, um Probleme anzupacken. Sie zog den Korken mit einer abrupten Bewegung heraus und trank einen Schluck, denn sie hatte die Gläser vergessen. Sie gab ihm die Flasche, er stellte sie auf die Erde. Sie ging mit ihm die Vorschläge ihrer Freunde durch, die es gewohnt waren, die Behörden zu überlisten. Wieder hörte er sich an, was er schon kannte. Sehr praktisch war sie jetzt, diese Julie. Sie würde mit diesem David zur juristischen Bibliothek gehen und sich mit der einschlägigen Gesetzgebung vertraut machen. Sie würde sich umhören – die Leute mussten vorsichtig sein, wenn sie bestimmte Kontakte weitergaben – nach einem Anwalt, der bereit war, in unkonventioneller Weise die Gesetze zu umgehen. Es musste doch viele, viele Menschen wie ihn – wie sie beide – geben, die in der Scheiße saßen. (Sie weiß, er hört sie nicht gern diese Wörter benutzen, die alle benutzen – dabei gab es in seiner eigenen Sprache bestimmt die gleiche Art von Bedürfnis, aber natürlich,

selbst wenn er seinen Gefühlen auf so banale Weise Luft machen wollte, sie würde ihn nicht verstehen.) Sie könnten sich auch einen Termin bei der Rechtsberatung geben lassen, die Spezialisten für Menschenrechte da müssen mit so was bestens Bescheid wissen.

Die Luft um die beiden verdichtete sich, bereitete sich auf Regen vor; er atmete sie ein paar Mal tief ein. Er sprach zu dem schwarzen Dickicht aus Blättern und Zweigen, das sich mit der wachsenden Dunkelheit verflocht: Warum ziehst du diese Freunde deiner Familie vor?

Für sie ist das, als hätte sie etwas mit angehört, was nicht für sie bestimmt war. Die Tafelrunde; aber warum das Thema wechseln? Widerwillig lässt sie sich ablenken. Ich weiß nicht, was du meinst. Manchmal führt seine begrenzte Beherrschung ihrer Sprache zu Missverständnissen, obwohl sie meint, sie habe sich liebevoll beigebracht, ihn instinktiv richtig zu verstehen.

Das sind Menschen, die es im Leben zu was gebracht haben. Sie verschwenden keine Zeit, sie gehen immer vorwärts. Die sind intelligent. Die reden nicht nur, die tun was. Und sie sind lebendig, sie ergreifen die Gelegenheit, sie benutzen (er schnalzt mit der Zunge auf der Suche nach dem richtigen Wort) ihren Willen, ja, das mein ich, den Willen. Was zu tun. Was zu haben.

Die Leute, die du im Haus meines Vaters gesehen hast. Meinst du die?

Ja, deinen Vater und die anderen Männer. Die wissen, wovon sie reden. Was geschieht. Die machen Geschäfte. Das ist nichts Schlechtes, das ist die Welt. Fortschritt. Das musst du doch wissen. Ich weiß nicht, warum du jeden Tag in dem Café sitzt.

Der Wind, der dem Regen den Weg bahnte, fuhr plötzlich zwischen sie. Sie sprang auf, um hineinzugehen oder nicht hinnehmen zu müssen, was er gesagt hatte, es wegwehen zu lassen. Er folgte ihr.

Die Flasche ist umgefallen, und der Wein läuft aus, er glänzt im Licht aus den Fenstern, bevor die Erde ihn trinkt.

Drinnen, im atmosphärischen Druck des aufkommenden Unwetters, saß sie, die Hände im Schoß, und fragte ihn mit den Augen, was er eigentlich wollte.

Du kannst zu deinem Vater gehen. Er weiß viele Dinge. Die wissen von nichts. Und wenn sie was wissen, können sie nichts tun.

O nein! Nein. Nein. Das ist unmöglich. Nein. Er weiß nichts von solchen Dingen. Nein, nein.

Er stößt rasch nach, in ihren Rückzug hinein: Angst, also doch, ein kleines Mädchen, das Angst vor ihrem Vater hat.

Ich mein gar nicht, dass er mir helfen soll. Aber er könnte dir in anderen Dingen helfen, Dingen, die nicht so einfach sind. Er weiß viel. Glaub mir.

Fast müde sagt sie: Du verstehst das nicht.

Und dann bereut sie das, denn mit diesen Worten hat sie ihm zu verstehen gegeben: Weil er nicht einer von ihnen ist. Er selbst hat es erst vor einem Tag gesagt, von dem, *jedem*, der ein Recht auf seinen Overall und seinen Platz unter den Autos hat: *sogar das, was ich anhabe, dieser Dreck, sogar ein Verschlag, eine Ecke auf der Straße zum Schlafen, das gehört ihm, nicht mir … alles, was ich habe, gehört ihm*: jedem von ihnen, denen, die von Geburt her ein Recht haben, einen Platz in der gesellschaftlichen Rangordnung, einen Anteil an profitablen Investitionen. Solch ein Mann. Es ist schon gesagt: *Alles, was ich habe, gehört ihm*: du, Tochter deines Vaters, gehörst *ihm*, nicht mir.

Wie konnte er sie bewundern, die Freunde ihres Vaters, diese Aufsichtsratsvorsitzenden, Fondsverwalter und Börsenspekulanten, die per Computer die Märkte lenken, und sich nicht darüber im Klaren sein? Für den Vater ein hochwillkommenes Ende dieser neuesten unmöglichen Eskapade seiner Tochter! Der Mann ausgewiesen und Schluss, die Affäre beendet ganz ohne elterliche Bevormundung, Vater-Tochter-Konflikt über Werte, Abkühlung der Beziehung, das übliche Ergebnis jeder notwendigen Einmischung von Seiten des Vaters. Das Gesetz erledigt das schon. Es rettet sie vor sich selbst, Gott sei Dank. Ihr Vater braucht nur da zu sein, um die Scherben ihres Kummers zusammenzukitten, falls sie seine Liebe annimmt, nachdem ihr Mann von der Straße ein für alle Mal von der Bildfläche verschwunden ist.

Kurz darauf gingen sie zu Bett. Für beide wäre es gewiss das Heilsamste gewesen, sich zu lieben. Aber dieses Recht gebührt *ihm* – jenem zu ihr passenden jungen Mann, der seinen Platz hat bei den Sonntagsempfängen auf der Terrasse, den Insidergesprächen von Männern, die ihr Bettgenosse so sehr bewundert.

Das Ende; das Ende eines Winters, ihres gemeinsamen Winters. Der erste Regen einer anderen Jahreszeit trommelte auf das Cottage ein wie eine aufgebrachte Menschenmenge. Nach spröden Monaten der Trockenheit erwachten alle Stoffe, aus denen ihr Zufluchtsort gemacht war – Holz, Blechdach, Mörtel auf Ziegeln –, zu Leben und knarrten und verrutschten, als würde alles in einer Riesenfaust zerdrückt; als wären das Trommeln des Wassers und die Geräusche der sich dehnenden Materialien Stimmen der neugierigen, aufdringlichen, spöttischen Scheinsympathisanten und der schroffen, ablehnenden Bürokraten, die gerade das Dokument diktierten, eine Parodie des vertrauten Café-Geplauders.

Am Morgen, während sie in der Badewanne lag und er sich sorgfältig um das schimmernde Flügelpaar auf seiner Oberlippe herum rasierte, drehte er sich zu ihr um, ohne ihre Nacktheit zu sehen. Was ist mit dem Anwalt? Er hat mal einen Mann verteidigt, der jemanden ermordet hat. Ich hab eine Frau darüber reden hören. Du kennst ihn – er war da, bei deinem Vater, er weiß, wer du bist. Du könntest zu ihm gehen. Dem schwarzen Mann.

Mit einer Erleichterung, die Dankbarkeit nahe kommt, registriert sie, er hat also hingenommen, dass sie nicht zu ihrem Vater gehen wird, gehen kann. Ja, er wär wahrscheinlich jemand … aber praktiziert er noch als Anwalt? Ich glaub, er hat es aufgegeben und will nur noch das große Geld machen, du hast ja gesehen, wie er mit den anderen zusammensteckte.

Du kannst es herausfinden.
Ohne weiteres. Aber es bleibt so wenig Zeit, keine Zeit. Wir müssen an alles denken, an jeden, der …
Drei Tage der Frist sind abgelaufen. Er sieht sie an, steht direkt vor ihr, als sie aus der Badewanne steigt, sich ihrer Nacktheit bewusst wird und ihren Körper mit einem Handtuch bedeckt. Denk nach, denk nach. Sie muss es: denn er ist da, bei ihr, gehört zu ihr; und auch nicht da, ohne Namen, ohne Adresse, ohne Ansprüche an irgendwen.

Sie haben bestimmt von ihm gehört, wenn Sie eine Frau aus dem Mittelstand sind oder ein Mann, der mit einer solchen Frau zusammenlebt, hier in dieser Stadt.

Dr. Archibald Charles Summers ist Facharzt für Gynäkologie und Geburtshilfe, Absolvent der Witwatersrand University, Fellow des Royal College of Surgeons, St. Mary's, London, und des Institute of Obstetrics, Boston, Mass., mit einer Praxis, die sozusagen immer ausgebucht ist. Ihn einen Modearzt zu nennen, wäre nicht völlig gerecht; er ist wesentlich mehr als das, er gibt mehr, als mit dem üblichen Spezialistenhonorar abgegolten werden kann. Frauen reden untereinander über ihn mit einem ehrfürchtigen Vertrauen, das zwischen Arzt und Patientin selbst in diesem Zweig der Medizin ungewöhnlich ist, in dem der Arzt ein Priester ist, ein Mittelsmann bei der Geburt neuen Lebens, und die Frau aktive Messdienerin. Als Geburtshelfer ist er der Engel Gabriel jeder Frau: seine Verkündigung erfolgt bei der Ultraschalluntersuchung ihrer Gebärmutter – es ist ein Junge. Und sein blanker Kahlkopf, die abstehenden Ohren und das anbetende Lächeln sind das Erste, was sie sieht, wenn er das Leben, das aus ihrem Körper hervorgeht, in Händen hält. Zwischen Geburten und nachdem die Fortpflanzung nicht mehr Teil der biologischen Programmierung seiner Patientinnen ist, betreut er – höchst gewissenhaft – das komplizierte, geschlechtsspezifische System in ihnen und beeinflusst – oft entscheidend – das empfindliche Gleichgewicht ihrer Reaktionen und Launen, von denen abhängt, wie sie mit den anderen Mann-Frau-Beziehungen zurechtkommen – denen mit Liebhabern und/oder Ehemännern.

Dr. Archibalds Praxisräume sind anheimelnd: Atelieraufnahmen von seinen Kindern als Babys und Universitätsabsolventen,

Vergrößerungen von Wildtierfotos, die sein Hobby sind, Plakate der schönen Dinge dieser Welt aus Museen, die er auf seinen Reisen besucht hat. Die juwelengeschmückte Hand seiner indischen Sprechstundenhilfe notiert jede Adressenänderung der altbekannten Patientin, die wieder einmal begrüßt wird, geschäftig eilen mehrere Arzthelferinnen mit mütterlich großen Hinterteilen umher, weiße und schwarze, die auch für die Urintests die Plättchen entgegennehmen, auf die Patientinnen gepinkelt haben, in einem blau gekachelten Badezimmer, dessen Spülkasten immer eine Vase mit frischen Blumen ziert.
Seine Patientinnen – seine Mädchen, wie er sie nennt, ob sie nun zwanzig oder siebzig Jahre zählen – sprechen untereinander von ihm als Archie. Nächste Woche ist mein Halbjahrestermin bei Archie. Ich komme gerade von Archie – alles in Ordnung, sagt er, er ist mit mir zufrieden. Und wenn nicht alles in Ordnung ist, die Rose krank, wenn Blakes unsichtbarer Wurm, der im Sturmgeheul durch die Nacht fliegt und das Herz der Rose zerfrisst, mit Krebs eingedrungen ist, wird Archie ihn mit dem Messer in seiner heilenden Hand herausschneiden, damit das Blühen weitergeht, denn Archie ist ein Förderer des Lebens.
Der Doktor ist seit mindestens dreißig Jahren mit seiner Frau verheiratet und ihr in Liebe zugetan. Sein Patientinnen-Serail berührt in keiner Weise seine Leidenschaft für sie, die nie abgenommen hat; man könnte denken, das Eindringen seiner geschulten, in Latex gehüllten rechten Hand in die Vaginas seiner Patientinnen, jung und begehrenswert, alternd und reizlos, nur ein Gegenstand der Eingeweideerkundung für seine diagnostizierenden Fingerspitzen, müsste zu einem Abscheu vor Frauenkörpern führen. Oder dass – was ist damit? – der Anblick gespreizter Schenkel, die glatte Wärme, die durch das Latex zu fühlen sein muss, dass all das erregend sein müsste, ein Arzt ist schließlich unter dem weißen Kittel ein Mann. Aber keines dieser Berufsrisiken berührt ihn oder hat es je getan, auch als er noch ein junger Mann war. Der einzige Körper, dessen Anblick,

Geruch und Berührung ihn zwingend in Erregung versetzt, ist der seiner Frau (die er so schwer für sich gewinnen konnte), und es ist der Mann, nicht der Arzt, der in sie eindringt und mit ihr zu gemeinsamen Freuden aufbricht, als habe nur sie Zugang zu einer Insel im warmen Meer wie eine von denen, die sie zusammen besucht haben. Wenn er nach der Untersuchung mit seinen Serail-Frauen redet und sich für einige Augenblicke auf die Kante des Stahltischs setzt, auf dem sie liegen, mag er den Körper berühren, dessen Blöße er ehrerbietig mit einem Laken bedeckt hat, er legt vielleicht eine beruhigende Hand auf die verhüllte Hüfte der Frau, während er ihr sagt, wie sie sich verhalten muss, welche Tabletten sie nehmen, welche Übungen sie machen soll. Sie sind zwei Menschen, die gegenüber den Prüfungen des Lebens (die ihnen auferlegten beichten ihm seine Mädchen oft) gleich verletzlich sind und zusammen überlegen, wie man am besten überleben kann. Sie weiß, die Berührung hat nicht das Geringste mit einer sexuellen Annäherung zu tun, und er weiß, dass sie das versteht. Er benötigt nicht die Anwesenheit einer Arzthelferin – eine Vorsichtsmaßnahme der meisten Gynäkologen –, damit seine Mädchen sich seiner Achtung sicher sein können.

›Archie‹ ist auch Onkel Archie, der Bruder von Julies Vater.

Als Julie noch klein war, holte er sie oft zum Spielen mit ihren Vettern in sein Haus. Hätte sie sich den Vater aussuchen können, er wäre es gewesen. Er wäre es immer noch. Er war ein Gulliver, auf dem Kinder herumklettern und spielen konnten. Voller Späße und Geschichten. Ihr Vater führte sie an festgesetzten Tagen aus, ins Kindertheater und zu Festen in seinem Reitclub; ihre Mutter hielt es nicht für notwendig, dass beide Eltern sie begleiteten, und blieb zu Hause. Oder vielleicht ging sie zu einem ihrer Liebhaber – aber ein Kind durchschaut solche Regelungen im Leben seiner Eltern nicht. (Nigel: der arme Kerl; das ist ihre Einstellung, seit sie erwachsen ist.) Sie hatte keine Verbindung mehr zu ihren Vettern, aber hin und wieder, ähnlich unregelmäßig wie ihr eigenes Erscheinen, entdeckte sie diesen Onkel unter den Gästen der sonntäglichen Lunchpartys ihres Vaters. Julie stürzte sich dann auf ihn, inmitten der Leute, die ihr Fremde waren, lediglich bekannte Gesichter aus der Welt Danielles und ihres Vaters, denn sie freute sich, ihn zu sehen, jemanden, der Verständnis dafür aufbrachte, dass sie sich in diesem für Danielle errichteten Haus fehl am Platz fühlte. Die Arbeitswelt, das Naturell der Brüder unterschieden sich grundlegend, dennoch war er immer noch Teil der Wurzeln ihres Vaters, und vielleicht war ja Danielle eins von Archies ›Mädchen‹? Julie selbst hatte ihn natürlich nie konsultiert; sich von Gulliver gynäkologisch untersuchen zu lassen, wäre – wenn nicht für ihn, so doch für sie – einer Art Inzest gleichgekommen. Sie ist sich bewusst, Spuren der wohlerzogenen weiblichen Prüderie bewahrt zu haben, falsches Schamgefühl, trotz des freien Meinungsaustauschs über alle Tatsachen des Lebens in der Tafelrunde.

Wir müssen an jeden denken, jeden, der …

Der?

Bevor sie zusammen zu dem berühmten Anwalt gehen – falls sie sich überhaupt auf Grund seiner Verbindung zu ihrem Vater an ihn wenden können, denn der Vater darf nichts von der Situation erfahren –, muss jemand anders her. Kein Vater, aber jemand anstelle dieser gewiss überwundenen Abhängigkeit. Jemand mit Abstand zu den Fragen, die sich beide ständig stellen, auch wenn sie schweigen, zu den herkömmlichen Weisheiten und Ratschlägen der Tafelrunde. Sie wird mit ihrem Onkel reden.

Was für ein Onkel ist das?

Ich habe dir von ihm erzählt, mein Lieblingserwachsener als Kind.

Er kennt Leute?

Er ist ziemlich prominent …

Na also. Wenn sie schon nicht zu ihrem Vater gehen will, zeigt sie wenigstens Familiensinn, so wie man sich bei ihm zu Hause Rat und Beistand holt, wenn man in Not ist. Sie kommt, um

von ihm geküsst zu werden, bevor sie sich auf den Weg macht; er drückt sie für einen Augenblick an sich, wie man es mit einem Kind tut, bevor man es zur Schule schickt.
Sie ist schon bevorzugt behandelt worden, indem sie überhaupt einen Termin erhalten hat, aber nun muss sie in dem hellen, klimatisierten Zimmer, dessen Wände Elefantenherden, Löwenbabys und Kahnpartien von Bonnard schmücken, inmitten anderer Frauen warten. Aber kaum eine dieser Frauen, manikürte Hände, die sicher auf schwangeren Bauchkuppen unter elegant fließenden Kleidern ruhen, Diät-schlanke Taillen, die von Schmuckgürteln betont werden, junge Gesichter, die perfekt das neueste Model auf der Titelseite einer Modezeitschrift kopieren, alternde Haut, die unter den Augen von einem Chirurgen gestrafft wurde, Köpfe, die unter kunstvoll geflochtenen Zöpfchen zusammengesteckt werden – zwei schwarze Frauen, Gattinnen aus der neuen Oberschicht, die lachen und in ihrer Sprache schwatzen –, kaum eine von ihnen vermag sich vorzustellen, welcher Art ihr Frauenleiden sein könnte, warum sie hier ist. Darin gehören sie nicht einmal demselben Geschlecht an. Eine von ihnen lächelt ihr zu, aber sie hat gerade den Kopf abgewandt. Wie er es so häufig tut, im EL-EY Café. Mädchen untereinander. Seine Mädchen. Es hat sie amüsiert, wenn sie ihren Onkel von ihnen reden hörte. Aber jetzt ist sie ganz für sich.
Der als Arzt verkleidete Onkel hat sich hinter seinem breiten Schreibtisch erhoben und begrüßt sie mit einer Umarmung. »Endlich kommst du mal nachschauen, wie ich hier hause, wie schön! Wollen wir Kaffee trinken oder Tee, in unserer kleinen Küche hier haben wir alles, von Earl Grey bis Rooibos, oder lieber Saft, Mango, Apfel ...«
Zum Auftakt entschuldigt sie sich dafür, eine andere Patientin um ihren Termin gebracht zu haben, bedankt sich dafür, einfach so hereinschneien zu dürfen. »Ach was! Meine liebe Julie, wie oft bekomm ich dich zu sehen! Ich weiß nur zu gut von meinen eigenen Nachkommen, die Lebenswege der Generationen ver-

zweigen sich in alle Richtungen, die einzige Kreuzung, an der wir uns manchmal treffen, ist bei Nigel, und weder dein Weg noch Sharons und meiner führen in diese Richtung, wie wir wissen. Aber das macht nichts. Nigel hat es weit gebracht, und er versteht sich so gut mit Danielle – das muss uns beide doch freuen, hm?«

Sharon. Als der Name der Frau ihres Onkels fällt, weiß sie wieder, dass es in ihrer verzweifelten Suche nach jemandem, irgendjemandem, nicht nur die Kindheitsbande waren, die sie herbrachten. Archibald Charles Summers enttäuschte seinerzeit alle in ihn gesetzten Erwartungen. Er wählte keine Frau aus den angesehenen Familien anglikanischer Observanz, den Mitgliedern von Countryclubs und Besitzern von Ferienhäusern am Kap, wo er als Polospieler und Tanzpartner so beliebt war, im alten Südafrika; als er bereits mit einer Dressurreiterin, die als gute Partie galt, förmlich verlobt war, heiratete er plötzlich eine Sharon, eine Jüdin, Tochter eines lettischen Einwanderers, der in einem kleinen Laden Schuhe und Taschen reparierte, im selben Viertel, das jetzt die Hinterzimmer-Nachtclubs, die Stammlokale, das L. A. Café und die Werkstatt mit ihrer Behelfsunterkunft für einen Illegalen beherbergt. Echos der entsetzten Familienreaktion auf diese Heirat waren dem Kind zu Ohren gekommen; für sie war Sharon die hübsche rothaarige Mutter der Vettern, die Spenderin von Süßigkeiten aus Ingwer und Mohrrüben in der Farbe ihrer krausen Haare, die man nirgendwo sonst bekam, und von Umarmungen, die im Laufe der Kindheit durch zunehmende Rundlichkeit immer weicher wurden.

Der Kaffee, den er bestellt hatte (Sei ein Schatz, Farida, und sag Thabi, wir möchten gern Kaffee haben – mit Keksen, ja?), sorgte für einen nahtlosen Übergang zu allgemeinen Themen. Was machte sie jetzt beruflich, sie war schon immer so abenteuerlustig, ganz richtig, es gab so viele Veränderungen unter den Leuten, überall im Land, neue Chancen und Möglichkeiten. Und sie lachten zusammen, als sie ihre gegenwärtige Beschäftigung abtat, die alte Werbetrommel, im Rahmen der so genannten ›neuen sozialen Mobilität‹ aufgewertet zu Öffentlichkeitsarbeit. Ach, und er musste ihr erzählen – er hatte das lange Wochenende mit Sharon auf einer Gästefarm in den Drakensbergen verbracht – Sharon und ich, wir haben uns richtig erholt, wie neu geboren, die Wanderungen, die heiße Sonne und die eisigen Teiche, wo niemand sonst ist – man springt einfach nackt hinein – wenn du sie noch nicht kennst, müsst ihr beide unbedingt mal hinfahren. Er weiß nicht, wer der jetzige Partner ist, obwohl er meint, sich aus den letzten Begegnungen mit ihr daran erinnern zu müssen.

Aber da hat er keine Chance.

Er stellt nie neugierige Fragen, macht es seinen Mädchen immer leicht, den richtigen Augenblick zu finden, um das Unumgängliche anzusprechen. Jetzt baut er ihr während ihres kurzen Schweigens taktvoll eine Brücke. »Aber du bist ja bestimmt nicht hierher statt zu mir nach Hause gekommen, um in meine schönen blauen Augen zu schauen.«

Er macht es ihr leicht.

Themenwechsel. »Es gibt ein Problem, und wir – der Mann, von dem du vielleicht noch nichts weißt, oder hat Nigel dir erzählt, dass ich neulich am Sonntag mit ihm zusammen dort war –, wir wissen nicht, was wir tun sollen.«

»Ach, das ist es. Mein Mädchen … Keine Sorge.« Das Licht vom Fenster hinter ihm, gefleckt von Kletterpflanzen auf dem Fensterbrett, scheint durch seine abstehenden Ohren mit ihrem Geflecht feiner Äderchen. Das Gesicht ist immer noch das Gesicht des Vaters ihrer Wahl. Des Vaters, der alles tun würde, um ihr zu helfen.

Und dann begreift sie: er glaubt, sie wäre wegen einer Abtreibung zu ihm gekommen.

Ungewollte Schwangerschaft – das ist für viele seiner Patientinnen das Ende der Welt. Was seine Nichte ihm von diesem Mann berichtet, mit dem sie sich zusammengetan hat, ist eine Bedrohung *durch* die Welt. Die sichere Welt, in der er als jemand, der sie immer in seiner Obhut hatte, auch wenn er sie monatelang nicht sah, nicht genau wusste, wo sie war, sich irgendwie für sie verantwortlich fühlte, zumal sein Bruder sich in seiner absolut standesgemäßen ersten Ehe davor drückte und ihre Mutter irgendwann zu ihrem Kasinoimpresario durchbrannte. Die Spitzfindigkeiten des Rechtswesens sind nichts für ihn, das ist nicht sein Gebiet, aber er erkennt sehr wohl, an ihren körperlichen, geistigen und seelischen Symptomen (er glaubt an die Seele, das ist Teil der Unschuld, mit der seine behandschuhte Hand in ihre Hülle, den Körper, eindringt), die unabwendbare Macht körperlicher Anziehung bei ihren Opfern, seinen Patientinnen; ihre Unbarmherzigkeit und Rücksichtslosigkeit. Ein Moloch, der von der Persönlichkeit Besitz ergreift. Er glaubt auch an die Liebe (ohne Zweifel, weil er selbst sie so anhaltend erfahren hat), die körperlicher Anziehung nicht unbedingt innewohnt, aber, wenn sie unerwidert bleibt, in Grausamkeit umschlägt (er behandelt auch vergewaltigte Frauen, in dieser von Gewalt geprägten Zeit, die selbst die Reichen nicht verschont). Er weiß, wie Liebe, aus körperlicher Anziehung erwachsen, die Besonderheit entwickelt, sich alles, was dem anderen zustößt, zu Eigen zu machen; der andere ist zum eigenen Ich geworden. Und sie ist sich dessen bewusst, dass er weiß, sie liebt den Mann, der, Beine, Körper und schließlich der Kopf, unter einem Auto hervorkroch. Und daran, das weiß er, lässt sich nun einmal nichts ändern; auch wenn andere vielleicht anders denken und dankbar sind, dass das Gesetz ihnen die Arbeit

abnimmt. Was sich machen lässt – er empfiehlt dringend, den Anwalt einzuschalten, ach was, mehrere Anwälte, alle erreichbaren Kapazitäten; wie in seinem eigenen Beruf muss vor drastischen Maßnahmen eine zweite und sogar eine dritte Meinung eingeholt werden. Von zwei Wochen noch elf Tage übrig!
»Soll ich mit dir zu diesem Anwalt gehen, den du kennst? Möchtest du, dass ich bei dir bin?«
Sie empfindet eine ungerechtfertigte Erleichterung von ihrer Angst, durch nichts begründet, nur durch diese spontane Zuwendung von jemandem, der ihr nicht helfen kann. Nein, nein, sie muss mit ihrem Freund zusammen hingehen.
»Jederzeit, jederzeit, ich bin hier. Sharon und ich, zu Hause. Du kannst anrufen, du kannst vorbeikommen. Frag den Anwalt, ob irgendein Empfehlungsschreiben – ich weiß nicht, in welcher Form – von Nutzen sein könnte. Eine Garantie für deinen Freund von diesem geachteten und unbescholtenen alten Staatsbürger.«
Er ging mit ihr an den Frauen im Wartezimmer vorbei, die von ihren Plätzen aufblickten, um ihn zu begrüßen, begleitete sie den Flur entlang bis zu den Aufzügen und wartete, damit sie nicht allein war, als die Türen zuglitten.

Es stimmt, der Anwalt praktiziert nicht mehr. Sie findet es auf Umwegen heraus, da sie ihren Vater nicht fragen kann, ohne ihm zu erklären, warum sie den Mann konsultieren möchte. Einer von den Freunden – David – ist ihre Quelle durch abgebrochene Verbindungen, die er ihretwegen wieder aufnimmt. Die Tafelrunde ist sich einig: wende dich auf alle Fälle an den Mann, auch wenn er nicht mehr praktiziert, er hat das immer noch alles im Kopf, er wird es nicht ablehnen, dich zu beraten, du sagst doch, er hat dich, er hat Abdu bei deinem Vater gesehen. Er kann es nicht ablehnen, unmöglich! Das Opfer, der Angeklagte, der Gefährdete, der Fund ihrer Freundin Julie ist zur Tafelrunde gestoßen – wie steht er dazu? –, er hat ihnen aufmerksam zugehört.

»Das sag ich ihr auch.«
»Du weißt, warum ich zögere.« (Falls er das Wort nicht versteht:) »Warum ich keine große Lust habe.«
Sie sind wie irgendeins der Liebespaare, die kommen und gehen und sich im Schutz der Tafelrunde zanken.
»Und wenn er mit deinem Vater spricht? Das kann was Gutes sein. Wenn es von ihm kommt, einem wichtigen Mann, den dein Vater mag. Soll er doch!«
Sie bekommt die Vorzimmersekretärin an den Apparat, als sie das Firmenhauptquartier unter der Nummer, die sie erhalten hat, anruft, dann die Privatsekretärin, dann die persönliche Assistentin und schließlich Mr. Hamilton Motsamai selbst. Sie musste sich der persönlichen Assistentin als die Tochter von Nigel Summers vorstellen. Der Anwalt ist (in dem Jargon, der ihr von den Geschäftsfreunden ihres Vaters vertraut ist) umgänglich: »Wie geht's Nigel? Ich werd ihn nächste Woche auf einer Sitzung sehen, sehr gut – natürlich erinnere ich mich an Sie, das Haus Ihres Vaters ist ein besonders angenehmer Ort … ja.« Er hat eine tiefe, weiche Stimme, eine schwarze Stimme, die klingt, als käme sie aus einem großen, beleibten Mann, aber sie erinnert sich, dass er klein und beweglich ist. Wenn es eilt, natürlich. Sehr gut. Schließlich ist das die Tochter von Nigel – aber dann, als wollte sie dem widersprechen, fügt sie verlegen etwas hinzu:
»Hoffentlich ist Ihnen die Bitte nicht unangenehm – aber würden Sie bitte nicht erwähnen, dass ich Sie angerufen habe, wenn Sie mit meinem Vater sprechen sollten.«
Und so gibt es sofort ein Geheimnis zwischen ihr und diesem Fremden, von dem *er*, ihr Geliebter, nichts erfahren wird. Obwohl alles in ihr ihm gehört. Das ist nur ein Faden im Gespinst der Unaufrichtigkeit, die sie erst erlernen muss, in einer Situation, auf die sie in all ihrer selbstbewussten Ablehnung konventioneller Doppelzüngigkeit überhaupt nicht vorbereitet ist. Er ist ihr Fund; auch dies musste sie erst noch in sich entdecken.

Sie wird von der Privatsekretärin, die den Termin vereinbart, gebeten, das Kennzeichen ihres Autos anzugeben, damit sie in der Tiefgarage der Unternehmenszentrale parken kann. Der gute Toyota aus zweiter Hand, den der Mechaniker für sie aufgetrieben hat, findet einen Platz in der Höhle. Sie betrachtet ihren Liebhaber einen Moment kritisch. Er sieht gut aus, mit einem Seidenschal im Kragen des Hemdes, das ihm am besten steht. Sie lächelt, aber er weiß, dass sie versucht, mit anderen Augen den Eindruck abzuschätzen, den er machen muss. Sie gehen durch Sicherheitsdrehkreuze, mit Hilfe der Plastikkarten, die sie erhalten haben, als der Wachmann an der Einfahrt ihr Kennzeichen abglich; werden von einem weiteren Uniformierten dazu angehalten, sich (ihr Name dient für beide) mit Ankunftszeit und weiteren Einzelheiten in ein Buch mit goldgeprägtem Ledereinband einzutragen; werden an eine perfekt funktionierende junge Frau weitergereicht, die ihrem Hinweis, welcher Fahrstuhl im 17. Stock hält, programmgemäß ein *Wie geht es Ihnen?* vorausschickt. Die Tür öffnet sich zu einer Empfangshalle vor ineinander übergehenden Sälen und Alkoven wie in einem Fünf-Sterne-Hotel; Palmen streben zu einer Glaskuppel, Wasser plätschert aus den Schnäbeln von Bronzekranichen in ein Becken, und unter Lampen stehen blasse Ledersofas und -sessel für Gespräche bereit. Eine Art Lunch ist in einem der Alkoven im Gange. Die Rundung einer kleinen Bar ist zu sehen, silberglänzende Eiskühler auf Ständern, ein Buffet, verdeckt von Leuten, die sich daran bedienen, unter Gelächter und Stimmengewirr, aus dem ein hohes Lachen hervorsprudelt wie ein weiterer Brunnen. Er und sie stehen da: in einem Theater sind die Scheinwerfer angegangen.

Mr. Motsamais Suite erreichen sie durch die Büros seiner Sekretärin und seiner persönlichen Assistentin, beide seehundglatte Blondinen. Er empfängt die Tochter seines Geschäftsfreundes und den jungen Mann (Ausländer) nicht in der Förmlichkeit seines Arbeitszimmers, wo er seine Geschäfte tätigt, sondern in

seinem angrenzenden Empfangszimmer, das nicht zu groß für Einzelgespräche und komfortabel mit Fernsehkonsole und Wirtschaftszeitschriften auf den Glastischen ausgestattet ist. Sein spärlicher Spitzbart, der an Stiche von alten Stammeskönigen erinnert, nimmt es an Vornehmheit mit der frischen weißen Nelke im Revers auf, neben der die Rosette irgendeines Ordens steckt.
Es versteht sich von selbst, dass Summers' Tochter zuerst das Wort ergreifen wird.
Sein Gesicht verändert sich, während er ihrer Geschichte lauscht. Als sei er durch sie in ein anderes Leben zurückgekehrt: es ist das verschlossene und hoch aufmerksame Gesicht des erfahrenen Anwalts, nicht des umgänglichen Vizepräsidenten oder was immer er in der Unternehmenszentrale dieser Bank oder dieses Konzerns ist. Die Geschichte der jungen Frau wird zu einem Geständnis mit all den Einzelheiten, die sie sorgfältig auswendig gelernt hat und vorsichtig vorträgt, denn sie ist sich bewusst, dass ihr Begleiter sie stumm überwacht.
Mit diesem anderen Ausdruck seiner intellektuellen Fähigkeiten, seines beruflichen Könnens, hat der Anwalt sich zahllose Geständnisse angehört und sie gleichzeitig analysiert. Er wechselt von der Konzentration auf ihre Worte zu ungenierten prüfenden Blicken auf den Begleiter – um sich Bestätigung zu holen für seine eigene Interpretation des Gehörten, der mutmaßlichen Handlungsweisen und Motive ihres Gefährten.
Als sie fertig ist – oder vielmehr, als sie zu reden aufhört, muss sie gegen das Gefühl ankämpfen, fortfahren zu sollen, Argumente vorzutragen, die für sie sprechen, für ihren Geliebten. Dem Anwalt sind nach langen Jahren vor Gericht diese Symptome aus vielen Zeugenaussagen bekannt. Er lehnt sich in seinem Sessel zurück und strafft die Schultern, um die sich eine unsichtbare Robe spannt – der Anwalt war auch eine Weile lang als Richter tätig und könnte jetzt auf Lebenszeit dem Richterkollegium des Obersten Gerichtshofs angehören, wenn er sich nicht für die andere, profitablere Form der Macht über menschliches

Schicksal entschieden hätte, die Hochfinanz. Aus seiner vergangenen Laufbahn ist ihm der Blick, der sich auf ihn als Orakel richtet, nur allzu vertraut. Es ist eine der Belohnungen dafür, die schwere plissierte Robe mit einem maßgeschneiderten Sommeranzug vertauscht zu haben, dass er nicht mehr Gegenstand solcher Erwartung zu sein braucht; er hatte selbst manchmal seine Gefühle unterdrücken müssen, ein verletzlicher Mann, ein Schwarzer, dessen alte Eltern auch einmal solche Bittsteller waren. Und ihm war immer bewusst gewesen, dass das einzig Orakelhafte, was er sich gestatten durfte, die Abwägung nüchterner Tatsachen war.

Sein kurzes Schweigen teilte dies den beiden mit.

Dann sprach er. »Ihr seid nicht verheiratet.«

»Nein. O nein.«

Eine Art Orgelton kommt von ihm, etwas zwischen einem Ausruf und einem Stöhnen – eine alte afrikanische Bekräftigung. Es kann ein Trost oder eine Warnung sein – sie kennt diese nonverbalen Äußerungen, die typisch für Afrikaner sind, so wie Griechen oder Italiener oder Juden die für sie bezeichnenden haben, auch wenn sie vor allem Umgang mit den Jüngeren hat, denen die imposanteren, beredsameren, traditionelleren Formen afrikanischer Selbstdarstellung abhanden gekommen sind und die nur jene an die Tafelrunde, die Bars, die Straßen weitergegeben haben, die sich für den allgemeinen Gebrauch eignen, über alle Kulturgrenzen hinweg, und die nun von allen ihrer Generation zu hören sind, unabhängig von Hautfarbe und Herkommen.

»Die Erfolgsaussichten eines Einspruchs wären für Mr. …? unter Umständen im Falle einer Verehelichung ein wenig günstiger gewesen. Er wäre in den Genuss der Regelung gekommen, dass dem Ehepartner eines Staatsbürgers – und das ist Julie, Miss Summers, natürlich ohne Frage – unbegrenztes Aufenthaltsrecht gewährt wird. Augenblick, warten Sie … Jetzt, in diesem Stadium die Ehe einzugehen würde Ihre Lage nur zusätzlich erschweren; das würde als ein bloßes Manöver betrachtet werden, um die Aufenthaltserlaubnis zu erschleichen, weiter nichts. Eine Ehe mit einem Staatsangehörigen als positiver Faktor bei dem Ersuchen um Einreisegenehmigung oder unbefristete Aufenthaltserlaubnis muss von einer gewissen Dauer sein – Beweis dafür, dass es sich um eine echte Beziehung handelt. Sie können mir gewiss folgen. Zu viele Einwanderungswillige sind bereit, einer Frau für eine Heiratsurkunde Geld zu zahlen – der Vollzug der Ehe steht nur auf dem Papier, die Scheidung folgt nach angemessener Frist. Das Innenministerium, das Sie aufgefordert hat, das Land zu verlassen (er weist mit dem Bart sanft auf den jungen Ausländer), kennt diese Tricks bestens. In diesem kritischen Stadium also für Sie sinnlos.«

Eine Art Garantie – eine Befürwortung des Gesuchs – ein guter Leumund und Einkommensnachweise – könnten die von Nutzen sein? Es geht doch darum, dass niemand dem Staat zur Last fallen soll?

Nigel Ackroyd Summers' Tochter natürlich. Aber sie hatte gesagt, bitte erwähnen Sie meinem Vater gegenüber nicht, dass ich mich an Sie gewandt habe ... Höchstwahrscheinlich war dem Mädchen schon einiges Geld überschrieben worden – das übliche Vorgehen vermögender Leute, um die Erbschaftssteuern niedrig zu halten.

»Empfehlungsschreiben, vermutlich von Personen mit untadeligem Ruf ... ja, hätten Ihnen nützlich sein können, in einer weniger, wie soll ich mich ausdrücken, verfahrenen Situation. Hoffnungslos verfahren. Da ist ein junger Mann, der auf zweifelhaftem Weg einreiste und nach Ablauf seines Visums aufgefordert wurde, das Land zu verlassen, und zwar vor – wie lange ist das jetzt her?«

Der Bart weist ihr die Frage zu, aber sie antwortet nicht; die Länge der Zeit zu bestätigen ist wie das Schuldeingeständnis eines Straftäters. Der Bart neigt sich zu dem fraglichen jungen Mann auf der Anklagebank.

»Ein Jahr, fünf Monate und einige Wochen.«

»Na also. Ah-häh … Sie wurden vor über einem Jahr und fünf Monaten des Landes verwiesen, Sie – verschwanden – Sie blieben hier und gerieten dadurch mit dem Gesetz in Konflikt, es gelang Ihnen, sich dem Gesetz zu entziehen, Sie verstießen gegen das Einwanderungsgesetz, Sie widersetzten sich dem Innenministerium. Und zu Ihrem Glück, durch die Pflichtvergessenheit der Bürokraten, die mir aus der Zeit meiner anwaltlichen Tätigkeit nur zu bekannt ist, rutschte Ihr Fall in eine Spalte im Ablagesystem, ging in den Computern verloren, die Beamten rauchten Zigaretten und plauderten und sahen auf die Uhr, ob es schon Zeit war, nach Hause zu gehen, und haben Sie vergessen! Vielleicht können wir sagen, dass Sie Glück hatten. Vergessen! Sie erhielten Aufschub, eine Gnadenfrist … Ich weiß nicht, ob das ein Glück war, wenn wir Ihre jetzige Lage betrachten.«

Aber sie sitzen jetzt vor ihm, die junge Frau und der Mann, der zu ihr kam aus dem Versteck, in dem er verschwand, unter einem Auto auf einem schmutzigen Werkstattfußboden, Monate und Wochen haben ihnen gehört, *er ist nichts für Sie, sie ist nichts für ihn*, aber sie waren, sie sind alles füreinander!

Sein Redefluss ist nicht aufzuhalten, er lässt sich nicht unterbrechen, er hält sein Plädoyer wie gewohnt, unbeirrbar.

»Sie haben sich in eine Lage gebracht, in der Sie mit einem Strafprozess rechnen müssen, ganz zu schweigen von der Ausweisung. Das ist der springende Punkt. Das fällt in die Waagschale gegen alle Referenzen zu Ihrem Charakter, Ihrer Eignung als künftiger Staatsbürger, Ihren finanziellen Sicherheiten und so fort. Ich bedaure außerordentlich, Ihnen diese unwiderlegbaren Tatsachen sagen zu müssen! Ihnen wurde mitgeteilt, dass Ihr Visum abgelaufen war und nicht verlängert werden würde; Sie entschieden sich, illegal hier zu bleiben, Sie legten Ihre Identität ab und bedienten sich eines anderen Namens. Wenn Sie ausgereist wären, in Ihr Herkunftsland zurückgegangen wären oder irgendwoandershin, wo Sie meinten, eingelassen zu werden, wenn Sie von dort aus, außerhalb dieser Grenzen, erneut eine Aufenthaltserlaubnis beantragt hätten, dann hätten Ihnen die Empfehlungsschreiben angesehener Bürger hier durchaus von Nutzen sein können … Garantien … Geld ist immer nützlich. Ja – (der tiefe Ton erklang wieder, lang ausgehalten). Ah-häh. Diese Leute sind bestechlich. Das wissen Sie. Das wissen wir alle. Ah-häh. Das ist die Seuche, die die für unser Land errungene Freiheit angreift, uns von innen heraus krank macht, eine der eiternden Wunden der Korruption. Nun gut. Mit Geld – genug Geld – könnten Sie zweifellos jemandes Hände dazu bewegen, diese neueste Ausreiseanordnung zu zerreißen. Sie könnten für ein paar weitere Monate Ihren falschen Namen behalten, einen anderen annehmen, für – ich weiß nicht – vielleicht ein weiteres Jahr wiederum verschwinden, aber ein anderer Beamter, der dem ersten übel will, wird Ihren Vorgang im Computer auftreiben, Sie haben sich erneut strafbar gemacht, obendrein gelten Sie als Wiederholungstäter, Verstoß gegen das Einwanderungsgesetz plus Bestechung.«

»Und da ist gar nichts zu machen, Mr. Motsamai?«

Er schaut sie durchdringend an, hebt langsam die Augenbrauen. Eine Welle des Widerwillens durchläuft sie: *er ist nichts für dich*, das sagt er in Wirklichkeit: der berühmte Anwalt ist einer von *denen*, den Leuten ihres Vaters mit ihren eleganten Danielles und ihren Debatten über Futures und Hedge-Fonds, wie er hier in seinem Konzernpalast sitzt, es bedeutet überhaupt nichts, dass er schwarz ist; er war eines ihrer Opfer, jetzt ist er einer von *ihnen*. Auch er erwartet von ihr, jemanden aus ihrer eigenen Welt zu wählen – der Welt, zu der er gehört.

Sie steht auf, um zu gehen. Aber es ist, als hätte seine alte Fähigkeit, die Gedanken bekümmerter Bittsteller zu lesen, ihm eingegeben, wie sie ihn beurteilt; er hat sie nicht beachtet und sich dem Ausländer zugewandt.

»Ich weiß, wie das ist. Mann, meine Leute wurden an vielen Auswanderungs- und Einwanderungsschranken zurückgewie-

sen. Viele Jahre lang, jahrhundertelang. Ich selber, als ich jung war. Als ich die Gelegenheit hatte, zum Studium ins Ausland zu gehen. In den Sechzigern – es dauerte drei Jahre – immer ja-nein – bis die Anträge schließlich abgelehnt wurden. Ausreisegenehmigung, nur in eine Richtung – hau ab und komm nicht zurück – den Stempel musste ich damals hinnehmen.«
Danke. Auf Wiedersehen. Auch sie hat ihre Eingebungen, sie weiß, was er im Schilde führt, indem er die rechtmäßige Zugehörigkeit zu seinem leidgeprüften Volk beansprucht, obwohl er sich inzwischen erfolgreich von ihm distanziert hat. Aber ihm stehen noch andere Fähigkeiten zu Gebote, geschult im Gericht und in Vorstandsetagen, er weiß, wie man der Feindseligkeit von Zeugen und schwierigen Investoren entwaffnend begegnet. Die Frage, auf die er bislang nicht eingegangen ist, wird er zu dem von ihm gewählten Zeitpunkt beantworten. »Aber … ich hab zu meiner Zeit viele scheinbar aussichtslose Fälle übernommen, also muss ich Ihnen wohl vorschlagen, einen Anwalt aufzusuchen, der dumm genug ist, solche Fälle zu übernehmen, und schlau genug, um das Beste daraus zu machen. Ich könnte einen früheren Kollegen anrufen.«
»Danke. Nein, danke.«
Sie wird aufgehalten, die Hand, die sonst so zärtlich ist, hält sie am Unterarm fest.
»Das wäre gut. Vielen Dank. Können Sie jetzt gleich anrufen? Wir können jederzeit kommen, sofort.«
»Ich hab gleich eine Sitzung, muss noch Unterlagen durchgehen – aber ich werde veranlassen, dass meine Assistentin den Kollegen anruft, sobald ich Zeit habe, und wenn ich mit ihm gesprochen habe, wird sie sich bei Ihnen melden – sie hat doch Ihre Nummer, Miss Summers, Sie haben doch ein Handy …«

Sie hält ihm brüsk die Autoschlüssel hin.
Ist gut. Ist gut. Sein schönes Lächeln, für sie, aus den ersten Tagen.

Aufgeblasener Sack.
Ist gut. Ist gut. Bevor er den Motor anlässt, tut er das Erforderliche, legt den Arm um sie und küsst sie auf die angespannte Wange.
Wir können uns selber einen Anwalt suchen. Wir hätten gar nicht erst zu ihm gehen sollen. Ich hätte wissen müssen, was er die ganze Zeit denkt: *was mein Vater sagen würde!* Und ich glaub nicht, dass er auf dem Gebiet überhaupt Ahnung hat, er war eine ganz andere Sorte Anwalt, das ist ihm nicht spektakulär genug, kein Mordfall.
Da täuschst du dich, weißt du. Er kennt sich mit Steuern aus.
Wie man nicht bezahlt, ja. Aber das ist auch schwierig. Das ist die Welt, wie die der anderen Freunde von deinem Vater. Er weiß, ganz genauso funktioniert es auch für alle möglichen anderen Dinge.
David kennt Anwälte.
Was kann David schon für Anwälte kennen. Dieser Mann ist wichtig, seine Leute sind große Leute. Hör auf mich, Julie.
Das war die Botschaft des Griffs um ihren Unterarm: ich bin ein Mann. Ich bin derjenige, der nichts für dich ist, dich aber jede Nacht besitzt: hör auf mich.
Der Anruf erreichte sie auf dem Mobiltelefon, das sie auf Verlangen ihrer PR-Agentur immer bei sich tragen musste.
Dieses Telefongespräch war nicht der witzelnde Abtausch von Medienjargon, ihrer bevorzugten Kommunikationsform. Der Name des Kollegen von Mr. Motsamai, seine Telefonnummer, die Adresse seiner Praxis, Tag und Uhrzeit des Termins. Julie und ihr Problem befanden sich inmitten der Tafelrunde. Die Hintergrundmusik war an dem Tag besonders aufdringlich, aber alle verschlossen davor die Ohren: die Freunde hingen an ihren Lippen, als sie die Information wiederholte. Einer von ihnen gab dem Geliebten einen Kugelschreiber, damit er sie notieren konnte, aber er hatte kein Papier, und der Dichter, der sich oft Zeilen aufschrieb, die ihm im Nachhall des Stimmengewirrs im

EL-EY Café einfielen, und der befürchtete, der Ausländer würde sie sowieso nicht richtig mitkriegen, notierte die Information für sie zwischen den tantrischen Kritzeleien in seiner Kladde.

Irgendwo unter den wenigen Habseligkeiten eines Illegalen befand sich etwas, von dessen Existenz sie nichts wusste: ein Anzug. Vielleicht hatte er in einer Plastiktüte in dem Werkstattschuppen gehangen. Er zog ihn für den Termin bei dem Anwaltskollegen von Mr. Motsamai an. Er hatte gesagt, er müsse allein hingehen, und brachte offenbar auch genug Selbstvertrauen dafür auf. Er fühlte sich sichtlich wohl in dieser modischen, weit geschnittenen Version der Kleidung, die den achtbaren Bürger kennzeichnet, wie die schwarze Robe den Richter kennzeichnet, schien darin ebenso zu Hause zu sein wie in seinem Mechaniker-Overall. Sie begreift, dass ein Illegaler eine Art Chamäleon sein muss, neben den anderen Kriegslisten, zu denen er greifen muss. Sie begleitete ihn schließlich doch. Es konnten Sprachprobleme auftreten.

Als sie dem Anwalt gegenübersaßen, war er es, der redete, in einem eindringlichen Wechsel von Wortschwall und zögernder Suche, entmutigt und energisch zugleich. Er fand die Worte: der Anwalt verstand sie, es war wie eine Geheimsprache zwischen den beiden Männern. Schriftstücke mussten unterzeichnet werden. Der Mann hatte Hautfalten, die sich unter dichten schwarz-grauen Augenbrauen halb über die Lider senkten; dieses Merkmal hatte etwas Hypnotisches an sich. Eine Verlängerung der Frist von vierzehn Tagen musste beantragt werden, gewisse Personen in bestimmten Abteilungen mussten angesprochen werden, all das würde prompt erledigt werden. Dann konnte das eigentliche Verfahren zur Erlangung einer unbefristeten Aufenthaltserlaubnis beginnen. Alle Umstände waren vollkommen verstanden und notiert worden. Der Klient würde auf dem Laufenden gehalten werden.

Fünf Tage, vier Tage übrig von den vierzehn. Dann kam der Aufschub – der Hypnotiseur informierte seinen Klienten von einer

Verlängerung um weitere vierzehn Tage auf Grund weiterer Ermittlungen des Rechtsberaters zur angemessenen Vertretung seines Mandanten. Sie erschienen nicht in der Tafelrunde. Im Mechanikerkostüm ging er immer noch jeden Morgen in die Werkstatt, ein Ritual, das seinen Sinn verloren hatte. Sie gingen abends nicht aus. Sie lagen im Bett oder saßen auf der Stufe, die noch warm von der Tagessonne war, und redeten ins Dunkel des nächtlichen Gartens. Sie hatten mit nichts als der Gegenwart gelebt, und jetzt redeten sie über eine Zukunft, die unter Umständen nie kommen würde. Aber diese Zukunft existierte, für sie beide.

Was würdest du eigentlich gern machen?

Informatik. Weiterstudieren.

Wir könnten zusammen was machen, während du dich ausbildest …

Kapstadt wär ein guter Ort.

Während du studierst, könnten wir ein kleines Unternehmen gründen, ich hab schon manchmal daran gedacht, eine Copyright-Agentur im Internet, nur eine Website, kein Büro, so viele Leute, die ich aus der Musik- und der Unterhaltungsbranche kenne, wissen nicht, wie das Urheberrecht funktioniert, sie werden jeden Tag übers Ohr gehauen. Ich bin durch meine PR-Kontakte mit diesen Dingen ziemlich gut vertraut.

Kapstadt … eine schöne Stadt, hab ich gehört.

Ja, vielleicht; das könnten wir machen. Wir sollten irgendwohin gehen, fort von allem hier. In den Ferien war ich natürlich da, mein ganzes Leben lang – aber ich hab nie da gelebt. Wunderschöne Ferien, als Kind – das Meer.

Dir gefällt es. Da leben.

Ich wollte immer am Meer leben, ich weiß nicht, warum ich nicht die Energie aufgebracht habe, von hier fortzugehen. Und du? Das Meer.

Ich kenne es nicht. Überhaupt nicht.

Sie drückt seine Hand, die in ihrer ruht: der Sand, der Staub.

Das Meer ist der Inbegriff einer Oase für die trockene Welt, seine Tiefen voll vielfältigem Leben, seine Oberfläche frei, mit Routen, die keine Grenzen kennen, die Flut steigt bald an dieser Küste, bald an jener.

Am siebten Tag des Aufschubs hinterlässt der Anwalt eine Nachricht auf ihrer Mailbox. Sie sollen um halb vier zu ihm kommen.

Er verlässt die Werkstatt ohne Erklärung – das ist jetzt nicht mehr wichtig. Sie fährt ihn ins Cottage, damit er sich umziehen kann; sie möchte ihm nicht sagen, dass es nicht nötig ist, den Anzug zu tragen, seine eleganten Jeans genügen vollkommen. Beiden schnürt es die Kehle zu, als hätte sich dort angehaltener Atem festgesetzt. Der Ausdruck unter den Hautfalten, in den halb verhangenen Augen, ist unverändert. Der Anwalt schüttelt ihnen die Hand, ihr, ihm, und sie nehmen Platz. Als er spricht, wendet er sich nur an den Ausländer, denn was er zu sagen hat, betrifft ihn – die junge Frau ist Nigel Ackroyd Summers' Tochter, hat Motsamai ihn informiert, ihr droht keine Gefahr, sie gehört hierher. Alle Möglichkeiten sind ausgelotet worden. Bis hinauf zur höchsten Ebene, möchte er hinzufügen. Motsamai ist äußerst hilfreich gewesen. Es ist vollkommen ausgeschlossen, dass ihm unbefristeter Aufenthalt gestattet wird. Er bedauert außerordentlich, sagen zu müssen: es kann nichts weiter getan werden, weder von ihm noch von sonst jemandem. Er muss dem Klienten das mitteilen, um ihm vergebliche Hoffnungen und unnötige Kosten zu ersparen. »Offen gestanden – selbst wenn Sie es als äußerste Maßnahme in Erwägung ziehen sollten, nicht einmal Geld würde die richtige Hand finden. Wie Sie sicher in den Zeitungen gelesen haben, sind soeben in der betreffenden Behörde, in der zuständigen Abteilung, mehrere Fälle von Korruption aufgedeckt worden.«

Was gibt es noch zu fragen; aber die beiden warten.

Anfangs wiederholt der Anwalt, was er gesagt hat; Klienten wollen schlechte Nachrichten oft nicht hören, nicht aufnehmen, sie glauben an den Anwalt, ignorieren die Grenzen seiner Möglichkeiten, vergessen, dass sie sich selbst in diese Lage gebracht haben.

Dann plötzlich wendet er sich an die junge Frau, als müsse das, was er zu sagen hat, dem Klienten von einem ihm nahe stehenden Menschen schonend beigebracht werden – zu hart, um es ihm ins Gesicht zu sagen. »Er wird das Land innerhalb von zehn Tagen verlassen müssen. Es ist mir gelungen, die Frist von einer Woche um drei Tage zu verlängern.«

Sie gehen wieder ins – sind wieder im – EL-EY Café. Wo sonst soll sie hingehen? Und er, der nirgendwohin konnte, zu niemandem.

Sie erzählt den Freunden die Geschichte, immer wieder von vorn, während dieser und jener im Laufe des Berichts zur Tafelrunde stößt. Sie wollen alle Einzelheiten hören, das ist ihre Art, Anteilnahme zu zeigen; sie wiederholen sie, erörtern sie, stellen alle dieselben Fragen, ein vielstimmiger Chor. Das Kommen und Gehen, das Gelächter, das Stühlerücken, das Wechseln von Musikkassetten, Haarmähnen, die in den Nacken geworfen werden, überschwängliche Begrüßungen, Gemurmel, all das geht unvermindert weiter: die Tafelrunde könnte ebenso gut einen Geburtstag feiern.

»Hab dir doch gesagt, mein Bruder, verschwinde. Deine einzige Chance. Wie die Mosambikaner, Kongolesen, Kenianer und so.«

»Aber er versucht es besser woanders. Durban, Kapstadt, weit weg von hier.«

»Auf keinen Fall! Das hier ist die einzige Stadt, die groß genug ist, das Labyrinth, in dem man sich verkrümeln kann.«

»Ja, klar, wie kommen die denn sonst alle durch, möcht ich mal wissen? Auf allen Bürgersteigen stolperst du über ihre Schnitzereien und ihre Bijoux – überall reden sie Suaheli oder Französisch oder was weiß ich. Die lassen sich nicht fassen. Das Gesetz der großen Zahl. Die kriegt keiner.«

»Im Dunkel der Nacht, Mann. Die sind Schwarze wie ich. Aber der hier, Abdu, das ist keiner von denen, sein Gesicht und alles – das verrät ihn.«

»Biju – was ist das?«

»Jedenfalls kein Rauschgift – Kitsch, falls du den erkennst, wenn du ihn siehst.«

»Ich bin immer noch überzeugt, du hattest den falschen Anwalt. Du bist einfach zu wohlerzogen, Julie, Leute aus den Villenvororten machen sich nicht die Hände schmutzig. Der Sonntagsgott sieht nur einen Spatz fallen, Mädchen, er verhängt kein Du-sollst-nicht über Konzernabsprachen, aber er verhängt, dass es nicht fein ist, sich einen Anwalt zu nehmen, der zu krummen Touren bereit ist. Du kannst mir nicht erzählen, dass sich so was nicht auf die krumme Tour regeln lässt. Mann, der Obermacker im Innenministerium ist gerade seinen Job losgeworden wegen Bestechlichkeit …«
Julie schlägt mit der flachen Hand auf den Tisch. »Ich weiß sehr wohl, wie es da läuft, wo ich herkomme, oder im Innenministerium. Aber genau das, was du vorschlägst, ist das Problem. Die krumme Tour. Das hat nichts mit ehrpusseligen Skrupeln zu tun. Wir wissen aus zuverlässiger Quelle, dass alle da gerade jetzt panische Angst haben, die Hand aufzuhalten. Er würde sich nur eine Anklage wegen Bestechung einhandeln, zusätzlich zu allem anderen …«
»Ach was … je höher du steigst, desto geringer das Risiko, belangt zu werden. Du kannst mir nicht erzählen, dass mit den richtigen Verbindungen …«
Anspielung auf ihren Vater; in einer Unterströmung, die die Tafelrunde vor Julie verborgen hielt, ist das Geld ihres Vaters nie in Vergessenheit geraten, denn im Gegensatz zu ihr stehen dem Sprecher und anderen unter den Freunden keine Oldtimer-Rover zur Verfügung. Die Ausnahmen – ihre Mitflüchtlinge aus den Villenvororten – wissen, dass Nigel Ackroyd Summers einen Minister, mit dem er essen geht, niemals mit einer privaten Bitte behelligen würde, damit dieser illegale Fremdling aus einem rückständigen Land weiterhin mit seiner Tochter schlafen kann.
Einer von ihnen wischt das Gesagte vom Tisch: »Das ist doch Quatsch, Andy.«
»Aber du kannst mir nicht erzählen …«
»Wenn die alle – hunderte, tausende – ungeschoren bleiben,

muss es eine Lösung geben. Du musst dich umhören. Überall.«
Wo ist überall?
Sie wartet auf Antworten, die nicht kommen; die Freunde sind immer zusammengerückt, um Lösungen für alles zu finden, was einem von ihnen zustößt. Die alternativen Lösungen alternativer Lebensweisen?
Und wenn es nur wie neulich bei dem, der täglich mit dem Todesurteil von Aids unter ihnen sitzt, gelänge, die unerträgliche Nachricht in tröstliches Gelächter zu verwandeln.
»Verschwinde, mein Bruder. Wie ich sage.«
Der alte Dauergast, der Dichter, hat stumm die Wiederholungen der Geschichte mit angehört. Er reißt ein Blatt aus seiner Kladde, auf dem er gerade etwas notiert hat, faltet es zusammen und drückt es ihr in die Hand.
Daheim im Cottage hört sie in der Hemdtasche über ihrer linken Brust etwas knistern. Sie fasst in die Tasche – *hör dich überall um* –, holt zerstreut einen Zettel heraus, er trinkt gerade Wasser, ein Glas, zwei Gläser, tiefe Schlucke über der Spüle, er keucht nach dem letzten und schüttelt langsam den Kopf. Sie entfaltet den Zettel und liest, was darauf steht.
›Das ist nicht alles, nur der erste Teil und von jemandem namens William Plomer, den du bestimmt nicht kennst.

Gehn wir in ein andres Land,
Nicht deines oder meines,
Und fangen neu an.
Ein andres Land? In welches?
Eins ohne Feuer, wo unterm Laub
Das Fieber lauert und Wasser
An die Durstigen verkauft wird?
Mit Drogen oder Papieren
In den Schuhen, damit wir nicht verhungern?
Hoffnung wäre unser Reisepass,

Der Rest, der findet sich,
Du brauchst nur ja zu sagen.
(Tut mir Leid, aber ich weiß nicht, wie es endet.)‹

Sie hat es ihm vorgelesen, aber es ist für sie bestimmt.

Stumm.
Vielleicht ganz gut so. Wenn sie von Dingen reden, die man einfach besser weiß. Man ist stumm, wenn man nicht sprechen kann – wenn man ihre Sprache nicht so sprechen kann wie sie. Man muss die Lippen und die Zunge anders benutzen, den Penis und sogar die Fußsohlen, um die ihren im Bett zu liebkosen, anstelle von Meinungen und Überzeugungen. Was nutzt das jetzt noch?

Er kann nicht mit ihr schlafen. Das ist ihr noch mit keinem ihrer Liebhaber passiert. Ohne ihr irgendetwas zu sagen, nimmt er das Auto – wo ist er hingefahren? Er kommt mit den Sachen zurück, die er noch in dem Schuppen hinter der Werkstatt hatte. Die Reisetasche mit den ausgefransten Schildchen in jener fremden Schrift steht zusammengefallen auf dem Fußboden des Zimmers, in dem sie miteinander gegessen und geschlafen haben.
Er fragt sie, ob sie weiß, wo er ein billiges Flugticket kriegen kann. Natürlich weiß sie das; durch ihre Arbeit mit Popgruppen und Konferenzteilnehmern hat sie Verbindungen zu Reisebüros und Fluggesellschaften. Und dann sieht sie ihn an, sieht in ihn hinein, ungläubig.
Machst du das für mich? Oder sagst mir, wo ich hingehen muss.
Ihr Busen hebt und senkt sich unter dem Sweater, und die Nasenlöcher ihrer schönen Nase (ihr Gesicht fand er nie schön, ihre Nase aber von Anfang an, seit er an jenem ersten Tag unter einem Auto hervorkroch) sind starr geweitet. Etwas steht bevor, Tränen, ein Ausbruch – er muss rasch zu ihr, um es abzuwenden, er legt die Arme um sie, wie man jemandem zur Not die Hand auf den Mund legt.

Womit sie kämpft, nicht nur in diesem Augenblick direkter Konfrontation, sondern ständig, an all den Tagen, die ausgestrichen werden, sobald das Licht des nächsten durch den Spalt im Vorhang auf das Bett fällt, in dem sie liegen, das kann sie nicht mit ihm besprechen. Noch nicht.

Verschwinde. Wie ich sage.

So oder so. Er verschwindet in eine andere Stadt, eine andere Identität, taucht unter; oder er verschwindet in die Deportation.
Abends gehen sie wieder ins EL-EY Café, fort von dem Schweigen im Cottage und der zusammengefallenen Reisetasche, denn meistens ist dort jemand, dem sie sich unter den Freunden immer besonders nahe gefühlt hat.
Der Kampf bleibt fest in ihr verschlossen. Er hat von ihr Besitz ergriffen, aber den anderen ist er fremd, sogar denen, denen sie sich nahe fühlte, und entfremdet sie ihr. Sie hat das Gefühl, sie nie gekannt zu haben, keinen von ihnen, so wie sie ihn jetzt zu kennen meint, den ihr fremden Mann, der eines Tages unter einem Auto hervor auf sie zukam, sparsam mit seinem schönen Lächeln, voll Würde, erworben in einem Leben, das sie so wenig kennt wie seinen wahren Namen. Ihre Clique, die Kumpel, die Brüder und Schwestern. Das sind jetzt die Fremden, und er ist der, den sie kennt.
Na, wie steht's?
»Scheißspiel. Auf den Flughäfen schlüpfen die alle durch die Einwanderungskontrollen, den Arsch voll Kokain oder die Vagina voll Ecstasy – und ich mein die Droge –, aber er wird rausgeschmissen.«
Weder die Empörung noch das Mitgefühl haben Gewicht; sie sorgen nur für die Belebung des heutigen Abends. Noch eine Runde Wein, trink was, Julie, und du auch, Abdu. Jemand reicht einen Joint herum, wahrscheinlich eher das, was ein Prinz aus

dem Morgenland braucht. Der Dichter ist nicht da. Niemand ist da. Niemand wird für sie da sein, in dieser Stadt, in diesem Land.
Die beiden trinken nicht und rauchen nicht und verabschieden sich früh. Ihr leerer Platz in der Tafelrunde ein Schweigen, das bald gebrochen wird: »Kein Weltuntergang. Unsere Julie war ja schon öfter verliebt, wie wir wissen.«
»Dieser Mann war von Anfang an eine Katastrophe.«
»Komm, so übel ist er auch wieder nicht, er brauchte eben einen Teller Suppe. Und ein Bett. Und offensichtlich weiß er, was er darin machen muss.«
»So hab ich sie noch nie gesehen. Schlimm, Mann.«
Ein Neuzugang zur Tafelrunde fährt sich mit der Hand über den rasierten Schädel und starrt, als wolle er dem Weg folgen, den sich die Tischgenossin und der Ausländer durch die lebhaften Samstagabendgäste bahnen.
»Julie soll sich abregen.«

Da es sinnlos geworden ist, weiterhin den Autoschlosser zu spielen, verbringt er seine letzten paar Tage im Cottage. Er hat keinen Hunger, aber ständig Durst; liegt auf dem Bett, das nun ebenfalls ausgedient hat, mit einer großen Plastikflasche voll kaltem Wasser neben sich auf dem Fußboden.
Also war er da, als sie mit dem Umschlag des Reisebüros von der Arbeit nach Hause kam. Sie gab ihm den Brief. Er zögerte kurz, las den Namen des Reisebüros mit dem Logo eines großen fliegenden Vogels, als wollte er sich der Bedeutung vergewissern. Er schlitzte den Umschlag mit dem Finger auf. Darin steckten zwei Flugtickets.
Sie stand vor ihm wie ein Schulmädchen, die Hände im Rücken verschränkt.
Und jetzt ist Gelegenheit: es gab noch keine Beschreibung dieser Julie, wenig Hinweise, wie sie aussieht, es sei denn, dass die Worte und Taten einer Person ein Gesicht und einen Körper be-

schwören. Es gibt ohnehin keine allein gültige Beschreibung. Jeder, der ein Gesicht sieht, sieht ein anderes – ihr Vater, Nigel Ackroyd Summers, seine Frau Danielle, ihre Mutter in Kalifornien in der Erinnerung, ihre Altersgenossen von der Tafelrunde, der alte, unveröffentlichte Dichter; ihr Liebhaber. Das Gesicht, das er sieht, ist das zur Situation passende. Die beiden Flugtickets, die er in den Händen hält, umdreht, aufblättert, studiert, lassen für ihn ein Gesicht Form annehmen, das vorher nicht existierte, nicht möglich ist, nicht sein kann. Wie sie war und jetzt ist, wie die Frau Julie aussieht, entsteht also in seinen Augen.

Sie wollen immer gesagt bekommen, was an ihnen schön ist, die Frauen überall, aber wahrscheinlich habe ich das nie getan, weil ich es nicht auszudrücken wusste wie jetzt in meiner eigenen Sprache. Wir haben auch unsere Dichter, von denen sie bestimmt noch nie gehört hat, Imru' al-Qays, Antara. Muss verstehen, was ich jetzt sehe, wenn ich dieses Mädchen anschaue, diese Frau – wie alt, neunundzwanzig, ein Jahr älter als ich. Aber es sind nicht die Tage und Jahre, es ist das Leben, das über das Alter bestimmt! Sie ist ein Kind, sie sind alle Kinder, und was sie jetzt tun will, ist nichts für sie, ein Leben, dem sie unschuldig gegenübersteht, von dem sie keine Ahnung hat, Unschuld und Unwissen sind bei ihnen ein und dasselbe.

Sie kam in die Werkstatt wie irgendeine ihrer Frauen mit einem Auto, das ihnen der Ehemann oder der Vater geschenkt hat, und mit der Freiheit, der sie sich nicht einmal bewusst sind, zu gehen, wohin sie Lust haben, und einen fremden Mann anzusprechen, Befehle zu erteilen, während ich unter einem Auto hervorkrieche und aufstehe, ein schmutziger Trottel in diesem Overall, um ihr durch die Straßen zu folgen. Ist ihr klar, dass dort, wohin ich zurückgeschickt werde, ein Mädchen wie sie nicht allein aus dem Haus gehen kann? Ich habe sie, glaube ich, gar nicht richtig angesehen. An jenem Tag. Europäerin, aber so nennen sie sich nicht, sie sind nicht in Europa, sie gehören hierher. Also: weiß, jung, nicht schick, sondern in dem Stil gekleidet, der ihrer Meinung nach den Unterschied zwischen Arm und Reich verdeckt, wie mein Overall verdecken sollte, dass ich ein Illegaler auf der Flucht bin. Aber sie sah mich an. Ich weiß nicht, was sie da zu sehen meinte, jedenfalls lud sie mich zu einer Tasse Kaffee ein. Und dann saß sie da in dem lauten Café, mit einem fremden Mann, einem Niemand, den sie von der Straße aufgelesen hatte oder an einem nicht viel besseren Ort. Wahrscheinlich sah ich sie da als Frau. Sie war keine Blondine – mein Onkel und meine Vettern hatten mir immer erzählt, wie attraktiv Blondinen für sie waren –, das Haar ein unbestimmbares Braun und glatt, hinter die Ohren zurückgekämmt. Später, manchmal im Bett mit ihr, fiel mir auf, dass das Ohr neben mir auf dem Kissen klein und eng anliegend war. Hübsch. Die Augen wassergrau und nicht groß, ihr Blick immer direkt. Was sonst noch; die Augenbrauen wesentlich dunkler als das Haar, nicht zu den feinen Strichen gezupft wie bei den Mädchen, die einen damit bei mir zu Hause anflirten, sie hochziehen oder stirnrunzelnd senken. Dunkle Farbe auf dem Mund, der sich ständig ein wenig bewegt, unbewusst, während sie aufnimmt, was jemand zu ihr sagt. Als lernte sie eine Sprache. Oder versuchte es. Als wüsste sie Bescheid, dabei weiß sie nichts. *Gar nichts!*

Unmöglich, ihre Idee. Was kann sie dort machen. Was soll ich mit ihr machen. *Dort.* Ich bin ihrem Vater gegenüber für sie verantwortlich, sie meint, er zählt nicht, aber in dieser Stadt ist er jemand, und ich werde der dreckige böse Ausländer sein, der sie in einen verarmten, verwahrlosten Landstrich gebracht hat, an dem nicht einmal die Europäer mehr festhalten wollten, sondern froh waren, ihn los zu sein, sogar das Öl ist jenseits der Grenze. Sie entführt hat, so wird es in meinem Land heißen. Wozu wird sie nütze sein. Für sich selbst. Für mich. Sie ist nichts für mich, kann sie das nicht einsehen? Zu verwöhnt, um zu begreifen, wie verwöhnt sie ist. Sie denkt, sie kann alles haben, und sie weiß nicht, dass sie das nicht überleben wird, was sie jetzt tun will. Wahnsinn. Wahnsinn. Ich dachte, sie wär intelligent. *Dummheit.* Weiter nichts. Jetzt ist Schluss.

Zum ersten Mal seit jenem ersten Kaffee zusammen stritten sie sich. Er, der sonst leise sprach, schrie sie an. Er, der schön war, wurde vor Zorn und Verachtung hässlich.
Wer hat dich gebeten, zwei Tickets zu kaufen. Du hast mir nichts gesagt. Meinst du nicht, wir müssen reden? Nein, du bist gewohnt, alle Entscheidungen zu treffen, du machst, was du willst, du lässt dir von keinem was sagen, nicht von deinem Vater, nicht von deiner Mutter. Und ich – was bin ich, du sprichst nicht mit mir, du fragst mich nicht – du kannst in meinem Land nicht leben, das ist nichts für dich, du verstehst nicht, was es heißt, da zu leben, du wirst dir wünschen, tot zu sein, wenn du da leben musst. Verstehst du das nicht? Ich kann nicht für dich – verantwortlich sein.
Sie wurde starr und brüsk vor Zorn.
Niemand muss für mich verantwortlich sein. Ich bin für mich selbst verantwortlich.
Für dich selbst. Immer für dich selbst. Du meinst, das ist sehr tapfer. Ich muss dir was sagen. Du weißt nur, wie du hier für dich selbst verantwortlich sein kannst – in dieser Stadt, bei deinen Café-Freunden, in deinem Land, wo du alles hast. Ich kann die Verantwortung nicht tragen. Ich will sie nicht.
Er sah, konnte nicht umhin zu sehen – wie sich alles in ihr veränderte. Alles, was sie für ihn gewesen war, die körperliche Vereinigung, die Zärtlichkeit, ihr ganzes Wesen, das sich gezeigt hatte in den Stunden mit den Anwälten, angesichts der Demütigungen durch die Gleichgültigkeit amtlicher Mitteilungen, die Erkenntnis, wie er wirklich war, als Mann, wie er sich selbst kannte, unter dem Niemand mit falschem Namen. All das zeigte sich in ihrem Gesicht und ihrem Körper. Und seine Worte *Ich will sie nicht* versetzten den entscheidenden Schlag.
Du willst mich nicht.

Nicht sie sagte diese Worte; er hörte sie, wie sie sie gehört hatte. Sie hat nichts zu sagen; sie weiß nichts. Das ist wahr, aber er sieht, fühlt, erkennt etwas, was er nicht weiß: dieses ausländische Mädchen liebt ihn – es gibt in seiner Muttersprache schöne Wörter dafür – voll Hingebung. Wie kann irgendjemand, ob Mann oder Frau, das nicht wollen? Hingebung. Ist es nicht natürlich, geliebt zu werden? Glücklich zu sein. Sie weiß also doch etwas. Auch wenn es aus der Unschuld, dem Unwissen, der Unkenntnis der Wirklichkeit kommt.

Seine Liebesfähigkeit kehrt zurück, denn diese Ausländerin heilt ihn. In dieser Nacht liebte er sie mit der erwidernden Zärtlichkeit – man nenne sie, wie man wolle –, die er sich, von wenigen Ausnahmen abgesehen, verboten hatte, denn in seiner Situation konnte er sich solch eine Bindung nicht leisten, musste bereit sein, jede Gelegenheit, die sich bot, zu ergreifen. In dieser Nacht liebten sie sich mit der Hingabe, die ein anderes Land ist, ein Land für sich, nicht deines oder meines.

Wenn man akzeptiert, dass es Liebe ist, erwächst daraus die Autorität, Bedingungen zu stellen. Sie haben nie die abgenutzten alten Worte zueinander gesagt, für Julie sind das spießige Klischees, die sie hinter sich gelassen hat. Oder vielleicht liegt es auch daran, dass beide in ihren Sprachen ein unterschiedliches Vokabular benötigen würden. Aber für beide ergibt sich eine gemeinsame Konsequenz: wenn du mich liebst, wirst du tun wollen, was ich sage, oder mir zumindest entgegenkommen. Es war richtig, dass sie ihren Vater über ihre Entscheidung informieren musste. Die Vorstellung erfüllt sie mit Grausen. Er bestand darauf. Sie durchlebte die Szene im Voraus, und die Wirklichkeit war eine Bestätigung: Sie fuhr allein hin und saß auf der Terrasse, wo die sonntäglichen Lunchpartys abgehalten wurden, und die Absicht, die sie bekannt gab, wurde durch diesen Schauplatz noch absurder. *Du hast immer dein eigenes Leben geführt, und in meiner Liebe zu dir habe ich das respektiert, obwohl mir das manchmal Sorgen bereitet hat und mich auch verletzt hat, ja, verletzt. Du nimmst keine Rücksicht darauf, was du deiner Familie unter Umständen damit antust, wahrscheinlich hab ich dich verwöhnt, das passiert schon mal, wenn die Eltern geschieden sind. Meine Schuld. Aber egal. Ich hab dir immer geholfen, ich war immer da, wenn etwas passiert ist. Und ich hab erst wieder durchgeatmet, wenn du wieder zur Vernunft gekommen bist. Ich war immer der Meinung, dass die Leute, mit denen du dich umgibst, deiner nicht wert sind – da brauchst du gar nicht zu lächeln, das hat nichts mit Geld oder Gesellschaftsschicht zu tun –, aber ich hab immer gedacht, das würdest du selbst merken, wenn du älter wirst. Und etwas aus deinem Leben machen, aus all deinen Privilegien, darunter auch deine Freiheit. Du bist fast dreißig. Und jetzt kommst du ohne Vorwarnung her und sagst uns einfach, dass du in einer Woche von hier fortgehst in eins der schlimmsten, ärmsten und rückständigsten Länder der Dritten Welt, zusammen mit einem Mann, der hier illegal gelebt hat, du lässt dich aus deinem eigenen Land ausweisen, jawohl, rauswerfen mit jemand, über den niemand auch nur das Geringste weiß, jemand aus Gott weiß was für einem Milieu. Wer ist er da, wo er herkommt? Was macht er da? Zu was für einer Familie gehört er? Wir wissen nur, was alle wissen, dass es da gefährlich ist, die Politiker sind nicht viel mehr als rivalisierende Gangster, die medizinische Versorgung ist schlecht – und was Frauen angeht: du, der Unabhängigkeit und Freiheit so viel bedeuten, also, Frauen werden da wie Sklavinnen behandelt. Das ist da die Kultur, die Religion. Du musst den Verstand verloren haben. Was soll ich dazu sagen. Dann geh eben auf dem von dir gewählten Weg zur Hölle.*

Und plötzlich sieht ihr Vater alt aus, nicht wütend, sondern hilflos, eine Taktik, die er schon früher eingesetzt hat, aber sie ist dankbar, dass ihr Geliebter nicht bei ihr ist, um das mitzuerleben.

Das Gespräch war fast, aber doch nicht ganz so schlimm, wie sie erwartet hatte, gewappnet mit den beiden unanfechtbaren Flugtickets, die selbst die Vaterliebe nicht stornieren kann. Außerdem gibt es offenbar noch eine Krise in der Familie, von der sie bislang noch nichts gehört hat.

»Meine Tochter und mein Bruder … Schlimmer kann es nicht kommen. Beide in Gefahr. Du hast deinem Onkel immer nahe gestanden, er war es ja wohl, zu dem du mit dieser ganzen Geschichte gegangen bist. Weißt du überhaupt, was er am Hals hat? Aber all das kümmert dich ja nicht mehr.«

Als sie rasch nachfragt: »Archie – ist Archie krank?«, weist ihr Vater auf seine Frau. »Danielle soll es dir lieber sagen, eine Frau kann das besser erklären, ihr wisst mehr über die Hintergründe solcher Dinge.«

Nachdem Danielle gesagt hatte, wozu sie beauftragt war, und nachdem die Tochter sich mit einer linkischen Umarmung verabschiedet hatte, die der Vater ungnädig hinnahm, ging Danielle zu ihm, umschlang von hinten seine Schultern und entschädigte ihn mit ihrer Umarmung. »Was hast du denn erwartet? Bei den Leuten, mit denen sie immer rumgezogen ist? An dem Sonntag, als sie ihn angeschleppt hat, hab ich schon geahnt, dass es Ärger geben würde. Der ist nicht wie die andern.«

Dr. Archibald Charles Summers hat nahezu ein halbes Jahrhundert lang als Arzt praktiziert.

Nach einundvierzig Jahren ist sein Berufsethos unveränderlich, wie die Liebe; er hat immer danach gehandelt. Einundvierzig Jahre lang waren die grenzenlosen Möglichkeiten des Gynäkologen da, ein Harem von Schönheiten ging buchstäblich durch seine Hände. An diesem Nachmittag war wie an jedem Nachmittag während der Sprechstunden das Wartezimmer, in dem sie darauf warteten, zu ihm gerufen zu werden, voll. Seine Mädchen. An diesem Tag waren zwei Neuzugänge unter ihnen, zweifellos hergeführt vom Vertrauen anderer in das Einfühlungsvermögen und die Heilkräfte ihres ›Archie‹. Die Neuankömmlinge waren leicht daran zu erkennen, dass sie unter Anleitung der gelassenen und eleganten Farida Fragebögen ausfüllten. Farida, auf deren Tüchtigkeit Verlass ist, erinnert sich gut an die beiden Frauen, eine gehört zu denen, die mit einer ersten Schwangerschaft vorbeikommen, und die andere, Alter laut Fragebogen fünfunddreißig, eine jugendlich aussehende Frau – gut ausgestattet in jeder Hinsicht (Faridas Beschreibung von ihr, später), teure Kleidung und Ringe, Brüste weich wie Marshmallows, die im Ausschnitt ihres Kleides zusammenrutschten, als sie sich zum Schreiben vorbeugte. Sie hatte einen frühen Termin und brauchte nicht lange zu warten. Farida kennt sie alle: diese war eine von denen, die vorgeben, nichts davon zu merken, dass auch noch andere da sind, irgendeine andere Frau außer ihnen selbst, im Wartezimmer ist nur dieses Selbst. Sie hatte kein Buch mitgebracht, wie es Intellektuelle tun, kramte auch nicht in ihrer Handtasche oder schaute flüchtig in eine Zeitschrift nach der anderen, wie es viele tun. Eine von den Angespannten und Hochmütigen, denen viel im Kopf herumgeht.

Als sie das Sprechzimmer betrat, begrüßte sie ihn, als sei sie erleichtert, endlich ihresgleichen zu begegnen. Selbstsicher lehnte sie sich zurück auf dem Stuhl vor seinem Schreibtisch, den allerlei Geschenke dankbarer Patientinnen bedeckten, ein Briefbeschwerer aus Malachit, ein ledergebundener Terminkalender, etliche vergoldete und silberne Kugelschreiber, ein Taschenrechner, zwei kleine Statuen eines Gottes und einer Göttin – er wurde sofort von einem dringenden Anruf unterbrochen, und sie nahm eine der heiligen Figuren lächelnd in die Hand. Als er das Telefonat mit einer entschuldigenden Geste beendete, stellte sie den Gott wieder hin. »Wie der gute Doktor Freud haben Sie gern antike Kunstgegenstände um sich.«

»Ja, die sind hübsch. Die griechische Periode in Ägypten, angeblich.«

»Na ja, das ist immerhin eine Abwechslung von der Gegenwart und Leuten wie mir mit ihren Sorgen.«

Ihm war auf der Stelle klar, dass sie keine Frau war, bei der man mit unverbindlichem Geplauder beginnen musste. »Dann wollen wir doch hören, was Ihnen Sorge macht.« Er lächelte auch ein wenig, als er den Fragebogen mit den Angaben zu ihrer Person überflog.

»Ich stecke mitten in einer Scheidung, und Sie wissen ja, wie das ist, der Anwalt sagt, wenn ich die Regelung haben will, die mir zusteht, sollte man mir nicht nachweisen können, jemand anderes zu haben – wenn die Anwälte meines Mannes Wind bekämen, dass da ein anderer Mann ist …«

»Ich verstehe. Ja, im Allgemeinen ist das so.«

»Gut. Und da hab ich ein Problem.«

»Es gibt einen anderen Mann. Ja. Auch das ist im Allgemeinen so. Sie sind – Moment – fünfunddreißig. Das ist bei Frauen ein ruheloses Alter. Wenn die Männer das verstünden, gäbe es nicht so viele Scheidungen.«

Beide lachen.

»Dann wissen Sie auch, was jetzt kommt, Herr Doktor. Ich

glaub, ich bin schwanger. Keine Ahnung, wie das geschehen konnte, eigentlich passe ich auf. Das übliche Symptom, seit zwei Monaten keine Regel. Beim ersten Aussetzen hab ich's noch auf das Übliche geschoben, auf das jetzt alles geschoben wird – Stress. Ich hab gerade neu angefangen – als Kreditsachbearbeiterin bei einem internationalen Unternehmen, und jetzt das. Ich hab einen Urintest gemacht – negativ, aber dem trau ich nicht.«

»Sind Kinder da aus Ihrer Ehe?«

»Nein. Eine Abtreibung vor fünf Jahren. Ich bin nicht der mütterliche Typ, das war eins der Dinge – der vielen Dinge –, die in der Ehe nicht gestimmt haben.«

»Wenn wir also feststellen, dass Sie schwanger sind, wollen Sie das Kind nicht. Das Kind Ihres Liebhabers. Ich muss Sie das fragen. Ihre Antwort hat Einfluss darauf, was wir nachher für Sie in Erwägung ziehen.«

»Kein Kind. Nein. Er weiß gar nichts davon. Wie's scheint, ist es sowieso aus. Ich will keine Komplikationen. Ich war der Meinung, Sie gehörten nicht zu den Ärzten, die Abtreibungen missbilligen.«

Diese Frau ist also eine der Unglücklichen. Sie hält sich für eine schlechte Frau, wie alle diese Mädchen, wenn sie aus solchen Gründen eine Abtreibung wollen, sie klingen forsch, aber sie haben das Gefühl, unnatürlich zu sein, ihre Mütter und Großmütter würden ihnen das sagen, und sie hören immer noch das Echo. »Das tu ich auch nicht, meine Liebe. Ein ungewolltes Leben hat keine guten Aussichten auf ein lebenswertes Leben. Aber ich muss mich vergewissern, wie Ihre Lebensumstände sind. Und jetzt kommen Sie, schauen wir mal.«

So muss es gewesen sein.

Sie zog sich in der Kabine aus, in der unförmige Kittel bereithingen, um trotz der erforderlichen Nacktheit Diskretion zu wahren, ein ritueller Vorgang, ganz anders als der, von einem Liebhaber ausgezogen zu werden, wenn auch eine Folge davon. Die Schwester, die sie ›Schätzchen‹ nannte und vor sich hin summte, führte sie in den Untersuchungsraum, Archies Allerheiligstes, fensterlose Abgeschiedenheit; die Schwester zog sich zurück; sie lag auf einem blütenweißen frischen Laken auf einer Art stählerner Liege und sah zu dem Waschbecken mit den Hähnen, die mit den Ellbogen bedient werden konnten, zu den eingepuderten Latexhandschuhen, den Salbentöpfen und einem blitzenden langen Instrument auf einem kleinen Bord.

Der Doktor kam durch eine andere Tür herein und schloss sie leise hinter sich, nickte ihr ermutigend zu und machte sich mit priesterlicher Ruhe an seine Vorbereitungen, jener Ruhe, die seinen Mädchen so viel bedeutete, denn sie wussten sich alle mit der gleichen Achtung vor ihren Gefühlen behandelt, wenn sie ihren Körper ohne intime Nähe preisgaben. Er schlug den Kittel zurück und breitete ein Leinentuch über ihren Unterleib, so dass ihr die Peinlichkeit erspart blieb, zuzusehen, wie seine warme, behandschuhte Hand sie erst öffnete und dann offenbar die langen Finger einführte, bis sie auf einen Widerstand in ihr trafen; das musste die Gebärmutter sein, das Zentrum allen Lebens, dessen Heiligkeit schon so lange seine Mission gewesen ist. Die Hand verursachte kurz eine schwache Empfindung, einen vagen Schmerz, wie Traurigkeit; die Hand, die Berührung – alles wurde zurückgenommen.

Er zog den Handschuh aus und wandte sich ihr mit der Miene guter Nachricht zu. »Sie sind nicht schwanger.«

Er sah sie tief Luft holen und den Kopf zurücklehnen. Seine Mädchen. Wenn Männer wüssten, welche Krisen ihre Frauen durchmachen.

»Aber es ist bei Ihnen nicht alles so, wie es sein soll, meine Liebe, da drin. Ich will es erklären.« Er deckte sie völlig mit dem Kittel zu und entfernte das Tuch. Dann setzte er sich in seiner gewohnten Art auf die Kante der stählernen Liege, ein Bein auf dem Boden, das andere angewinkelt, um seine ängstlichen Mädchen durch seine Gegenwart zu trösten, für sie da, gleichgültig, wie ernst das, was er ihnen zu sagen hatte, auch sein mochte. Und er legte die Hand beruhigend auf den Stoff, der ihre Hüfte bedeckte, als er ihr sagte: »Es ist nichts, was Sie zur Zeit beunruhigen muss, aber Ihre Gebärmutter zeigt eine Retroversion, das heißt, sie ist nach hinten geneigt, eine Fehlstellung – Sie leiden nicht unter Rückenschmerzen?«

Er sah – daran erinnerte er sich später –, dass sie sich fest auf die Unterlippe biss, wie ein Kind, das ein Triumphgefühl unterdrückt.

»Nein. Nein, nein.«

»Dann lassen wir's, wie's ist. Wenn Sie Schmerzen bekommen, werden wir was unternehmen.« Sie ist eine intelligente Frau, sie wird Spaß an einem seiner Sprüche haben, den alle seine Mädchen kennen. »Gehe nicht zu deinem Fürst, wenn du nicht gerufen würst.«

Sie ergriff seine Hand und drückte sie. Er zog sie sanft, aber bestimmt zurück, er war diese impulsiven Augenblicke der Dankbarkeit gewohnt, Frauen haben wirklich viel auszuhalten.

Wieder an seinem Schreibtisch, vor sich die Patientin in eleganter Kleidung, in der Aufmachung einer Frau, die sich für gut aussehend hält und sich nicht ohne Grund auch so präsentiert, verschrieb er das übliche Medikament gegen Amenorrhö mit einer Mahnung, halb warnend, halb scherzhaft: »Aber verlassen Sie sich nicht auf Ihre Gebärmutter – nehmen Sie täglich die Pille, ja?«

»Ich brauche nicht wiederzukommen?«

»Sie sind eine gesunde Frau. Sie müssen nur auf sich Acht geben. Das sage ich allen meinen Patientinnen, und ich hoffe, sie hören auf mich.«

»Allen.« Sie verzog kurz den Mund. »Ach.« Sie nahm den kleinen Gott in die Hand und stellte ihn wieder hin. »Sie meinen also, ich brauch nicht wiederzukommen. Na ja.«

Seine Mädchen. Manchmal brauchen sie mehr, als er, ihr Ratgeber, ihnen geben kann. Wenn ihre Zeit um ist, wenn es Zeit für die Nächste ist, zeigt er das freundlich an, indem er aufsteht und um den Schreibtisch herumkommt, um ihnen die Hand zu schütteln: an diesem Tag, mit dieser Frau, war es nicht anders. Am Wochenende fuhr er mit seiner Frau Sharon in den nahe gelegenen Urlaubsort, wo am Sonntag ein Trio Kammermusik von Mozart spielte. Sie liebten beide Musik, und sie wanderten gerne. Als er am Montag von seiner morgendlichen Krankenhausvisite in seine Praxis kam, erhielt er eine Vorladung wegen sexueller Belästigung. Die Klägerin war seine neue Patientin.

In der Gegenwart der beiden war kein Raum für irgendjemanden oder irgendetwas außer der Bedeutung der zwei Flugtickets, Julies Antrag auf ein Visum, dem Bestellen von Dollar-Reiseschecks, einer Benachrichtigung an die Besitzer des Cottage, dass die Mieterin innerhalb einer Woche ausziehen und nicht zurückkommen würde, alles, was sie zurückließ, konnte sich nehmen, wer wollte. Ein eleganter Koffer mit Rädern, Dokumentenfächern und Zahlenschloss (ein von Danielle ausgesuchtes Geburtstagsgeschenk des Vaters vor ein oder zwei Jahren) stand schon neben der leinenen Reisetasche aus dem Werkstattschuppen. Sie wusste nicht, was sie denken, was sie sagen sollte, als sie von dem Abschiedsbesuch bei ihrem Vater zurückkam, auf dem ihr Geliebter bestanden hatte. Dass sie danach gereizt sein würde, war unvermeidlich, darauf war er gefasst. Aber jetzt herrschte totale Verwirrung – was sollte das alles – der Onkel, welcher Onkel – nicht ihr Vater und sie.
Archie. Der, zu dem ich gegangen bin, als wir es noch versucht haben … Wie ist das möglich! Was tun sie ihm an, was tun sie uns allen an, was passiert da, was läuft da eigentlich …
Was konnte er schon sagen. Jede Gesellschaft hat ihren eigenen Sittenkodex und ihre eigenen Methoden, gegen die vorzugehen, die dagegen verstoßen – aber ihm fehlten die englischen Ausdrücke dafür. Er ist ein alter Mann, nicht? Du musst begreifen, dass so was passiert.
Aber er begriff überhaupt nicht, was sie mit *passieren* meinte! Er

begriff es nicht! Das innere Erdbeben, vor dem sie niemand gewarnt hatte: Verbannung, Deportation, eine Anklage wegen eines Verhaltens, das einem solchen Mann niemals, nie im Leben zur Last gelegt werden konnte, dem Mann, den sie sich zum Vater gewünscht hatte. Und jetzt war sie entsetzt über das, was ihr Geliebter dachte: selbstzufrieden, nicht im Mindesten empört. Du glaubst doch nicht etwa, dass er so was tun würde! Das kannst du nicht glauben!

Aber ich kenn ihn doch gar nicht! Ich hab diesen Mann nie gesehen. Ich weiß nur, wie alte Männer sind. Es tut mir Leid.

Archie war immer für sie da gewesen. Erst vor wenigen Tagen hatte er gesagt, jederzeit, komm zu mir, zu Sharon und mir, jederzeit. Und jetzt: für ihn da sein ... sie ging zum Telefon, aber er hielt sie davon ab. Das ist nicht das Richtige. Einfach anrufen. Besser, du gehst zu ihm. Das ist besser, wenn du ihm helfen willst ...

Doch, das will sie. Diese schreckliche Geschichte darf Archie nichts anhaben.

Sexuelle Belästigung – der Chef, der seiner Sekretärin unter den Rock fährt, der Politiker, der den Busen seiner Assistentin betatscht – das ist etwas für die Boulevardpresse. Er hörte geduldig zu – oder vielleicht war er mit den Gedanken auch ganz woanders, sie war zu aufgebracht, um es zu merken –, während sie ihm immer wieder erzählte, wer dieser Onkel war, was er war, nicht nur für sie, sondern auch für andere, so viele Jahre der Fürsorge und Liebe und Aufmerksamkeit, die bis in die Zeit vor ihrer Geburt zurückreichten. Später am Nachmittag ging sie wieder zum Auto, und er hörte sie wegfahren. Er wusste, wohin.

Archies Haus: kaum verändert. Nur die Bäume gewachsen, riesig. Derselbe Garten, in dem sie sich auf dem Rasen mit Gulliver gebalgt hatte. Hunde kamen wedelnd zur Begrüßung angesprungen, und sie drückte auf den Knopf der Gegensprechanlage. Die Stimme einer dem Tonfall nach schwarzen Frau kam für ihr Ge-

fühl aus einem leeren Haus und teilte ihr mit, dass der Doktor und seine Frau weggefahren seien und erst Ende nächster Woche zurückkommen würden, und dass sie niemandem ihren Aufenthaltsort nennen dürfe.
Ende nächster Woche.
Bis dahin waren er und sie fort. Die beiden Flugtickets trug sie immer bei sich, ihr Reisepass befand sich in der Botschaft seines Landes zur Eintragung des Visums.
Sie war eher im Cottage zurück, als er gedacht hatte, und sie war gefasst. Ich kann nichts weiter tun als ihm schreiben. Was sonst? Diese Person muss verrückt sein, sich so was auszudenken. Aber der Brief wurde nicht geschrieben. Als sie am nächsten Tag *ihr* amtliches Dokument erhielt, das in ihren Pass eingestempelte Visum, passierte nämlich etwas anderes. Sie hatten sich gefreut, sich umarmt, wären fast zusammen hingefallen, und dann wurde er plötzlich ernst und sagte es.
Bevor wir abreisen, müssen wir heiraten.
Heirat ist etwas für standesgemäße Verbindungen in den Villenvororten, für Nigel Ackroyd Summers und seine Ehefrauen. Was immer der Ausländer von der Tafelrunde im EL-EY Café halten mochte, sie hatte dort andere Formen des Vertrauens entdeckt.
Wozu? Das brauchen wir doch nicht.
Er sah sie lange an, ihr schien es lange.
Wozu? Sie wiederholte es. Wir brauchen das doch nicht. Ein Stück Papier … wie das, das sie dir nicht geben wollten … damit du hier bleiben konntest.
Aber sie spürte, dass er ihr sein seltenes Lächeln vorenthalten würde. Für immer. Der schwarze Spiegel seiner Augen weigerte sich, sie zu reflektieren.
Wenn du mit mir gehst, müssen wir heiraten. Bei uns kann ich mit einer Frau nicht so zu meiner Familie kommen.
Du brauchst nur ja zu sagen.
Sie lachte unter Tränen.
Er nahm sie in die Arme und küsste sie feierlich, als leistete er

einen Eid. Zwei Tage, bevor das Flugzeug startete, gingen sie aufs Amtsgericht und traten vor den Standesbeamten, zum ersten Mal wagte er es, in einer Justizbehörde zu erscheinen. David aus der Tafelrunde war der erforderliche und einzige Trauzeuge. Am Abend blieben sie jeder Feier fern, dem Café, in das sie ihn aus einem Impuls heraus mitgenommen hatte, auf einen Kaffee. Er hatte Recht mit der Tafelrunde – etwas fiel von ihr ab, sie ließ es hinter sich wie das Cottage –, die Tafelrunde hatte ihr wie auch ihm nicht mehr zu bieten als die Zusammenkünfte zum Sonntagslunch auf der Terrasse von Nigel Ackroyd Summers.

Gehn wir in ein andres Land …
Der Rest, der findet sich,
Du brauchst nur ja zu sagen.

Ibrahim ibn Musa.

Er steht am Fuß der Treppe, zu der das Flugzeug seine menschliche Fracht vom Himmel heruntergebracht hat. Beladen mit Handgepäck und Tragetaschen wartet er auf sie.

Er ist zu Hause. Er ist jemand, den sie zum ersten Mal sieht, als sie die Treppe hinuntergeht. Die Hitze ist ein Knebel, der ihr auf Mund und Nase gedrückt wird. Es gibt keine Palmen.

Ibrahim ibn Musa. Sie sind, von anderen geschubst und gedrängt, über den steinig knirschenden Flugplatz gegangen, in den hallenden Lärm, in dem Bewegungen und Stimmen sich zu Chaos vereinigen, und stehen jetzt vor den Einwanderungsschaltern. Ein Mann hinter der Glasscheibe betätigt seinen Stempel.

Ibrahim ibn Musa.

Ihr Visum wird sorgfältiger geprüft. Die Ehefrau; von Ibrahim ibn Musa. Das ist alles; erledigt.

Ein Flughafen in einem Land wie diesem ist eine wogende Menschenmenge, deren Individualismus auf zwei Aggregatzustände reduziert ist, beide angespannt, beide vorübergehend, beide ein Vakuum vor der Wirklichkeit: Abflug, Ankunft. Das Gegenteil davon ist, völlig in sich selbst versunken zu sein, ein amorpher Zustand. Die alten Frauen, die breitbeinig dahocken, umgeben von Kindern, die an ihren Röcken zerren, die schwarz verschleierten Frauen, die drängelnd Ausschau halten, die kauenden Münder, die dicken Bäuche altersschwangerer Männer unter weißen Hemdgewändern, die verworrenen Muster von Gesprächen, Gelächter, Ärger, Streit, die aufgehäuften Gepäckstücke, Rückstände, Summen menschlichen Lebens, in einer gemeinsamen Existenz des Nichtexistierens. Julie ergeht es nicht anders, sie hat kein Gefühl mehr dafür, wer sie ist in diesem Getümmel, alle namenlos bis auf ihn: Ibrahim ibn Musa.

Er war sehr effizient, redete in seiner Sprache, hörte sich um, kam zwanglos mit denen, an die er sich wandte, ins Gespräch. Er holte den eleganten Koffer und die Reisetasche vom Band und schubste und schrie, um die Tür eines Taxis aufzureißen, bevor es anderen gelang. Die Fahrt vom Flughafen zum Rand der Hauptstadt war ein Wettrennen mit anderen Fahrzeugen, die sich gegenseitig überholen wollten wie Rennpferde auf der Zielgeraden. Sie wurde plötzlich ausgelassen und lachte, tastete nach der Hand dieses neuen Menschen. Ich bin da! Ich bin da! Womit sie meinte: Kann man's fassen? Ich bin bei dir.

Sie duckte und drehte sich, um durch die Fenster die Silhouette der Stadt zu erspähen, die blendend am Horizont auftauchte, hinter – in ihren Augen – verfallenden Industriegebäuden, kleinen Reparaturwerkstätten und Winkeln, die mit Planen abgedeckt waren und in denen Männer unter Coca-Cola-Schildern saßen und Kaffee tranken. Gleißendes Sonnenlicht fiel weiß auf kubistische Gebäudeformen, durch die wie Zeigefinger die Minarette stachen.

Wir bleiben nicht in der Stadt. Wir fahren gleich zum Busbahnhof.

Ich möchte rumlaufen, mir alles anschauen.

Gut. Aber nicht heute. In unsere Richtung fahren nicht viele Busse.

Der Busbahnhof am Stadtrand war eine kleinere Ausgabe des Flughafengewimmels. Nur gab es hier zwischen den Bündeln mit den Habseligkeiten eines Lebens auch Käfige mit Hühnern. Er hielt sie davon ab, auf die Toilette zu gehen. Hier ist es schmutzig.

Hast du vergessen, dass ich aus Afrika komme? Ich hab überall kampiert, auch in Dörfern, du kennst meine Freunde – wir haben nicht unbedingt nach gekachelten Badezimmern gesucht …

Seine Stirn zuckte vor Ungeduld. Das hier kennst du nicht.

Die Liebe zu ihm flammte in ihr auf: es ist für ihn ein Schock, nach Hause zu kommen. Sie durfte seine Verärgerung über sie

nicht ernst nehmen. Ibrahim ... (sie probierte den Namen aus, lauschte ihm, kostete ihn auf der Zunge). Was soll ich denn tun? Mir im Bus in die Hose machen? Aber sie lachte allein.
Warte. Er fasste einen der Männer in einer gesprächigen Gruppe am Arm und fragte ihn etwas, was begeistert von allen gleichzeitig beantwortet wurde. Ein Stück die Straße runter ist was, da können wir Kaffee kriegen; du kannst gehen, während wir da sind, das wird besser sein.
Aber der Bus? Ibrahim. Verpassen wir den Bus?
Noch eine halbe Stunde.
Sie mussten sich gegenseitig wieder beladen wie die Packesel auf der Flughafenstraße, und er nahm sie fest bei der Hand, zog sie zwischen Bussen, Autos, Lastern und Fahrrädern hindurch, erfahren wie die streunenden Hunde. An seiner Hand brauchte sie nicht aufzupassen, wohin sie ging, ihr Blick huschte hierhin und dorthin, erhaschte eine Collage heller und dunkler Bilder, einen Straßenverkäufer, die Arme voller Armreifen aus Brot, ein bettelndes Hexengesicht, die schönen Händchen eines Babys, das sich an dem verhüllenden Schleier seiner Mutter festhielt, das zähnebleckende Grinsen eines Mannes, der sie im Vorübergehen anstarrte, die Ladenschilder mit ihren Schnörkeln, die für Gott weiß was Reklame machten. Aber er – es war, als verschlösse er sich vor seiner Umgebung; er entzog sich, wie er es oft in dem anderen – so fernen – Café getan hatte, in der Tafelrunde, zu der *sie* damals *ihn* mitgenommen hatte. Dieses ›Café‹ war ein winziger Laden, von dem Augen, die aus dem grellen Licht hereinkamen, nur Dunkelheit wahrnahmen; Gegenstände hingen an der Decke, und eine Musikbox gab laut näselnde Musik von sich. Er – Ibrahim – redete eine Gestalt in weißem Hemdgewand an (das Gesicht des Mannes darin war nicht sofort zu erkennen) und erhielt die Erlaubnis, die private Toilette benutzen zu dürfen. Ihr Ehemann (eine weitere neue Identität) musste sie begleiten, denn ein fremder Mann durfte eine Frau nicht dorthin bringen, und es belustigte sie, geführt zu werden, wie ein Kind

über die Straße geführt wird, zu einem Schuppen mit einer Tür, die nur an einer Angel hing. Er stellte sich davor und wandte ihrer Notdurft den Rücken zu, eine Schamhaftigkeit, die bei der Tafelrunde Gelächter ausgelöst hätte.
Als sie herauskam, zog er angeekelt die Schultern hoch und hielt sich die Nase zu. Hier ist es schmutzig. Er sagte es wieder, eine Art Urteil, keine Anmerkung zu dem mit Beton eingefassten Loch im Boden, über dem sie gehockt hatte.
Jedenfalls geht's mir besser … außerdem ist es sauberer als eine Klobrille, auf der alle gesessen haben. Natürlich ist es für euch Jungs leichter, uns Frauen fehlt das entsprechende Zubehör, wir riskieren wahrscheinlich immer, reinzufallen.
Komm. Wir müssen Kaffee trinken.
Ihm gefällt diese Form der Vertraulichkeit nicht, solche Redeweise gehört sich nicht für eine Frau, mit der man sich in Liebe vereint. Noch dazu eine Frau, für die er angeblich nichts ist.
Sie merkte gar nicht, dass sie seine Empfindlichkeit verletzt hatte, sondern drückte wieder seine Hand, als sie an einem kleinen Blechtisch vor dem Laden saßen und aus Glastassen Kaffee tranken. Ich bin da, ich bin da. *Wir sind da.*
Er erkennt, dass all dies – die erste Tasse Kaffee im EL-EY Café, die Liebe in ihrem Bett, der wilde Entschluss, hierher zu kommen, in dieses Land, von dem sie nicht abzubringen war, sogar – doch – die Heirat, auf der er dann bestehen musste – ein weiteres der Abenteuer war, zu denen sie immer bereit gewesen war, wenn sie nur weit genug vom schönen Haus ihres Vaters wegführten. Aber ist sie bereit für das, was sie jetzt am Ende der Busfahrt erwartet?

Sie hatten eine Braut für ihn. Natürlich. Seit er das Alter von sechzehn oder siebzehn Jahren erreicht hatte, war ein Mädchen für ihn bestimmt worden. Vielleicht sogar früher; es gab unter den Kindern, mit denen er spielte, ein kleines Mädchen mit spitzen Ellbogen und Knien und langem Zopf, später zog sie in der Gruppe der nachpubertären Mädchen durch große trauernde Augen die Aufmerksamkeit auf sich. Aber dieses Mädchen kam jetzt nicht mehr in Frage, er war zu lange fort gewesen – es hatte außer der Werkstatt noch andere Verstecke gegeben, in anderen Teilen der Welt, in denen er ebenfalls nicht willkommen war. Mädchen werden jung verheiratet in diesem Land, das die Ahnungslose, die ausländische Ehefrau, die vom schwankenden Bus gegen ihn geworfen wird, sein Zuhause nannte: zu Hause, du bist zu Hause! Ihr Abenteuer, die qualvollen Wochen der Bemühungen, um diese Heimkehr abzuwenden, sind für sie ausgelöscht. Aber ihr weicher Körper, der immer wieder an ihn gedrückt wurde, lenkte ihn ab und erfüllte ihn mit Zärtlichkeit, er mochte rundliche Frauen, Fleisch, das die scharfen Kanten und Splitter des männlichen Schicksals auffängt. Diese Julie, die nichts für ihn war, hatte genau das richtige Quantum Fleisch für solchen Trost. Da war er wieder, der sanfte, tröstliche Druck. Er wusste nicht, was er dachte; er wollte über nichts nachdenken, ließ seine Gedanken hierhin und dorthin taumeln, zusammen mit den Anstrengungen des überladenen Busses, auf der Straße zu bleiben.

Er hatte seine Familie vorbereitet; oder gewarnt. Er kam nach Hause, aber nicht als der erfolgreiche Sohn, der es zu einem besseren Leben gebracht hatte, einem westlichen Leben im Fernsehstil, und ihnen einen Anteil davon in seinen Taschen und in seiner Person mitbrachte, sondern als Ausgestoßener, mit nichts als einer Ehefrau – einer ausländischen Frau.

Wenigstens hatte sie – als eine von denen, die nichts für ihn waren – etwas Geld. Aber wie weit das seine Familie entschädigen, berühren würde, war zweifelhaft, denn diese Frau leistete sich den Luxus, aus Stolz kein Geld von ihrem reichen Vater anzunehmen, selbst wenn er es ihr anbieten sollte. Die Kreditkarte und die Dollar-Reiseschecks in ihrer Schultertasche, die eine begrenzte Summe darstellten, waren ihre einzigen Vorkehrungen für dieses Abenteuer, dieselben, die sie auch für andere Auslandsreisen traf. Geld, das ihr nur, wenn sie in absehbarer Zeit zurückkehrt, ermöglichen wird, sich in fremder Währung die Dinge zu kaufen, die sie bei sich zu Hause hatte und nicht entbehren mag – ihre Notwendigkeiten sind nicht die Notwendigkeiten dieses Landes.

Sie wird wohl genug haben, um für ihr und mein Essen zu bezahlen, solange sie hier ist. Das bringe ich, der Sohn, nun zurück, um für meine Eltern im Alter zu sorgen, für meine Schwestern und die Zukunft ihrer Kinder, für meinen jüngeren Bruder, der hofft, einen Weg zu gehen, fort von hier, den sein älterer Bruder ihm eröffnet hat.

Und wieder weiß er nicht, was er denkt, nein, empfindet, Liebe und Groll durchströmen ihn angesichts der unvermeidlichen Begegnung mit der Familie, die darauf wartet, ihn zu begrüßen.

Sie staunte, stellte Fragen – was ist das, oh, sieh mal – über die Wüstenlandschaft, durch die sie fuhren, für sie vollkommen neu. Aber für ihn hat sich nichts verändert. Alles ist, wie es war; alles, von dem er glaubte, fortkommen zu können.

Als sie sich dem Dorf näherten, in dem die Familie wartete, betrachtete er sie von oben bis unten, so dass sie sich fragend, lächelnd zu ihm umwandte.

Hast du was andres anzuziehen? In einer der Taschen?

Anzuziehen? Was?

Er berührte sein Brustbein im offenen Kragen seines Hemdes. Da. Um das zu bedecken.
Aber es ist so heiß. Stimmt was nicht? Sie zupfte an den Schultern des undefinierbaren Oberteils, das sie als bequeme Reisekleidung zu ihren Jeans trug. Die Bewegung brachte für einen Augenblick die weichen Rundungen ihrer Brüste zum Vorschein.
Einen Schal oder so was.
Ich weiß nicht, wie ich an unsere Sachen rankommen soll, zwischen all den Leuten, ich muss über sie hinwegsteigen. Warte. Moment – ich hab irgendwo eine Sicherheitsnadel …
Am Ansatz ihres langen, eleganten Halses, den eines Tages Fettpolster umringen würden, zog sie den Ausschnitt des Oberteils zusammen und steckte ihn mühsam von innen fest, damit die Sicherheitsnadel nicht gleich ins Auge fiel. So gut? Gut so?
Mit gesenktem Blick, die Gedanken schon ganz woanders, gab er ihr durch eine Handbewegung zu verstehen, dass ihr Notbehelf genügen musste. Sie war jetzt nicht zu Hause, im EL-EY Café; sie hatte es sich in den Kopf gesetzt, hierher zu kommen, in dieses Land. Das hatte seine Regeln, wie das schöne Haus ihres Vaters und die Gäste, die dorthin kamen, die ihren hatten. Sie hatte ihre Wahl getroffen, dies war es. Sie war diejenige, die frei wählen konnte. Der die Welt offen stand.

Da waren die anderen. In seinen Gedanken. Seine Mutter, für die er das Geld, das er in der Werkstatt verdiente, sparen wollte, die er aus diesem Joch befreien wollte, dem Joch einer Familie inmitten von diesem Schmutz, dem Schmutz der Politik der Reichen, dem Schmutz der Armut. Sein Vater, immer mit den hilflos herabhängenden gekrümmten Händen eines Mannes, der nur von den Erwartungen an seinen Nachwuchs lebt (die Kinder müssen das Leben führen, das ihm nicht vergönnt ist), die zurückgelassenen Brüder, die Schwestern, von denen eine, wie immer, hochschwanger ist, von einem Ehemann, der weiß,

dass er sich im Hintergrund zu halten hat, die Schwägerin, Frau des Bruders, der auf den Ölfeldern arbeitet, die nach allem, was er gehört hat, schwierig ist; die Kinder, Babys, als er fortging, die inzwischen groß sein müssen; der Onkel, der keinen kleinen Laden auf dem Hinterhof mehr hat, sondern eine richtige Autohandlung mit angeschlossener Werkstatt, die Nachbarn, Zeugen von allem im Leben hier, die kommen, um zu sehen, was dieser Sohn aus der Welt mitgebracht hat, nichts als sein Gepäck und diese fremde Frau.
Ibrahim ibn Musa. Sein Gesicht zog sich zusammen vor Schmerz und Zorn über die Form ihres Lebens, aber seine Augen, so schwarz wie die ihren, legten Tränen über diese Vision seiner Familie.

Julie Summers. In der Menschenmenge auf dem Flughafen, in den Augen des Mannes, der in seiner Ladenhöhle nur schwer zu erkennen war, in den Gesichtern, die sich ihr im Bus neugierig zuwandten, um sie von nahem zu betrachten, fand sie, dass sie für sich selbst ebenso fremd war wie für sie: sie war, was sie sahen. Dieses Mädchen, diese Frau, die dort, wo sie herkam, ihr ganzes Leben lang in den Augen schwarzer Menschen gelebt hatte, aber ohne deshalb sich ihrer selbst bewusst gewesen zu sein. Das also hieß es, zu Hause zu sein. Sie nahm das interessiert, aber mit innerem Abstand wahr. Und es bedeutete, wenn sie in diesem Zustand auf seine Familie zuging, mit ihm, dem Sohn, der zu ihnen gehörte, dann tat sie es mit dem emotionalen Wissen: wenn sie für diese Menschen fremd und neu war, so war sie es seltsamerweise auch für sich selbst.

Da waren sie. An der Endstation, Männer der Familie; sie konnten die genaue Ankunftszeit nicht gewusst haben, aber sie waren da. Die Fotos, die sich vielleicht – er war nicht sicher – unter den Sachen in der Werkstatt befunden hatten und die ihr nie gezeigt worden waren – hier wurden sie zum Leben erweckt. Die Förmlichkeit der Gruppe machte die Männer kenntlich, hob sie aus der Anonymität der Menge heraus; sie gehörten zu ihm, Abdu-Ibrahim, und das Paar wurde von ihrer Wiedersehensfreude überflutet. Die älteren Männer unter ihnen hatten tiefe Falten im Gesicht, trotzdem gab es keinen Zweifel, welcher der Vater war. Auf dessen Gesicht trat ein Augenblick der Stille ein – der Augenblick der Ungläubigkeit, dass ein lang ersehntes Wiedersehen nun Wirklichkeit wurde – das machte den Mann unverkennbar, obwohl es keine äußere Ähnlichkeit zwischen Vater und Sohn gab. Die Umarmungen dauerten lange. Das Gedränge und Geschwätz der Menschen an der Endstation bildete einen

Begleitchor; Julie wurde von den Gefühlen dieser Männer mitgerissen, sie wusste nicht, ob sie zu ihnen gehörte oder zu dem Chor. Es war, als hätte sie Ibrahim aus den Augen verloren. Er stellte sie seinem Vater vor. Der Mann hielt eine Willkommensrede, stand dabei ein Stück von den beiden entfernt, sie spürte seine Aufmerksamkeit, er redete sie an, und sie öffnete sich dafür, während der Sohn, ihr Ehemann, immer wieder aus Ungeduld oder Missbilligung nervös ihren Arm drückte, während er übersetzte. *Sprich Englisch, sprich Englisch.* Die Unterbrechung wurde nicht beachtet. Er kann ein bisschen Englisch. Wenigstens, um dich zu begrüßen.

Mit einer kurzen Armbewegung wehrte sie sich gegen die hemmende Hand; der heisere Fluss und gutturale Klang der Sprache erreichte sie auf einer anderen als der wörtlichen Bedeutungsebene. Der zweite ältere Mann, die Arme selbstbewusst vor der Brust verschränkt, lächelte von einem inneren Podest auf die Zeremonie herab und wurde ihr als der Onkel vorgestellt. Die Namen der anderen hafteten nicht an den einzelnen Brüdern, von denen sie wusste, zumal auch noch Vettern da waren und es verwirrender machten. Einige trugen westliche Freizeitkleidung, andere das traditionelle lange weiße Hemdgewand, das ihrer Gestalt etwas Unbestimmtes gab. Die ganze Gesellschaft machte sich auf den Weg aus der Busstation hinaus zu vier Autos, in denen, nach theatralischem Hin und Her, wer wo einsteigen sollte, schließlich beide Platz fanden. Sie saß an der Beifahrertür und teilte sich den Vordersitz mit ihrem Ehemann, er wiederum saß direkt neben dem Onkel in dessen, dem besten Auto. Die Übrigen begleiteten sie in einer hupenden Prozession zu ihrem Ziel: dem Ort, der Straße, dem Haus, aus dem Ibrahim ibn Musa in die Werkstatt um die Ecke vom EL-EY Café gekommen war.

Vor einem Haus standen Leute auf der Straße, lachten und regten sich, als die Prozession hupend anhielt, das Auto des Onkels vorneweg, dahinter brachten die anderen ihre verbeulten Vehikel stockend und ruckend zum Stehen. Weitere männliche Verwandte wurden vorgestellt, darunter auch die Kinder des Hauses. Die Kinder starrten die Frau an, die Ibrahim mitgebracht hatte, kicherten und rannten fort, als sie lachte und die Arme ausbreitete, um sie zu empfangen. Das Haus, sein Gesicht, seine Fassade, konnte sie nur am Rande wahrnehmen, hinter der aufgeregten Versammlung, dem Getümmel um den eleganten Koffer, die Reisetasche und die Bündel, die von etlichen Händen ergriffen wurden. Ein flaches Betondach, auf dem sich offenbar ein Teil des Lebens abspielte; über die Mauer, die es umgab, lugten Frauen herunter, mit lächelnden, neugierigen Augen.

Sie kam an einer blau gestrichenen leeren Blumenschale vorbei, neben der Haustür lehnte ein Eisengitter.

Geblendet vom Sonnenlicht draußen erspähte sie inmitten des Halbdunkels auf einem Sofa eine noch dunklere, massige Gestalt; der Mittelpunkt dieses Hauses.

Sie wurde von ihrem Ehemann vor seine Mutter geführt. Die Begrüßung war förmlich. Als ihre Augen sich an den Wechsel aus der Intensität der Sonne ins Innere gewöhnt hatten, tauchte das stille Zimmer auf, die anderen Frauen dort. Die Mutter, deren schönes Gesicht (sie hatte gewusst, es war seine Mutter, der er ähnlich sah) sich unter dunkler Müdigkeit und den Spuren unvorstellbarer Erfahrungen behauptete, richtete majestätisch das Wort an sie, redete des Längeren in ihrer Sprache, doch ihr Blick ruhte auf ihrem Sohn, und Tränen rannen, von ihr unbeachtet, über die ruhigen Wangen. Er übersetzte unwillig, ließ wahrscheinlich alle Ausschmückungen weg, und dann wurde er von seiner Mutter beansprucht, der Schwarm der Schwestern stürzte sich auf ihn, auf die Frau, die er als seine Ehefrau heimgebracht hatte. Und sofort wurde ihr Eindruck von seinem Elternhaus, seinem Zuhause, in das sie jetzt wahrhaft aufgenommen worden war, von geschäftigem Tun unterbrochen, das aus allen Türen quoll, in denen Gestalten sich aneinander vorbeidrängten, beladen mit dampfenden Schüsseln, die süß-scharfe Gerüche verströmten. Die Frauen waren ein Wirbel wallender

Gewänder aus Polyesterchiffon und bunten Borten; die Männer dirigierten und gaben Befehle. Man saß um kleine runde Tische auf dem Teppich und auf Kissen und aß – wie Ibrahim es in Gesellschaft der Tafelrunde nie getan hatte – geschickt mit den Fingern. Nicht alle Schüsseln fanden Platz auf den geblümten Tüchern, zwischen Glastellern und grellbunten Gläsern. Schalen mit Obst und Süßigkeiten wurden auf dem Fernseher abgestellt; kleine Kinder aßen voll Konzentration zwischen den Füßen der Erwachsenen und ältere rannten zur Haustür herein und heraus und schnappten sich zwischendurch etwas. Ibrahim, der Bräutigam, hatte seinen Platz neben seinem Vater, Julie, die Braut, sah ihn über andere hinweg von ihrem Platz neben seiner Mutter. Hin und wieder berührte sie die Sicherheitsnadel, die ihr sparsames Oberteil an der Kehle zusammenhielt. Unter dem Atem der mächtigen Person an ihrer Seite hoben und senkten sich weite Gewänder. Das Essen war köstlich. Als sie sich bereits gesättigt hatte, an Kuskus und gedünstetem Gemüse, trugen die Frauen Hammelkoteletts und Salat auf, reichten honigsüße Leckereien herum. Wenigstens beherrschte sie die Etikette genug, um zu wissen, dass es hier unhöflich war, etwas Angebotenes zurückzuweisen. Sie erhielt Hilfe von starkem Kaffee, gewohnte Therapie nach anderen, zurückgelassenen Ausschweifungen. Süße Liköre traten an die Stelle von Wein; um ihre Nähe zu bekunden, erhob sie ihr Glas zu ihm, drüben bei den Männern, forderte von ihm sein seltenes und schönes Lächeln – aber es kam nicht, sein Blick begegnete ihr kurz, aber offenbar beantwortete er Fragen seines Vaters und seiner Brüder. Der Onkel war es, der ihn zum Lächeln brachte, als er unter dröhnendem Gelächter mit vollem Mund einen Witz erzählte oder eine anzügliche Bemerkung machte – schließlich wurde hier nicht nur die Rückkehr eines Sohnes, sondern auch eine Hochzeit gefeiert. Eine der Schwestern redete sie scheu auf Englisch an, nachdem die Frauen sie in ihrer eigenen Sprache gedrängt hatten, Ibrahims Braut anzusprechen. Es entstand eine Sprachführer-Unterhaltung, damit sich die Fremde nicht ausgeschlossen fühlte. Indessen blieben die Männer unter sich und führten lebhafte Gespräche rund um den heimgekehrten Sohn, während die Frauen mit dem Auftragen weiterer Speisen beschäftigt waren und leise redend umherhuschten.

»Wie war die Reise?«

»Die Reise war schön, aber es ist sehr weit – von da, wo Ibrahim und ich herkommen.«

»Ja, wir wissen. Er hat uns einen Brief geschickt. Eines Tages kam er an. Ich hoffe, es wird dir hier gefallen. Es ist nur ein Dorf.«

»Ich hoffe, du wirst mir euer Dorf zeigen.«

»Ibrahim wird zeigen.«

Die beiden jungen Frauen blickten einander lächelnd an, voll tiefer Verständnislosigkeit, jede unfähig, sich das Leben der anderen vorzustellen. Vielleicht war es richtig, dass sie in diesem Moment die Entscheidung traf: Ich muss die Sprache lernen.

Eine der Türen führte vom Fest direkt in das Zimmer, das offensichtlich für Ibrahim und seine Frau frei gemacht worden war. Der elegante Koffer und die Reisetasche standen da, wie sie in ihrem Cottage gestanden hatten. Er schloss die Tür zum Gemeinschaftszimmer, in dem abgeräumt wurde.

Ein riesiges, hohes altes Bett mit geschnitzten Pfosten. Eine Vielzahl bunter Decken unter einem gehäkelten weißen Überwurf. Sie war voller Bewunderung: Wie herrlich. Ibrahim, was für ein Bett.

Er sah es; es war das Bett seiner Mutter und seines Vaters, der einzige Luxus ihrer Ehe, die absurde Vortäuschung eines Aufbruchs aus erzwungener Armut, die Zuflucht, in die beide jeden Abend in all ihren Ehejahren erschöpft gesunken waren. Es ist das Bett, in dem beide sterben werden.

Es ist das Bett, in dem er gezeugt wurde.

Julie begann die Geschenke auszupacken, die sie mitgebracht hatten.

Nein. Nicht jetzt. Wir geben sie ihnen morgen. Für heute ist es genug.

Er zog die Spitzengardinen am Fenster zurück. Morgen. Er würde darauf bestehen, dass seine Eltern wieder in dieses Zimmer zogen, er und sie mussten sich einen anderen Schlafplatz suchen.

Ein wenig später ging sie zu ihm. Was ich jetzt brauche, ist ein langes, heißes Bad. Wo ist das Badezimmer?

Es gab kein Badezimmer. Hatte sie daran gedacht, als sie beschloss, mit ihm zu kommen? Dieses Dorf ist in der Wüste begraben. Wasser ist wie in ihrem Land das Gold, es muss aus der Tiefe hochgeholt, von weither zu diesem Dorf gepumpt werden. Hatte sie auch nur eine Ahnung, was für eine Last sie sein würde? Da haben wir's. Wahnsinn. Wahnsinn, zu glauben, dass sie es hier aushalten könnte. Er war wütend – auf dieses Haus, dieses Dorf, diese seine Leute –, weil er ihr noch andere unerträgliche Dinge sagen musste, ihr ein für alle Mal sagen musste, was ihre ahnungslose Dickköpfigkeit, mit ihm hierher zu kommen, bedeutete, da sie es bei all ihren Privilegien nicht geschafft hatte, dass er in ihrem Land bleiben durfte. Morgen. In den kommenden Tagen.

Und es war so, wie er es vorhergesehen hatte.

Sie möchte ›alles‹ sehen. Sie sind noch keine zwei Tage in seinem Elternhaus, als sie sagt, wenn er keine Lust hat, mitzukommen, wenn er sich mit Leuten treffen muss, Dinge erledigen muss, nicht mit ihr das Dorf erkunden, in einen Bus steigen und die Hauptstadt besichtigen kann, dann macht es ihr überhaupt nichts aus, das allein zu tun, auf eigene Faust.

Natürlich. Natürlich. Unabhängig. So ist sie es gewohnt, sie will tun, wozu sie Lust hat. Mal wieder. Aber das ist hier unmöglich. Er muss bei ihr sein, er oder ein Mitglied der Familie, wenn es jemanden gäbe, der sich mit ihr verständigen könnte, muss sie überallhin begleiten, sobald sie die unmittelbare Nachbarschaft verlässt, so ist das in dem Land, das er meinte, hinter sich gelassen zu haben. Es ist für Frauen nicht üblich, mit den Männern zusammen zu essen, heute war eine Ausnahme zu dem besonderen Anlass – versteht sie das. Es ist für diese Menschen schon genug, dass sie mit unbedecktem Kopf umhergeht – das können sie bei einem weißen Gesicht vielleicht dulden. Er hat es strikt abgelehnt, sich von seiner Mutter beiseite nehmen und einschärfen zu lassen, dass seine Frau ein Kopftuch umbinden muss, wenn sie das Haus verlässt oder in Gesellschaft von Männern ist, die nicht zur engsten Familie gehören; unter Schmerzen abgelehnt, denn sie ist seine Mutter, die er von hier fortbringen wollte, in ein besseres Leben. Und *sie*, die er hierher mitgebracht hat, die alles ist, was er mitgebracht hat, ist die Ursache dieser Schmerzen.

Es ist kein Wecker, nach dem man tastet, um ihn zum Schweigen zu bringen. Der Heulton schwillt an, ertönt und vergeht, erklingt wieder, als wäre einem Traum Stimme verliehen worden oder – im Zimmer kündigt sich grau die Morgendämmerung an – als heulte ein Tier draußen in der Wüste auf. Dort soll es Schakale geben.

Es ist der Ruf zum Gebet.

Bei jeder Veränderung muss man sich als Erstes dem neuen Zeitrahmen anpassen, den sie mit sich bringt; das beginnt mit dem ersten Schultag des kleinen Kindes: die Regelungen des Lebens in einer Gesellschaft setzen ein. Danach folgen die Einteilungen des Tages, wie sie eine bestimmte Gesellschaft vornimmt, Fahrzeit, Stechkartenzeit, Mittagszeit, Joggingzeit oder Cocktailzeit und so weiter bis zum letzten Quäntchen des Tagesablaufs, je nach den Lebensumständen. Fünfmal am Tag setzte die Stimme des Muezzins den Zeitrahmen, in den sie sich begeben hatte, wie sie früher auf Urlaubsreisen die Uhr und ihr Leben auf die Ortszeit umgestellt hatte, die anders war als daheim.

Nach langer Unterredung in der Sprache, die sie nicht verstand, deren Untertöne von verletzten Gefühlen und Unnachgiebigkeit sie aber intensiv spürte – und auch, dass sie selbst die Ursache war –, in der sich Vater und Sohn stritten, während die Mutter stoisch schwieg und sie nicht beachtete, hatten sie den eleganten Koffer und die Reisetasche genommen und waren in ein Anbauzimmer mit einem eisernen Bettgestell umgezogen. Durch die Hauswand waren wechselnde Geräusche und das Klappern des Eisengitters an der Haustür zu hören. Der Vater, nur von einem der Brüder begleitet, ging im Morgengrauen zum Frühgebet in die Moschee. Abdu-Ibrahim neben ihr drehte sich auf die an-

dere Seite und legte sich gegen den Ruf des Muezzins das Kissen aufs Ohr. Mittags, nachmittags und abends schien er den Ruf zu überhören, ohne sich die Ohren verstopfen zu müssen. Sie fragte nach den übrigen Aufgaben des Muezzins.
Das ist gar kein Muezzin, da ist ein Tonband und ein Lautsprecher, den siehst du da oben auf dem Minarett, das haben wir hier als Wunder der Technik.
Aber er ging, ohne Erklärung, mit seinem Vater zu den Freitagsgebeten, und er hatte einen Tag nach der Ankunft begonnen, das Käppchen zu tragen, das sie neben seinen Sachen vom Bett aus sehen konnte, wenn der Muezzin für sie den Tag eröffnete. Das Käppchen war kunstvoll mit Silberfäden bestickt, gewiss von seiner Mutter; er ermahnte sie, leise zu sein und gebührenden Abstand zu wahren, wenn seine Mutter in einem geschützten Winkel des Korridors, durch den Mitglieder des Haushalts kamen und gingen, ihren kleinen Samtteppich ausbreitete und niederkniete, um sich unter Verneigungen allein ins Gebet zu versenken.
Sie wollte also das Dorf sehen. Was gibt es da schon zu sehen?
Das ist nicht Kapstadt, wo sie am Meer und dem berühmten Berg eine Firma gründen wollten.
Touristen kommen hier nicht her, wozu auch. Angeblich entstand das Dorf um das Grab von Sidi Jusuf, vor langer Zeit ein heiliger Mann. Kein bedeutendes Heiligtum, nur Leute aus der umliegenden Wüste suchen es auf.
Sie legte ihm die Arme um den Hals und drückte die Lippen auf die glänzenden schwarzen Haare über seinem Nacken. Ich bin keine Touristin.
Er nahm sie und seine Schwester Maryam mit zu einem großen freien Platz mit niedergetrampeltem Zaun und einem sinnlos in den Angeln hängenden Tor. Markttag. Wacklige, von der Hitze verbogene Stände waren aufgebaut, ihre Auslagen erstreckten sich bis auf den steinigen Sand, geometrische Arrangements aus Gemüse, Obst, getrockneten Früchten und Streifen von etwas

Undefinierbarem – Fisch oder Fleisch? –, Getreide, Fladenbrot, Krüge mit Gebräu – aus Lebewesen? –, Pyramiden aus üppigen, grüngelb gestreiften Wassermelonen, Girlanden aus aufgefädelten Fahrradrädern, Radkappen und rostiges Werkzeug, alte Radios, ausgeweidete und zusammengeflickte Kühlschränke – ein Kunstwerk aus *objets trouvés*, sagte sie ihm fröhlich. Sie fragte Maryam nach einem Mann, der an einer uralten Reiseschreibmaschine hockte, während eine Frau auf ihn einredete. »Viele können nicht schreiben. Sie bezahlen für einen Brief.« Ein anderer saß hinter kleinen Schalen mit leuchtend bunten Pulvern – wohl eher Gewürze als Arzneien, vermutete sie. Die Flickschuster: hinter Haufen alter Schuhe, deren von lebendigen Füßen erworbene Missgestalt an Tote erinnerte. Ein Mann, der wie ein Blinder den Eindruck erweckte, laut mit sich selbst zu reden, rezitierte offenbar fromme Texte. Ibrahim musste warten, während sie die Poster betrachtete, die ein Händler feilhielt, die Kaaba in Mekka, die Moschee des Propheten in Medina, der Felsendom, Koranverse in kunstvoller Kalligraphie.

Ich möchte alles kennen lernen.

Er stieß ein kurzes Lachen aus und stupste sie sanft, weiterzugehen. Kleidungsstücke aus dritter Hand waren aufgehäuft, um von einem vierten getragen zu werden, Sonnenbrillen und Mobiltelefone wurden lautstark angepriesen; es gab Stapel von Plastikgeschirr, Emaillebechern, Kochtöpfen und Kesseln, geschmückt mit aufdringlichen Blumenmustern, die in einem Wüstendorf taktlos wirkten.

Warum lädt die Welt hier dieses hässliche Zeug ab, machen die Einheimischen nicht viel bessere Sachen?

Das Zeug geht nicht so schnell kaputt.

Aber sie übernahm Verantwortung. Warum schicken wir nur solchen Mist her?

Die Schwester mit ihrem bisschen Englisch versuchte zu folgen, heftete den Blick auf ihn, auf seinen Mund.

Weil hier kein Geld ist, um etwas anderes zu bezahlen.

Sie hat darauf bestanden, hierher zu kommen, und hier ist sie nun, angesichts der knallbunten Blechschüsseln, die sie abstoßen, angesichts der Kinder in abgetragenen Lumpen und mit klobigen Sportschuhen an den Enden knochendürrer Beine – wer weiß, wo sie die herhaben –, die sich auf sie stürzen, um ihr zwei oder drei Zigaretten oder eine Hand voll Bonbons zu verkaufen.

Später am Tag kam der Onkel, um seinen Neffen und dessen Braut für einen Besuch in seinem Haus abzuholen – er wohnte nicht mehr nebenan, in der Straße, in der Ibrahim geboren worden war; andere Verwandte, entfernte Vettern, lebten jetzt dort. Das Auto hing voller Amulette, schmuckvoll ausgemalten arabischen Texten, und roch durchdringend nach einem Badezimmerspray. Seine lachende, gutturale Stimme hätte das DJ-Geplauder sein können, das die orientalischen Ohren angepasste amerikanische Popmusik im Autoradio begleitete. Ibrahim drehte ein Fenster herunter, und als sie daran vorbeikamen, erkannte sie den inzwischen leeren Marktplatz wieder, den jetzt streunende Ziegen, Krähen und ein paar Fußball spielende Jungen bevölkerten. Sie war sich seiner, Ibrahims, ihres Ehemannes, seltsam bewusst, war sich bewusst, dass er sie beobachtete, als wollte er vor ihr wahrnehmen, was sie gleich erblicken könnte. Diese Straße war die einzige asphaltierte Straße in der Ortschaft, Männer saßen unter schief hängenden Planen und tranken Kaffee, einige waren offenbar in ein Spiel vertieft – aus dem fahrenden Auto ließ sich nicht erkennen, was für ein Spiel es war. Überall wurde gekauft und verkauft. Schwarz verhüllte Frauen zogen herumspringende Kinder hinter sich her, die auch anderswo hätten sein können – die Ausgelassenheit der Kindheit ist weltweit eine Reaktion darauf, lebendig zu sein, und vielleicht war seine Kindheit in diesem Dorf für ihn gar nicht so anders gewesen als ihre für sie, als sie in einem schönen Garten auf Gulliver herumkrabbelte und mit Plüschtieren einschlief, die Nigel Ackroyd Summers in den Duty-free-Shops auf den Flughäfen dieser Welt gekauft hatte. Erst beim Heranwachsen, zu dem Mann, der er ist, und der Frau, die sie ist, ändert sich das. Draußen vor der planlosen Reihe der Schuppen und Gebäude, die entweder halb fertig oder halb zerfallen sind – es ist schwer zu entscheiden –, sieht sie zum ersten Mal in ihrem Leben zwei alte Männer gemeinsam eine Wasserpfeife rauchen, die Huka der Illustrationen zu Scheherazades Kindheitserzählungen. So viel Leben!

Aber er dreht das verschmierte Fenster hoch, als der Onkel von der Asphaltstraße auf einen Sandweg holpert, der zu seiner neuen Adresse führen muss.

Das Haus des Onkels hat alles bis zur Grenze der materiellen Wünsche, die sich in dieser Gegend erfüllen lassen – als müsste der eintretende Neffe an das erinnert werden, was immer in ihm ist, eine unerbittliche Ermahnung, die ihn anstachelt, ihn treibt, den Willen aufzubringen, weiterhin in einem Londoner Restaurant Geschirr abzuwaschen, in einer Berliner Bierschwemme das Erbrochene von Betrunkenen aufzuwischen, um die Ecke vom EL-EY Café unter Lastern und Autos zu liegen, bis sich eine Gelegenheit bietet – was bleibt ihm schon für eine Wahl –, der Liebhaber einer von denen zu werden, die alles haben (was der Onkel sich nicht einmal erträumen könnte) und die ihm einen Weg ebnen kann, seinem Bedürfnis – seinem Schicksal – nachzugehen und seinen hier hoffnungslosen Ehrgeiz zu verwirklichen.

Die Tante, geschmückt mit goldenen Armbändern und Ringen und ochsenblutroten Fingernägeln, entführte Julie in die Frauengemächer des Hauses, wo die Töchter während des Besuchs blieben. Sie und die Tante kehrten zu den Männern zurück – Ibrahim erklärte hinterher, dass es einem Mann nicht gestattet war, seine Kusinen zu sehen, obwohl nicht beide Töchter sich in die orthodoxe Sittsamkeit zu fügen schienen: während die eine der jungen Frauen wie die Mutter in der Tradition fließender Gewänder gekleidet war, trug die andere Jeans und Schuhe mit den neuesten Plateausohlen.

Julie merkt, dass *er* – kann das sein! – ein wenig sorgenvoll wirkt, wie von Ahnungen gequält, in diesen Räumen, durch die der Onkel sie so stolz führt. Sie kann ihn nicht fragen – unter all den Fragen später –, was er hatte in diesem harmlos vulgären Haus, als sie auf geschnitzten und vergoldeten Stühlen saßen und mit Sorbet, Datteln und Süßigkeiten bewirtet wurden. Die Reparaturen auf dem Hinterhof haben sich zu einer großen Werkstatt ausgeweitet, verborgen hinter der gekachelten Mauer um den Garten mit seinen Hibiskusstauden und Hollywoodschaukeln. Er hat, erklärt der Onkel und bittet Ibrahim, es ihr zu übersetzen, einen Vertrag mit der Bezirksregierung über die Reparatur und Wartung aller amtlichen Fahrzeuge und Dienstwagen, er ist zugelassener Vertragshändler für amerikanische und deutsche Autos, für amerikanische, deutsche und italienische Ersatzteile, und er bietet natürlich den einzigen Kundendienst für Markenwagen, alle Besitzer solcher Autos kommen zu ihm, auch wenn sie stundenlang durch die Wüste fahren müssen.

Das hat er aus sich gemacht.

»Weißt du noch, wie du immer gekommen bist und ausgeholfen hast, als du ein Junge warst, die Klapperkisten, die wir zusammengeflickt haben? Im alten Hof? Erzähl's ihr!«

»Sie weiß es. Sie weiß, dass ich von dir gelernt habe, so zu tun, als wäre ich Autoschlosser.«

Dies in der ihr fremden Sprache; sie konnte erst mitlachen, als die Männer lachten, ohne zu wissen, dass es um jenen ersten Augenblick ging, damals, als er unter einem Auto hervorkroch.

Zurück im Anbau, streckte er sich auf dem Bett aus, mit der unbewussten Anmut wie in ihrem Cottage, die Augen tiefe Brunnen, in die sie hinabzuschauen versuchte. Dein Onkel hat es wirklich zu was gebracht.

Ja.

Sie hat oft das Gefühl, dass er sie nicht anschaut, wenn sein Blick auf ihr ruht; sie ist es, die ihr Spiegelbild in diesen Augen sucht.

Ja. Der Erfolg, den man hier haben kann.
Aber reden sie von denselben Voraussetzungen? Bewundert sie ironisch den Erfolg – auf bescheidener Ebene – eines Nigel Ackroyd Summers, von dem sie sich so weit wie möglich entfernt hat, mit Hilfe des EL-EY Cafés und eines Mannes ohne Namen oder Ausweis? Bemängelt er ironisch, dass es hier keinen Vergleich zum Erfolg jener gibt, die Einfluss in börsennotierten Unternehmen ausüben?
Beide wissen es nicht.
Sie lieben sich, das ist das unausgesprochene Wissen, das sie miteinander teilen können; das Land, zu dem sie Zuflucht nehmen können.

Wo die Straße endete, da war die Wüste. Die Kinder führten sie, vorbei an Häusern wie dem der Familie, Anbauten und ausgemergelte Mauern, bunte Farbmuster, staubige Pflanzen, angelehnte Fahrräder, Autos mit kaputtem, knatterndem Auspuff, herumsitzende Männer, Frauen an Fenstern, Wäsche über einem Zaun, weitere Kinder, die herumtollten, wortreiche Radiodebatten, ein Mann, der Bohnenrissoles anpries – und plötzlich hat dieses Alltagsleben ein Ende.

Für sie war es verwirrend: es hörte einfach auf. Am Ende einer Straße muss eine weitere Straße sein. Ein Bezirk geht in einen anderen über. Und eine Landstraße verbindet einen Wohnort mit anderen. Da war ein Abfallhaufen, der sich an den Rändern auflöste, weggerollte Blechdosen, Glasscherben, die der Sonne Signale zurücksandten; und dann, in dem Sinn, den Menschen der Wichtigkeit ihrer Anwesenheit beimessen – nichts. Sand. Keine Formen. Keine Bewegung. Als sie zum Haus zurückkam, sagte er ihr: Das sind nicht die Windmonate. Dann will keiner hier sein, glaub mir.

Sie lachte. Wir sind hier.

Die Leute im Dorf sehen in ihr – und er meint, zu Recht – etwas, was sie sonst nie haben, eine Touristin. Touristen bleiben in den schlechten Jahreszeiten nicht da, das ist nichts für sie.

Julie ist es gewohnt, aktiv zu sein. Er und sie können nicht den ganzen Tag lang im Haus herumsitzen und darauf warten, was kommt. Sie möchte eine kleine Expedition in die Wüste unternehmen, ist sich aber seiner Vorbehalte bewusst – die Hitze ist unerträglich, und man braucht Vierradantrieb. Der Onkel hat ihnen großzügig ein Auto geliehen – darauf besteht Ibrahim, aber der Onkel widerspricht ihm in mühsamem Englisch, nein,

das ist mein Hochzeitsgeschenk an euch –, ein Auto in relativ gutem Zustand, und sie fahren damit durch den Ort, vorbei an der Schule, in der ein Lehrer sich für ihn einsetzte, so dass er auf die höhere Schule kam und nicht nur den Koran auswendig lernte, vorbei an dem alten Sportplatz, auf dem jetzt Esel grasen; ein herunterhängendes Schild, dessen Aufschrift sie sich von ihm übersetzen lässt, verweist auf einen inzwischen mit Brettern vernagelten Gemeindesaal, windschiefe Marktstände, die sich gegenseitig stützen, Hobelspäne aus dem Laden eines Schreiners, Männer, immer nur Männer, die Kaffee trinken, das Stöhnen eines Generators und Dampf, der aus den Rohrleitungen eines baufälligen Krankenhauses entweicht, die Moschee, die er freitags aufsucht, sie kann es sich nur vorstellen, denn sie ist eine Frau, und selbst sie, der die ganze Welt offen steht, darf da nicht hinein. Und das war's auch schon: sein Heimatort.
Sie wollte sich Sandalen kaufen wie die, die seine Schwägerin Chadija trug, also machten sie sich auf die Suche nach dem Schuster, der sie vielleicht hatte. Wie konnte man sich in einem Dorf verfahren, das er als kleiner Junge bis in den letzten Winkel gekannt haben musste! Den Schuster fanden sie nicht, nur leer stehende Grundstücke und verlassene Werkstätten, in diesem Teil des Dorfes, der auf sie verfallen wirkte, aber nur Zeugnis ablegte von der Abgestumpftheit äußerster Armut, gab es keine Abgrenzungen zwischen den Wegen und den Hütten mit angebundenen Ziegen und Frauen in Schwarz, die dahockten wie angeschossene Krähen – er musste plötzlich das Lenkrad herumreißen, um einem toten Schaf auszuweichen, das aufgebläht in einer Wolke von Fliegen lag. Das löste bei ihr Entsetzen aus. Armes Viech! Warum begräbt es keiner!
Er riss mit viel Gas den Wagen herum, so dass Steine und Sand aufspritzten.

Er liegt wie ein Toter, und eine Fliege setzt sich auf seine Stirn. Tote, verwesende Schafe.

Er schämt sich, gleichzeitig macht es ihn trotzig und wütend, dass sie das sieht (und immer wieder er sie), das wird ein Bild seines Landes sein, seines Volkes, *woher er kommt*, wie er wirklich ist – wie der Name, unter dem man ihn jetzt wieder kennt, rechtmäßig. Nichts für sie; nein, wirklich nicht.

Oft war er den ganzen Tag fort. Er brach früh auf, in die Hauptstadt. Hatte dort zu tun; in Familienangelegenheiten, nahm sie resigniert an; er war wieder zu Hause. Die Familie war ein Diagramm von Verantwortlichkeiten, denen nachgegangen werden musste, ein Baum nicht der Abstammung, sondern der Komplexität gegenwärtiger Umstände. Da war das Problem der Schwägerin, die im Haus lebte, die Frau des älteren Bruders, der jenseits der Grenze auf den Ölfeldern arbeitete, und dessen Geld für seine Frau und die Kinder seit Monaten nicht mehr von der Agentur in der Hauptstadt überwiesen worden war. Da gab es Streitigkeiten über das Anrecht des Vaters auf einen Teil der Einkünfte aus einem kleinen Reisfeld, das einem Verwandten gehörte; kein Rechtsanwalt im Dorf, um so etwas zu regeln? Nein. Das versprach man sich von dem heimgekehrten Sohn, der in der Welt draußen Erfahrungen gesammelt hatte. Es stand nicht zur Debatte, dass sie ihn begleitete, das waren keine Anlässe, um die Stadt zu erkunden, welchen Sinn hatte es für sie, in Warteschlangen vor Amtsstuben herumzustehen?

Sie teilte sich sparsam die Bücher aus dem eleganten Koffer zu. Es konnte eine Weile dauern, bis sie beide darüber entschieden, was sie unternehmen würden, welches Projekt (das Vokabular ihrer PR-Zeit schlich sich ein, wie ein Akzent bei jemandem, der in einer erlernten Fremdsprache redet) sich anbot, wie ein neues Leben hier sich gestalten würde.

Ein kleines Mädchen, so sanft wie ein Falter, kam in den Anbau und sah ihr beim Lesen zu.

Beim zweiten Mal setzte es sich auf den Fußboden, so still, dass nicht einmal sein Atem zu hören war. Dann brachte das Mädchen die junge Frau mit, die ein wenig Englisch sprach.

Er hatte ihr alle aufgezählt.
Maryam – meine kleine Schwester, eine – wie nennt ihr das – Hausangestellte, sie arbeitet in einem Haus wie dem meines Onkels. Und meine Schwester Amina, die mit ihren Kindern hier lebt, ich weiß nicht, was ihr Mann jetzt macht, ob er Arbeit hat. Ahmad, mein großer Bruder, tötet Tiere für einen Fleischer, du kannst es riechen, wenn er nach Hause kommt. Das Wasser, das meine Mutter immer heiß macht, ist für ihn, damit er sich waschen kann. Der andere, das ist Da'ud, er kocht Kaffee in einem Café. Mein Bruder Said, Chadijas Mann – es gibt keine Nachricht von ihm, keiner weiß, was mit ihm ist. Mein kleiner Bruder Muhammad geht noch zur Schule, er verkauft Käse von Haus zu Haus, läuft überallhin, für einen Ladenbesitzer. So, das ist meine Familie. Ihre Berufe.
Es musste der freie Tag der jüngeren Schwester sein – ja, Freitag. Julie hatte sie am Morgen neben der Mutter knien und beten sehen. Das Buch wurde beiseite gelegt, und sie unterhielten sich, überbrückten fehlende Wörter mit Gesten, Julie mit Pantomime, und lachten über ihre Versuche, sich verständlich zu machen. Ihr Ibrahim hatte ihr nichts von der Sprache beigebracht, nicht einmal die konventionellen Höflichkeitsfloskeln. Jetzt lernte sie, guten Abend und vielen Dank zu sagen, und dieser jüngeren Schwester schien es Spaß zu machen, die Ausländerin diese Wendungen wiederholen zu lassen, bis sie ihr gelangen, korrigierte die Ungeschicklichkeit von Kehle und Lippen, die unvertraute Laute ausstießen. Im Gegenzug artikulierte die junge Frau langsam ihre englischen Wendungen und wartete aufmerksam, um sich ihre Fehler anzuhören. Für die Mahlzeit nach dem Mittagsgebet legte das kleine Mädchen seine Hand, einen zarten Palmwedel kleiner Finger, in Julies Hand und führte sie mit Maryam in einen Raum ohne feste Bestimmung, in dem die Frauen des Hauses auf zwei Petroleumkochern das Essen für alle zubereiteten – das Festmahl zur Heimkehr des Sohnes von seiner Suche nach dem Glück musste aus dem Haus des Onkels

gekommen sein. Julie wollte beim Abwaschen des Geschirrs in den Blechschüsseln helfen (den geblümten, die sie auf dem Markt gesehen hatte); das Ethos vom EL-EY Café gestattete niemandem, sich außer im Restaurant bedienen zu lassen. Aber die Frauen ließen das nicht zu, sie durfte nicht einmal die Hand ins Wasser stecken. Die Mutter stand abseits; es musste ihre Anweisung – von ihrem Sohn? – sein, dass von der Braut, die er als einzige Erwerbung aus der anderen Welt heimgebracht hatte, nicht erwartet werden konnte, das Los der Frauen auf sich zu nehmen.
Maryam ist ein so aufgewecktes Mädchen.
Ja? Er kennt sie eigentlich gar nicht; sie war noch ein Kind, als er fortging, in irgendein Land, das ihn einließ.
Sie sagt, sie möchte studieren, sie scheint nicht genau zu wissen, was – sie will Ärztin werden oder Sekretärin in einer großen Firma – glanzvolle Karrieren, die sie aus dem Fernsehen kennt. Aber sie ist so wild darauf, etwas zu lernen. Warum sollte sie die Chance nicht bekommen? Warum muss sie Kindermädchen oder so was werden? Sie hat Köpfchen. Du bist doch auch irgendwie auf die Universität gekommen.
Hat sie dir nicht gesagt, dass sie nächstes Jahr heiraten wird? Es ist alles schon arrangiert, sie heiratet den Sohn von einem Freund meines Vaters, dem Polizeichef. Der Sohn ist auch Polizist. Du hast ihn noch nicht gesehen, er ist woanders stationiert. Dahin geht sie.
Julie übernimmt sein übliches Schlusswort: Das war's dann.
Sie wird Ehefrau sein. Meine Mutter – du kannst nicht mit ihr reden, woher sollst du es also wissen. Meine Mutter ist eine sehr kluge Frau. Sie hat Köpfchen, wie du sagst.
Oh, das seh ich. Das steht ihr ins Gesicht geschrieben.
Aber du weißt nicht, wie sie mit allen um ihre Ausbildung gekämpft hat, als Mädchen, bis ihr Vater sie in die Schule lassen musste, damit sie schreiben und den Koran lesen lernte. Damals war sie das einzige Mädchen unter den Jungen. Sie konnte Zeitungen und Bücher lesen, die kein anderes Mädchen lesen konn-

te. Sie konnte ganze Teile des Korans hersagen – auswendig, sagt man das so? Viele Verse. Sie kann es immer noch. Aber sie hat geheiratet. Und hier in diesem Haus hat sie uns geboren, uns genährt, Wasser heiß gemacht, um uns zu waschen.
Julie verstand seine Feindseligkeit in solchen Momenten nicht und wusste auch nicht, dass er sie kaum selbst verstand: ob sie sich gegen die Fesseln eines Lebens richtete, dem er sich unbedingt hatte entziehen wollen, ob sie von dem Kummer herrührte, den ihm das Leben seiner Mutter bereitete, das er nicht zu ändern vermocht hatte – sieh sie doch nur an –, was hätte sie sein können, dieses Inbild der Würde. Sie hatte so viel erduldet und so viel gelenkt. Was wäre sie gewesen, verschlagen in die Straßen zwischen dem Werkstatthinterhof und der Gesellschaft am Café-Tisch! Oder richtete dieser Groll sich gegen sie – die Touristin, die wie alle Touristen keine Ahnung hatte, was sie da eigentlich vor sich sah. Als sich ihm die Gelegenheit geboten hatte, sie zu besitzen, sah er darin die Chance, dass sie mit ihren Verbindungen, mit dem, was sie war, ihm in ihrem Land das verschaffen würde, was ihm verwehrt geblieben war. Er hatte sich vor dem Luxus hüten müssen, den diejenigen, die ihn sich leisten konnten, Liebe nannten – die er für sie in sich aufsteigen fühlte, gegen seinen Willen. Das wäre die endgültige Niederlage – der Tag, an dem sie den eleganten Koffer packte und abreiste, das Abenteuer zu Langeweile verblasst, wie es unweigerlich kommen musste. Und er wäre wieder einmal der Verlierer. Er ist nichts für sie. Antrag abgelehnt.
Er erzählte ihr nicht, was er vom ersten Tag an tat, wenn er früh am Morgen in die Hauptstadt aufbrach. Er suchte jeden auf, den er kannte, bediente sich aller denkbaren Strategien, die ihm dabei zu Ohren kamen, um Einwanderungsvisa für jene wohlhabenden Länder der Welt zu beantragen, aus denen er noch nicht ausgewiesen worden war. Australien, Kanada, die USA, egal, nur fort von den Vorwürfen, der Schande seiner schmutzigen Heimat.

Es hatte keinen Sinn, Hoffnungen zu wecken, die sich vielleicht nicht rechtzeitig erfüllten: bevor das Abenteuer beendet und der elegante Koffer wieder für das EL-EY Café gepackt war, für die schöne Terrasse vor dem Haus ihres Vaters, obwohl sie sich dort nicht zu Hause fühlte.

Er hilft wieder in der Werkstatt seines Onkels aus.
Ibrahim ibn Musa.
Die Prozeduren, von diesem Land aus die Erlaubnis zur Einreise in ein anderes zu beantragen, sind kompliziert und langwierig. Das abschließende Urteil – ja oder nein, und wenn ja, unter welchen Bedingungen, dauert sogar noch länger. Der Konsul des betreffenden Landes muss, nachdem es dem Antragsteller gelungen ist, an den Subalternen vorbei zu ihm vorzudringen, alle erforderlichen Unterlagen an das zuständige Ministerium seines Landes weiterleiten; dort rutschen sie in einem Stapel nach unten, gehen in den Winkeln eines Aktenschranks verloren, werden durch Computerabsturz gelöscht, und die ganze Prozedur fängt von vorn an. Es hat keinen Sinn, nach den Gründen zu fragen; und dann hat das Ministerium neue Fragen, braucht noch weitere Unterlagen, so geht es hin und her. Und unterhalb dessen, was sich offiziell auf gestempelten Formularen und Computerbildschirmen abspielt, werden noch andere Maßnahmen ergriffen, alles und jedes, um sich unter den Hürden der Bürokratie hindurchzuwinden, die Odyssee der Auswanderung einiger ist Legende, während andere – er lauscht ihren Erfahrungen jeden Tag zusammen mit anderen Landsleuten an den Kaffeebuden – scheitern.
Er ist Odysseus, und sie war nur seine Sirene. Während es in ihrem Land ihre Aufgabe gewesen war, im Kampf gegen die Behörden den Beistand einflussreicher Leute zu gewinnen, Anwälte einzuschalten und so weiter – ein spannender, wenn auch erfolgloser Zeitvertreib –, ist hier er derjenige, der Wege finden und sich irgendwie kundig machen muss. Was ihm vorher dienlich war, als es ihm gelang, auf fragwürdigen Wegen in ein Land einzureisen, nutzte jetzt nichts; die Dame, die die Fackel hoch-

hält, ebenso wie die ihr entsprechenden anderen humanitären nationalen Symbole, heißt nicht mehr willkommen, sondern benutzt die Flamme, um jeden Antragsteller aufs Gründlichste zu durchleuchten – ob er Verbindungen zum internationalen Terrorismus hat, ob er zu denen gehört, die ihre eigenen ideologischen Schlachten auf dem Boden anderer Nationen ausfechten, oder ob er in seinen Körperflüssigkeiten die neueste tödliche Weltkrankheit mit sich trägt. Dieses Land, dem er durch Geburt angehörte, durch sein Äußeres, seine Hautfarbe, seine Sprache, durch seinen Glauben, den er auf Fragebögen angeben musste, obwohl er nicht wusste, ob dieser Sohn seiner Mutter noch im wahren Glauben lebte – dieses Land nahm überall unter den Ursprungsländern, deren Auswanderer unerwünscht waren, einen der vorderen Plätze ein.

Sie, seine ausländische Frau, war die richtige Art Ausländerin. Eine, die einer international akzeptierten Auswandererkategorie angehörte. Dementsprechend genügte für ihre Anträge auf ein Visum jeweils ein einziger Fragebogen, der ihm in den Konsulaten der von ihm favorisierten Länder mitgegeben wurde. Und so musste er ihr endlich sagen, was es mit seinen Ausflügen in die Hauptstadt auf sich hatte.

Ich hab mich sofort darum gekümmert, dass wir hier wieder rauskommen.

Aber wohin? Sie las sich den Fragebogen durch. In welches Land?

Meint sie immer noch, die Wahl zu haben? Aber er schenkte ihr sein seltenes, langsames Lächeln, von dem sie, wie er wusste, immer gerührt war, wenn sie es ihm entlocken konnte. Jedes, das uns offen steht.

Für sie kein Problem. Für ihn, ihren Ehemann, war es, sollten die regulären Wege aussichtslos sein, eine Geldfrage. Sie hatte keine Bedenken dagegen, solange seine Bestechungsversuche ihn nicht in Gefahr brachten; der einzige Grund, warum sie in ihrem Land nicht auf dieses Mittel zurückgegriffen hatte, war die Warnung des Anwalts, dass ihn das in noch größere Schwierigkeiten bringen würde. Es gab noch die Touristen-Dollars, die sie mitgebracht hatte; ihre einzigen Bedenken waren, wie sie beide zum Lebensunterhalt, zum Notwendigsten, das seine Mutter brauchte, beitragen sollten, wenn das Geld verbraucht war? Der Onkel zahlte ihm vorläufig nichts – ließ sich offenbar den Gebrauchtwagen und das Gratisbenzin damit abgelten, dass sein Neffe wieder unter Autos lag. Diesmal unter dem Fahrzeugpark der Provinzregierung und jetzt als richtig ausgebildeter Kfz-Mechaniker aus einer weit entfernten Metropole! So sah also die Großherzigkeit des Onkels aus, die sie, sowie sie sich seine Worte von Ibrahim übersetzen ließ, bald an ihrer häufigen Wiederholung erkannte.

Bis dahin sind wir längst weg.

Seine Entschlossenheit war so fest wie etwas Greifbares, als er das T-Shirt und die Jeans auszog. Die Designer-Jeans, die jetzt öl- und dreckverschmiert war, hier gab es keine Gewerkschaften mit Bestimmungen für den Arbeitsschutz, das profitable Unternehmen des Onkels stellte keine Overalls zur Verfügung. Seine Entschlossenheit war eine Furcht einflößende Eigenschaft, die sie noch nie gesehen, noch nie gebraucht hatte, weder für das Leben im Villenvorort ihres Vaters, noch für die geschützten Alternativen ihrer Freunde. Nie in sich selbst gekannt hatte – doch, vielleicht, als sie im Cottage mit zwei Flugtickets statt einem vor ihm stand.

Sie hob die Jeans und das T-Shirt auf, und diese einfache Geste, die auch die seiner Mutter oder seiner Schwestern hätte sein können, trieb ihn zu ihr. Seine nackten Füße bedeckten ihre, seine nackten Beine umschlangen sie, und er drückte ihren Kopf an seine Brust, als wollte er etwas anhalten, das in ihr begann.

Niemand vermag zu sagen, wie lange es dauern kann. Wenn man eine Hand schmiert (oder wie immer man das hier nennt), weiß man nicht, ob der Empfänger hinter dem Empfänger tun kann, was er zusagt – kein Problem! kein Problem! –, oder spurlos verschwindet, ebenso wie die Dollars.

Leben in der Zwischenzeit.

Leben. Die unbemerkte, heimtückische Weise, in der Erwartung und Ungeduld in der Schwebe bleiben, zusammen mit den amtlichen Ablehnungen und erneut zu stellenden Anträgen. Ein Eindringen in die Lebensweise der Familie, die Straße, die in der Wüste endet, die Männer, die vor Kaffeebuden sitzen. Alle warten auf etwas, das vielleicht eines Tages kommt – eine Heimkehr von den Ölfeldern, die Begleichung einer alten Schuld, ein Putsch, dessen Generäle sich nicht die eigenen Taschen voll stopfen – oder nie.

Julie gab Englischunterricht, nicht nur für Maryam und die stillen jungen Mädchen und linkischen Jungen aus der Nachbarschaft, die sich flüsternd in den Anbau stahlen und sich im Schneidersitz auf den Boden hockten. Maryam musste diese kleine Versammlung in dem Haus, in dem sie arbeitete, erwähnt haben; die Dame des Hauses lud die ausländische Ehefrau ein, zum Tee zu kommen und freundlicherweise mit ihr und anderen Damen, die die Sprache lernen wollten, Englisch zu sprechen. Was in aller Welt befähigte sie zum Unterrichten? Andererseits, was blieb ihr sonst übrig? Was nutzten ihre Fertigkeiten hier; wer brauchte PR-Hype? Sie war wie jemand, der sich damit zufrieden geben muss, unter ein Auto zu kriechen. Die Bücher aus dem eleganten Koffer wurden zu Nachttischbibeln, in denen sie immer wieder nachlas; sie willigte ein – aber im Austausch gegen Unterricht in *ihrer* Sprache. Warum unter seinen Leuten als Taubstumme sitzen? Immer die Ausländerin, die mit der Familie die Mahlzeiten einnahm, eine Nähe, der die Tafelrunde im fernen EL-EY Café außerhalb aller biologischen Familienbande nacheiferte. Nicht dazu fähig, ihrem Geliebten (ihrem Ehemann! – es fiel ihr schwer, sich als Ehefrau zu sehen) näher zu kommen, indem sie sich mit der Mutter verständigte, die, das wusste sie lange, bevor sie ihr leibhaftig begegnete, in seinem Innern einen für niemanden sonst erreichbaren Platz einnahm. Die Tafelrunden-Freunde waren immer knapp bei Kasse, also wäre es, selbst wenn sie sich ihnen noch zugehörig gefühlt hätte, unfair, von ihnen zu verlangen, Geld vorzustrecken und ihr etwas zu schicken. Also schrieb sie ihrer Mutter, die konnte ihr doch von Kalifornien aus über einen dieser wunderbaren Internet-Buchvertriebe eine Koran-Übersetzung bestellen, bitte kein Taschenbuch, sondern gebunden, und per Eilbote. Das Dorfpostamt teilte sich bei einem Krämer den Ladentisch mit Kaugummis und Zigaretten.

Ausgerechnet ihrer Mutter, ja. Aus dem Familienkreis heraus, in dem auch sie sich jetzt befand, hatte er ihr klargemacht, dass es ein grobes Versäumnis war, die Mutter-Tochter-Verbindung nicht aufrechtzuerhalten. Also hatte sich ein Briefwechsel ergeben. *Mein verrücktes Mädchen, ich kann mir das Entsetzen Deines Papas ausmalen … Du bist wie ich, fürchte ich, kannst Deine Gefühle nicht im Zaum halten! Aber vergiss nicht, mein Liebling, wenn es schief geht, kannst Du immer aussteigen.* Sie hatte ihm den Brief amüsiert vorgelesen, aber den letzten Satz weggelassen. Ein paar Tage später fragte er, ob sie den Brief schon beantwortet hätte.

Nein, natürlich nicht. Das wird nicht zur wöchentlichen Pflichtaufgabe, wie damals im Internat.

Ihre Mutter kann Empfehlungsschreiben besorgen. Von ihren Freunden, ihrem Ehemann. Der ist doch Amerikaner. Das brauchen wir für unser Visum.

Kanada, Australien – auch Amerika? An jeder Möglichkeit wurde mit Hilfe seiner Verbindungen gearbeitet. Das einzige Land, für das sie Referenzen beibringen konnte, war England; aber dort war er bereits illegal eingereist und aktenkundig.
Die Empfehlungsschreiben, um die sie gebeten hatte – nach seinem Diktat, denn er wusste genau, welche Form sie haben mussten –, waren bislang nicht aus Kalifornien gekommen. Aber das Buch, versandt mit einem teuren, im Voraus bezahlten Paketdienst, traf irgendwie ein – mit dem Bus aus der Hauptstadt; der Mann vom Paketdienst kannte offenbar die Route des Busfahrers. Sie zögerte, Ibrahim zu fragen, welches die Verse waren, die seine Mutter auswendig konnte; Maryam würde es ihr sagen. Es war gar nicht so leicht, ihr die Bitte verständlich zu machen, vielleicht nicht wegen der Sprachprobleme, sondern weil das Mädchen überzeugt war, sie falsch zu verstehen: wozu sollte Ibrahims Frau so etwas wissen wollen?
Das Buch der Barmherzigen, das Buch der Maria, das Buch der Propheten.
Er war mit Männern unterwegs, die er aus der Kindheit kannte, Freunde, von denen es hieß, sie könnten ihn zu den Händen führen, die Beamte hinter dem Rücken aufhielten. Seine Bemühungen kannten keine Geschäftszeit, ließen keine Möglichkeit aus. Sie war allein mit der Schwanenhalslampe, die er gekauft hatte, damit sie wenigstens bei gewohntem Licht lesen konnte, solange sie hier waren. *Suren* hießen sie, so stand es in den Fußnoten. Sie las sie sich laut vor, als wollte sie an den natürlichen Betonungen die Passagen heraushören, ausgewählt aus alldem an Rat und Ermahnung, Stärkung und Trost, das Menschen in frommen Texten suchen. Sie las willkürlich; die Verse kamen nicht in der Reihenfolge, in der Maryam sie zufällig genannt hatte.
Und erwähne Hiob, als er zu seinem Herrn rief: »Mich hat Schaden getroffen, und Du bist der Barmherzigste der Barmherzigen.«

Da erhörten Wir ihn und behoben den Schaden, den er erlitten hatte. Und Wir gaben ihm seine Familie wieder.
Sie lehnte sich aus dem Lichtkegel der Lampe zurück.
Sie saß wieder bei dem Fest, der ersten Mahlzeit, neben der majestätischen, in Schwarz gehüllten Gestalt. Ihr Geliebter, der Sohn, ausgestoßen aus Nigel Ackroyd Summers' Welt, seiner Familie wiedergegeben von der schweigsamen Gestalt, deren Autorität aus der Leibeigenschaft seiner Liebe kam. Woher hatte sie als kleines Mädchen gewusst: die Verse, die sie lesen lernte, auswendig lernte, waren für sie?
Und gedenke im Buch der Maria; als sie sich von ihrer Familie an einen östlichen Ort zurückzog.
Sie nahm sich einen Vorhang vor ihnen. Da sandten Wir unseren Geist zu ihr. Er erschien ihr im Bildnis eines wohlgestalteten Menschen.
Sie sagte: »Ich suche beim Erbarmen Zuflucht vor dir, so du gottesfürchtig bist.«
Er sagte: »Ich bin der Bote deines Herrn, um dir einen lauteren Knaben zu schenken.«
Sie sagte: »Wie soll ich einen Knaben bekommen? Es hat mich doch kein Mensch berührt, und ich bin keine Hure.«
Er sagte: »So wird es sein. Dein Herr spricht: Das ist Mir ein Leichtes. Wir wollen ihn zu einem Zeichen für die Menschen und zu einer Barmherzigkeit von Uns machen. Und es ist eine beschlossene Sache.«
So empfing sie ihn. Und sie zog sich mit ihm zu einem entlegenen Ort zurück.
Stoff für den Religionsunterricht.
Und als eine, die unter den Stammgästen des Cafés als Jesus-Freak verschrien war, schwanger wurde und sagte, sie wisse nicht, wie das passiert sei, war das der Witz des Tages gewesen … wer von euch geilen Jungs hat den Engel Gabriel gespielt …
Was die Geschichte für sie bedeutete, die sie immer noch aus-

wendig konnte; um das zu verstehen, musste man wohl einen eigenen Sohn haben.
Das Licht fiel wieder auf die Seiten; sie blätterte weiter.
Der Erbarmer hat den Koran gelehrt.
Er hat den Menschen erschaffen.
Er hat ihn deutliche Rede gelehrt.
Die Sonne und der Mond laufen nach Berechnung.
Die Pflanzen und die Bäume werfen sich anbetend nieder.
Den Himmel hat er emporgehoben …
Er hat die beiden Meere zugleich entstehen lassen, die zusammentreffen, zwischen denen aber eine Schranke steht, dass sie nicht überlaufen.
Jeder weiß, was in Texten wie diesen gemeint ist: für ihn; für sie.
Sie ließ das Buch bei den letzten beiden Zeilen aufgeschlagen.
Sie legte sich auf das eiserne Bett und wartete auf ihn, der den Erfordernissen seiner Welt nachging, wie er nachts im Cottage auf sie gewartet hatte.

Eine Weile sah Australien verheißungsvoll aus.
Was werden wir da machen?
Vieles. Ein Land mit allen Möglichkeiten. Fortschrittlich. Es wird gut für dich sein, deiner Heimat sehr ähnlich.
Sie schüttelte lachend den Kopf. Diese Heimat habe ich verlassen.
Julie begleitete ihn zu jemandem, der Verbindungen zu jemandem hatte, der den diplomatischen Vertreter von Canberra in der Hauptstadt kannte, um nähere Angaben über sich selbst zu machen, die sich vielleicht günstig auswirkten; Staatsbürgerin eines Landes, das ebenfalls zum Commonwealth zählte, Leumund untadelig, hoher Bildungsstand.
Was ist mit den Leuten, dem Mann damals bei deinem Vater, der nach Australien gegangen ist. Er hat sogar seinen schwarzen Fahrer mitgenommen, du erinnerst dich doch, dass sie darüber geredet haben.
Ich hab keine Ahnung, wo die sind.
In seinen schwarzen Augen stand die Forderung.
Dein Vater weiß es.
Sie fuhr sich mit gespreizten Fingern durchs Haar; er stand vor ihr wie damals, als er in einer Werkstatt unter einem Auto hervorgekommen war: hier bin ich.
Ich kann meinen Vater nicht fragen.
Sein Schweigen bedrückte sie mehr, als jeder Streit zwischen ihnen es getan hätte, er zog sich dann jedes Mal in Gedanken zurück, von denen sie ausgesperrt blieb; er, dem so oft Zurückweisung zuteil geworden war, hatte sich unbewusst angewöhnt, mit Zurückweisung zu reagieren.
Sie ging zu ihm – er wühlte plötzlich in der Reisetasche, die er nie vollständig ausgepackt hatte, auch sie hatte es nicht für ihn

tun dürfen. Bereit zur Abreise von hier, seinem Zuhause, stand die Tasche im Anbau, Woche um Woche, Monat um Monat. Sie beugte sich über ihn, schlang die Arme um seine Taille und legte die Wange an seinen nackten Rücken. Der Geruch seiner Haut überwand sein Schweigen und empfing sie. Sie wollte sagen: Ich werde alles für dich tun. Aber wie ließ sich das ausdrücken, wenn sie gerade gezeigt hatte, dass es etwas gab, was sie nicht tun konnte?

Es würde uns nichts nützen, sondern uns nur demütigen. Er würde nein sagen, er würde nicht im Traum daran denken, seinen Kollegen, der gerade eine wichtige Position übernommen hat, mit so was zu behelligen … einen Einwanderer zu empfehlen, den er einmal auf einer Lunchparty gesehen hat, den Ehemann einer Tochter, deren Vater ihr gesagt hat, dann soll sie eben auf dem von ihr gewählten Weg zur Hölle gehen – das waren die reizenden Abschiedsworte meines Vaters!

Ich hab mir den Namen von der Stadt aufgeschrieben, wo sie hingegangen sind. Auf einen Zettel, irgendwo hier drin. Perth, ich glaub, es war Perth …

Der Zettel fand sich nicht. Ohne die Empfehlung aus Perth liefen die Genehmigungsverfahren weiter, die Wartezeiten, in denen Unterlagen hin und her geschickt wurden.

Die Einreise nach Australien wurde nicht genehmigt.

Julie war verwirrt und wütend. Auf die Australier; auf sich selbst, weil sie nichts für ihn hatte tun können, obwohl das – ihrer Überzeugung nach – kaum etwas bewirkt hätte.

Er hielt stets Ausweichpläne bereit, parallel zu jedem abgelehnten Gesuch. Die haben eben schon zu viele aus dieser Gegend, die brauchen mich nicht. Weiter nichts. Das war's.

In der Zwischenzeit.

Warten erzeugt ein eigenes Tempo. Ein fester Tagesablauf, der eigentlich zur Dauerhaftigkeit gehört, entsteht aus der Tatsache, dass es in der Zwischenzeit nichts anderes zu tun gibt. Ibrahim nimmt das alte Auto, das der Onkel ihnen geliehen – geschenkt – hat, und fährt morgens zur Werkstatt des Onkels, Julie gibt Englischunterricht, im Haus von Maryams Arbeitgeberin und in einer Schule – ihr Talent oder ihre Gabe, der sie sich vorher gar nicht bewusst war, hatte sich herumgesprochen. Im Familienhaus hat Maryam ihre Schwester Amina, die gerade entbunden hat, und Chadija, die Frau des auf den Ölfeldern verschwundenen Sohnes, dazugeholt; sie und andere kommen unaufdringlich, um an der Unterhaltung teilzunehmen, lernen Julies Sprache, wie Julie die ihre, unter einer zerrissenen Plane hinter dem Haus, die bis zu einem Oleanderbusch reicht, dessen rosa Blüten dick mit Staub bedeckt sind, wie eine Frau, die zu viel Puder benutzt. Eine Palme steht nicht da. Der Schatten ist dünn, und die Lichtflecken auf den Gesichtern, auf Julies und denen der anderen, sind ein Spiel mit dem, was jede nicht weiß, mit der Fremdheit, und mit dem, was sie allmählich, in intuitiven Einblicken, über die andere erfahren. Maryam kann inzwischen nahezu fließend Englisch, oder Julie versteht mittlerweile rascher, was Maryam meint, wenn sie etwas umschreiben muss, da ihr das passende englische Wort nicht einfällt. Maryam besteht darauf, dass Chadija viel besser als sie dazu in der Lage ist, Julie ihre Sprache beizubringen, Chadija kommt aus der Hauptstadt, war ›bis zum Schluss‹ auf der Schule. Nicht nur das mangelnde Englisch des jungen Mädchens ist der Grund dieser Empfehlung; alle in der Familie wissen, sogar Ibrahims Frau hat

es gemerkt, dass Chadija in einem Zustand der Verzweiflung ist, mal wird sie weinend in einer Ecke gefunden (noch dazu in der, die für den Gebetsteppich der Mutter reserviert ist), mal stößt sie Verwünschungen gegen ihren Mann aus, einen Sohn des Hauses. Ibrahim nennt sie im Stillen die Verrückte. Sie beschimpft meinen Bruder dafür, dass er tot ist, vielleicht ist er tot, nur Gott weiß es. Mit ihrem taktvollen Versuch, der Schwägerin zu helfen, will Maryam sie ablenken, indem sie ihre Überlegenheit anerkennt und ihr die Verpflichtung einredet, sie einzusetzen, um jemand anders zu helfen: ihrer neuen Schwägerin, Ibrahims Frau. »Ich sage Chadija, sie ist einsam ohne unsere Sprache.«
Julie berichtete es ihm.
Ist das nicht originell? Maryam ist ein ungewöhnliches Mädchen, selbst in ihrem gebrochenen Englisch kommt das zum Ausdruck. Sie hat aber Recht. Chadija sieht mich zwar nie an, du weißt ja, sie ist ein bisschen hochnäsig, aber sie hört zu, und dann verbessert sie mich, ich lerne von ihr wirklich die Aussprache. Rede mit mir. Du wirst sehen. Wir müssen deine Sprache zusammen benutzen …
Er war aus der Werkstatt des Onkels zurück und hatte das Wasser geholt, das seine Mutter für ihn heiß gemacht hatte. Die Blechwanne stand immer im Anbau bereit; er erlaubte Julie nicht, das Wasser zu holen: die anderen Frauen im Haus lächelten, wenn sie ihn den Eimer tragen sahen. Frauenarbeit; seine Mutter wandte das Gesicht von diesem Schauspiel ab, ging ihm aus dem Weg. Er hätte genauso gut fort sein können; in einem seiner Exile, wo sie ihn sich nicht vorstellen, ihn nur in dem Blut spüren konnte, das durch ihr Herz floss.
Wie heißen die – ich weiß nicht, die, die … die Liebesworte … ich möchte sie hören. Du hast sie mir nie gesagt …?
Wir müssen Englisch sprechen. Ich brauche das. Ich muss mit dir Englisch reden, wenn ich irgendwo einen vernünftigen Job kriegen will. Dann kann ich da weiterstudieren. Das geht nur mit Englisch. Er schüttete das Wasser in die Wanne.

Während er in der Wanne hockt und sich abscheuert, spürt er die Ölflecken von Motoreninnereien, die Schmutzkruste von Werkzeugen unter seinen Fingernägeln, als wäre sein ganzer Körper davon bedeckt, eine Lebensform, von der jemand wie sie keine Ahnung hat, in diesem Zustand, aus dem er unbedingt fort wollte, hatte sie ja sogar an ihm Gefallen gefunden. Und er merkt, dass er mit sich selbst in der Sprache redet, an der sie neuerdings Gefallen gefunden hat, die sie lernen möchte, obwohl es ihr nichts bringt, ihnen beiden nicht, dort, wo sie hin wollen. Aber was hat es für einen Sinn, ihr zu sagen, dass in dem Leben, zu dem sie sich entschlossen hat, als sie ihm folgte, solche unterhaltsamen Fertigkeiten ein Luxus sind. Ramadan steht bevor. Wer hätte gedacht, dass sie dann immer noch bei mir ist, dass wir immer noch hier sind. Das Abenteuer nicht vorbei, der elegante Koffer unter das eiserne Bett geschoben, in dem wir uns lieben und ich sie glücklich mache, mein Gott, wie ich sie glücklich mache. Und immer noch kein Visum für mich.
Er sagte ihr, dass sie natürlich nicht zu fasten brauche. Auch wenn sein Vater, die Familie, er selbst, fasten würden: der Mutter zuliebe.
Zusammen mit der Familie und dem ganzen Dorf, so ist es doch?
Warum sollte sie die Ausnahme sein? Die Einzige. Einsam ohne die Sprache. Er müsste das doch verstehen; hier, in seinem Zuhause, war sie, was er in der Tafelrunde ihrer Freunde im EL-EY Café gewesen war, bei der Lunchparty auf der Terrasse zur Verabschiedung des Paares, das mit seinem Fahrer in Australien hochwillkommen war. Natürlich werde ich fasten.
Du wirst davon nur krank. Ohne Wasser sein ist entsetzlich. Denk ja nicht nur, kein Essen; Essen ist nichts, gar nichts, nicht wie Wasser. Glaub mir.
Unsinn, Liebling! Ich kann gut ein paar Polster verlieren, ich esse zu viel bei diesen Familienmahlzeiten, ich krieg einen dicken Hintern, da, sieh mal.

Noch ein Abenteuer.
Er glaubt, vielleicht lernt sie es nie; oder sie brauchte diese Überlebensregeln nie zu lernen, weil ihr immer alles offen stand.
Bei den knarrenden Klagen des eisernen Bettgestells unter ihrer Liebe murmelte sie, ein nicht abgeschlossenes Thema aufgreifend: Ich bin ganz bei dir. Ein banaler Satz aus der Tafelrunde, aber alles, was sie hatte.

Das Tempo des Wartens veränderte sich völlig. Die Reaktion auf die Spanne des Ramadan-Tages gleicht genau der Reaktion von Körper und Kopf auf die Zeitverschiebung bei der Ankunft in einem Land, in dem es wesentlich später oder früher ist als in dem Land, aus dem man kommt. Das gleiche vage, schwankende Gefühl, die Umgebung durch eine verzerrende Linse zu sehen, eigentlich nicht unangenehm, ein träger Widerstand gegen Augenlider, die zufallen wollen, gegen ein Bewusstsein, das sagt: lass mich schlafen, sperr das Licht aus, antworte nicht auf das Vakuum, das am Magen saugt: befriedige mich, es ist Zeit. Und eine seltsame Überraschung: die Nächte waren jetzt kalt; in diesem Ansichtskarten-Ort immer währender Hitze, ohne Winter wie auf der nördlichen Halbkugel. Sie versäumte die Mahlzeit vor der Morgendämmerung, für die es keine Bezeichnung gab, die einzige Nahrung für den Tag; es gelang ihr nicht, munter genug zu werden, um etwas zu sich zu nehmen. Gedanken und Reaktionen verlangsamten sich, während das Haus ein murmelnder Bienenstock betender Frauen wurde und die Männer in die Moschee gingen. Was immer sie sonst noch taten, jedenfalls verbrachten die Männer der Familie den Tag außer Haus in männlicher Gesellschaft. Julie erwartete Ibrahim nicht vor Sonnenuntergang zu sehen, wenn sie zurückkamen. Manchmal besuchten die Frauen einander, versammelten sich in dem einen oder anderen Nachbarhaus. Die Mutter sah die Frau ihres Sohnes zusammen mit Maryam, Amina, Chadija und den Kindern zum Haus einer Kusine aufbrechen; beobachtete es gelassen von ihrem Sofa aus. Nach einer Weile begab sie sich zu ihrem Gebetsplatz. Eine Stunde oder mehr verging, bis sie wieder auf dem Sofa in dem verlassenen Familienzimmer Platz nahm und ihren Sohn, den sie wie immer an seinem Gang erkannte, unerwartet zurückkommen hörte. Sie stand auf und ging zu ihm, als er leise eintrat. Einen Augenblick lang begegneten sie sich schweigend; ihre Gesichter jedes das Abbild des anderen. Dann war in ihrem Tonfall, der nur für ihn gemeint war, der Rhythmus der Gebete zu hören, die ihren Nachmittag gefüllt hatten, wie eine Melodie, die im Ohr nachklingt: »Ist dir nicht gut, mein Sohn?«

Er senkte den Kopf vor seiner Mutter, eine Gebärde – der Unterwerfung? der Liebe? –, die für sie vorbehalten war. Seinem Vater gegenüber war er immer zu einem Wortwechsel bereit, zum Austragen von Meinungsverschiedenheiten. Der Mutter gegenüber schien es oft kaum der Worte zu bedürfen. Ein Schweigen. Dann: »Ich weiß nicht … nein, nur müde.« Er sah kurz zur Tür des Anbauzimmers hinüber.

Beide waren sich des Tabus bewusst, gegen das auf keinen Fall verstoßen werden darf: Ehemann und Ehefrau dürfen sich bei Tageslicht nicht in ihr Schlafzimmer zurückziehen, denn im Ramadan ist tagsüber jegliche Intimität zwischen Männern und Frauen verboten.

»Deine Frau ist mit Maryam und den andren bei Zuhra.«

Wieder die Gebärde des vor seiner Mutter gesenkten Kopfes.

Die Arbeit an Autos und schweren Lastwagen, dazu andauernd die Fahrten zu den Ämtern in der Hauptstadt, um fortzugehen. Er musste auf seine Gesundheit achten.

»Du brauchst Ruhe.«

Es war nicht nötig, zu sagen, dass er hören würde, wenn die Frauen zurückkamen, und den Anbau verlassen würde, bevor seine Frau das Zimmer betrat. Mutter und Sohn saßen einige Minuten zusammen, bevor sie sich wieder an ihren Gebetsplatz begab.

Er ging in den Anbau – und da war Julie. Er stützte sich am Türrahmen ab, dann zog er die schlecht schließende Tür sorgfältig hinter sich zu.

Du hast die anderen Männer verlassen?

Er hätte sagen können: Du hast die anderen Frauen verlassen. Er schenkte seiner Frau das Lächeln, das nur für diese Frau bestimmt war: für sie. Ich bin müde.

Ich war auch müde. Sie sind lieb, aber das Gerede – irgendwann ist es, als wäre man in eine Voliere eingesperrt.

Er zog die Schuhe aus, setzte nach kurzem Zögern das bestickte Käppchen ab, das mit einer Klammer in seinem dichten Haar befestigt war, und legte sich aufs Bett, ein gehorsames Kind, das zum Mittagsschlaf geschickt worden ist. *Du brauchst Ruhe.* Sie legte sich neben ihn, ohne dass ihre Körper sich berührten. Vielleicht wusste sie von dem Tabu, Maryam könnte es ihr gesagt haben; vielleicht auch nicht. Die Zeit wurde ihnen lang; beide schliefen nicht, sprachen nicht.

Sie fühlte Verlangen in sich aufsteigen, es breitete sich aus, verdickte ihre anderen Lippen, überwand die Mattigkeit des Hungers und die Ausgedörrtheit des Durstes. Und sie schämte sich; sie wusste, dass Geschlechtsverkehr ebenso wie andere Formen des Genusses in dieser geweihten Zeit tagsüber verboten waren, obwohl diese Abstinenz der Liebe in den Nächten aufgeschobene Erregung hinzufügte. Sie streckte die Hand aus, um sich zu vergewissern, dass sie seine Hand nur in der Erscheinungsform der Liebe suchte, die Kameradschaft ist, aber sie berührte zu ihrer Verwirrung seinen unter der Kleidung erigierten Penis. Sie zog die Hand rasch zurück. Sie wusste nicht, wo sie die Hand nach der Berührung lassen sollte. Wieder verstrich Zeit in diesem Tempo, das anders war als jedes andere. Sie drehten sich im selben Moment zueinander, und beide zogen sich gegenseitig die Kleidung aus. Doch sie war es, die ihm die Hand auf die Brust legte, um ihn aufzuhalten, denn sie dachte an die klagenden Federn des eisernen Bettgestells und legte sich auf den Fußboden, um ihn zu empfangen.

In dem Krug, der immer neben der Blechwanne stand, war Wasser. Sie wuschen sich; vielleicht gab ihr Abtrünniger sich schuldbewusst der Illusion hin, durch die Reinigung Absolution zu erlangen. Aber er zog sich schweigend an, steckte das bestickte Käppchen fest und ging. Seine Mutter saß nicht auf ihrem Sofa. Sie musste noch beim Gebet sein, aber sie merkte sicher, allein an der Luftbewegung, die sein Gang durchs leere Haus auslöste, dass er seine Kraft zurückgewonnen hatte und sich wieder den anderen Männern anschloss.

Frauen und Kinder kehrten heim, überfluteten mit ihrem Leben die geheimen Strömungen des Hauses. Maryam fragte: »Ist Julie wieder ausgegangen?«

»Sie war doch mit dir zusammen.«

»Aber nicht lange, sie ist bald wieder nach Hause gegangen.«

Maryam klopfte leise an die Tür zum Anbau.

»Ja? Ich komme.«

Das Geräusch der fremden Stimme schnürte der Mutter im Schock die Luft ab.

Schon wieder da, im Schlafzimmer. Bevor der Sohn von den Männern kam, bevor sie ihm sagte, seine Frau sei bei den anderen Frauen, sie selbst, die Mutter, die sich im Haus mit ihm allein wähnte – aber seine Frau war zurückgekommen, ungehört in der Konzentration des Gebets, und war die ganze Zeit über im Schlafzimmer gewesen.

Furcht und Zorn beschleunigten ihren Atem. Amina und Maryam erschraken, als der große Busen der Mutter keuchend auf und nieder ging; was war das, ein Herzanfall? Ihre gespreizte Hand schickte sie fort; der lange Wasserentzug, die Sonne geht unter, gleich wird sie in tiefen Zügen trinken, das ist alles, was sie braucht.

Bei der Mahlzeit, die das Fasten des Tages beendete und die Enthaltsamkeit belohnte, genoss ihr Sohn es so lebhaft wie kaum ein anderer in der Familie, den vom Ramadan auferlegten Hunger und Durst zu stillen.

Die Mutter trank wirklich in tiefen Zügen. Nicht nur Wasser, sondern auch die Schande seiner Sünde: ihr Sohn; sie brachte es nicht über sich, sein geliebtes Gesicht anzusehen, als wäre es – nur für sie, für die anderen sah er so gut und graziös aus wie immer – von Verworfenheit entstellt. Und dieses Gesicht, da sie ihm ihre Züge vererbt hatte, würde auch ihr eigenes sein.
Wenn sie seinem Vater und seinen Brüdern, dem Schwager, nichts von der Sünde ihres Sohnes sagte, aber vor den Töchtern, der Schwiegertochter, seine Ehefrau anprangerte, wäre das für die Schwiegertochter ein Triumph über die Familienehre.
Was hinter der geschlossenen Tür des Zimmers, in dem die Ehefrau schon lag, geschehen war – keine Frau, die lange genug gelebt hatte, um Männer und Frauen zu kennen, konnte darüber im Zweifel sein. Und wie entspannt ihr Sohn jetzt war, eine ganz bestimmte Entspannung, die eine alte Frau, die viele Jahre lang neben einem Mann geschlafen hatte, sehr wohl erkannte.
Wie würden die Männer der Familie mit dem Sohn umgehen? Das Paar – was würde mit den beiden geschehen? Aber sie wusste, was geschehen würde. Ibrahim würde sich von niemandem hier an den Pranger stellen lassen, von solchen Vorschriften hatte er sich gelöst, deren Macht über Söhne verlor sich in der Fremde des Exils, der Auswanderung – das wusste sie.
Ihr Bruder. Wenn sein Onkel Jaqub es erführe. Und natürlich würde man es ihm mitteilen, dem ältesten und wichtigsten Familienmitglied. Noch dazu war er der Einzige, von dem sie sich im Stillen erhoffte, dass er ihren Sohn dazu bewegen könnte, hier zu bleiben, statt sich um eine weitere Auswanderung zu bemühen. Wenn Jaqub es erführe; was würde geschehen?
Sie wusste, was geschehen würde.
Ihr Sohn würde überstürzt fortgehen, irgendwohin, für sie abermals in der Welt verloren.
Niemand war im Haus gewesen. Nur sie. Sie hatte die Frau, seine Ehefrau, nicht hereinkommen und in den Anbau gehen hören, nein, sie war beim Gebet gewesen. Nur ihn, ihren Sohn,

hörte sie kommen und gehen, seine An- oder Abwesenheit spürte sie immer. Ihre Tochter Maryam wusste nicht, dass ihr Bruder während des Nachmittags hier gewesen war, im Schlafzimmer, zusammen mit seiner Frau.
Was würde mit ihr geschehen, der Mutter, wenn sie niemandem sagte, was sie wusste – keinem Menschen.
A'udhu billah. Wenn sie die Sünde auf sich nahm, als trüge sie die Entstellung des geliebten Gesichts, die nur für sie sichtbar war. *Astachfar allah.* Wenn er entehrt ist, wird ihn nichts aufhalten. Er wird fortgehen. Sie wird ihn wieder verlieren. Jede Strafe, *inscha allah*, lieber als das.
Als einer der Männer scherzhaft erwähnt, dass ihr Sohn sich am Nachmittag für eine Weile aus der Gesellschaft der Männer entfernt hat, antwortet sie, bevor er es kann: »Er braucht Ruhe.«
Julie war nicht ganz wohl bei dem Gedanken an die Familienmahlzeit nach Sonnenuntergang, nach dem, was sie ihm angetan hatte; würde er sich nicht – würden beide sich nicht schämen, daran teilzunehmen, er unter den Männern, sie unter den Frauen? Aber er kehrte mit seinem Vater, mit Ahmad, Da'ud, Aminas Mann Suliman und dem jungen Muhammad aus der Moschee zurück und begrüßte sie, als hätte er sie seit dem Morgen nicht gesehen.

Der benommene Rauschzustand, zu einer Zeit wach zu sein, zu der man sonst schlief, und zu schlafen, wenn man sonst wach sein musste, ließ langsam nach, so, wie die innere Uhr sich nach ein paar Tagen in einer anderen Zeitzone umstellt. Sie stand in der Kälte für die Mahlzeit vor dem Morgengrauen auf, und die Rufe von Hunger und Durst wurden erst bei Sonnenuntergang zu lautem Geschrei. Die veränderte Zeiteinteilung war zu Ende gegangen, als sie sich erinnerte: drüben, in der Tafelrunde, hatten die Freunde schon vor Wochen betrunken und bekifft das alte Jahr zu Grabe getragen; Nigel Summers und Danielle hatten bei Champagner und Austern ihr altes Leben mit neuem Kalender fortgesetzt. Nach hiesiger Zeitrechnung stand ein neues Jahr erst noch bevor.
Mir wurde beigebracht, dass die Zeit durch die Geburt eines Kindes in einem Stall eingeteilt wurde in vor Christus und nach Christus, und so wird seitdem gerechnet. *Das* war die Zeit. Und alle Schwarzen wurden von den Missionaren durch Gehirnwäsche und von den Siedlern durch Stockschläge zu dieser Zeitrechnung bekehrt. Also glaubten auch sie daran. Weil sie mussten. Meine Eltern hatten wahrscheinlich Freunde – ich muss doch andere Kinder gekannt haben? –, unter denen vielleicht auch Juden waren, aber deren Feiertage kümmerten uns kaum, und wenn sie zur richtigen Gesellschaftsschicht zählten, kamen sie ohnehin zu Nigels Weihnachts- und Neujahrspartys. Muslime kannten wir nicht … die indischen Ladenbesitzer schlossen ihre Geschäfte, wenn wir sagten, heute hat Gottes Sohn Geburtstag oder heute fängt ein neues Jahr an. Ja, ich weiß, die Mondphasen und die Jahreszeiten spielen da auch mit hinein, aber dies war die christliche Zeitrechnung. Die Welt war einfach *ihre* Welt, eine christliche Welt.

Er saß auf dem einzigen Stuhl im Anbau und strich mit einem Kugelschreiber Sätze in einer Ausgabe von *Newsweek* an, die er vor Wochen irgendwo in der Hauptstadt aufgetrieben hatte. Der Stift kratzte nur Rillen ins Papier, und er kritzelte wütend, damit die Tinte wieder floss. Dann hielt er inne, sah sie an.
Die Welt ist ihre Welt. Gehört ihnen. Regiert von Computern, vom Internet – sieh mal hier, der Westen, einundneunzig Prozent aller Computer. Wo du herkommst, Afrika, insgesamt nur zwei Prozent, und die meisten davon in deinem Land. Das Land hier? Nicht mal genug, um in der Statistik vorzukommen! Wüste. Wenn man in der Welt vorkommen will, muss man die, wie du sagst, christliche Welt dazu bringen, dass sie einen reinlässt, das ist der einzige Weg.
Kanada. Das Ende des Ramadans bedeutete für ihn, dass er wieder in gewohnter Weise seinen Einwanderungsanträgen für Kanada nachgehen konnte, ohne dass seine Mutter Anstoß nahm. Zwei Empfehlungsschreiben (*To Whom It May Concern*), basierend auf der Heirat eines Unbekannten mit einer Frau, die alles Wünschenswerte an Herkunft und Zeugnissen aufweisen konnte – sogar die vermögende amerikanische Mutter sowie der vermögende Vater wurden erwähnt –, waren aus Kalifornien eingetroffen. Welch eine Überraschung; Julie gab sie ihm. Sie hätte nie gedacht, dass Beverly, ihre Mutter, irgendwen auftreiben könnte oder wollte, der seinen Namen darunter setzte. Der Kasinostiefvater verfügte offenbar durch seine Zockerfreunde über Beziehungen, obwohl niemand wusste, was diese Unterschriften wert waren. Jedenfalls steckte Ibrahim die Briefe in den Hefter, in dem er alle Unterlagen – laufende Anträge, abgelehnte Anträge – aufbewahrte, gekennzeichnet in der fließenden arabischen Schrift, die sie bewunderte.
In einem anderen Land ruft man so was im Computer auf und muss nicht alles aufheben.
Er warf den Hefter wieder in die Reisetasche mit seinen Habseligkeiten. Kanada – dort hatten sich schon Brüder niederge-

lassen, Brüder im Sinn der Dorfgemeinschaft; Toronto, Calgary unter glitzerndem Glassplitter-Schnee, diese frostigen Städte könnten sich doch einladend zeigen gegenüber der Wüste, wo der Sand zwischen den Zähnen knirscht.
Sie hatte sich vorsichtig wieder angeboten, darauf gefasst, von den Schwestern mit ausgesuchter Höflichkeit und von Chadija mit finsterem Blick abgewiesen zu werden, und durfte nun an den Küchenvorbereitungen für *Eid al-fitr*, das Ramadanfest, teilnehmen. Für sie bedeutete das Ende des Ramadan, dass die Schwestern und die Kinder sich wieder zu den gewohnten Zeiten erwartungsvoll für den Austausch von Englisch gegen Arabisch im Gemeinschaftsraum des Hauses einfanden.
Eines Nachmittags nach dem Ramadan saß seine Mutter unter den Frauen. Sie sagte nichts. Aber sie war da. Ihr Gesicht, der Prägestempel von Ibrahims Gesicht, eine Aussage, wenn man sie nur entziffern könnte, diese lebende Bronze aus Fleisch, das sich faltig von den Wangenknochen zu dem dunklen, fein geschwungenen Mund senkte, unter dem auf dem Kinn drahtige Haare sprossen. Julie vermochte dieser Anwesenheit nur zu entnehmen, dass sie Anerkennung gewonnen hatte, als sie sich an das Gebot gehalten hatte, zwischen Sonnenaufgang und Sonnenuntergang nichts zu essen oder zu trinken, auch wenn sie die Tage nicht im Gebet verbracht hatte.

Obwohl sie den Sohn, in seinem ihm zurückgegebenen Familienheim, an den verbotenen Tagen verführt hatte. Verbarg das Gesicht der Mutter, dass sie auch das wusste? Er hat die Absolution erhalten: ›Er braucht Ruhe.‹
Diese ausländische Frau gibt sie ihm.

Manchmal zeigte seine Laune – wenn er in den Raum kam, in dem sie mit den Frauen zusammen war, oder in den Anbau, in dem sie Chadijas und Aminas Kinder mit Spielen unterhielt, die ihr aus den Erinnerungen an Gullivers Garten eingefallen waren –, dass es mit Kanada gut lief. An anderen Tagen starrte er seine Schwester und die bekümmerte Schwägerin an wie Hühner, die verscheucht werden mussten, oder er sagte zu den Kindern in der Sprache, die er mit ihnen teilte: »Wiedersehn, raus, geht! Spielt woanders!«

Dann hatte es Enttäuschungen gegeben; nichts Neues im Konsulat oder ein versprochenes Treffen, das nicht zu Stande gekommen war. Er redete kaum mit ihr über diese unvermeidlichen Begleiterscheinungen des Wartens; es gab einen unausgesprochenen Pakt, dass damit nur das Unglück angelockt würde, als schwebte über ihnen eine böse Macht, die sie grinsend belauschte, ihnen quälend die linke und die rechte Faust hinhielt – welche? welche? –, wohl wissend, was die, für die sie sich entschieden, enthielt: Visum abgelehnt. Warum ihr Hoffnung machen? Warum ihr erklären, was er sonst noch zu tun bereit war, um sie hier rauszubringen? Tu's einfach. Was es auch sei. Jeden Tag konnte er den eleganten Koffer gepackt vorfinden. In ihrer Hand diesmal nur ein Ticket. Woche um Woche verging; der Anblick seiner Schwägerin, dieser Chadija, die so hochnäsig auf der Familie ihres Ehemannes herumhackte, ging ihm auf die Nerven. Ihre Angewohnheit, plötzlich die Hände vor das sorgfältig geschminkte Gesicht zu schlagen, ihr nervöses Zucken der Verzweiflung. Was zum Teufel trieb dieser verdammte Said auf den Scheiß-Ölfeldern! (Die Kraftausdrücke aus der Werkstatt, in der seine Frau ihn aufgelesen hatte, fielen ihm wieder ein.) Wahrscheinlich hat er da eine andere Frau gefunden, und meine

Mutter muss die vornehme Ehefrau aus der Hauptstadt, auf die er so stolz war, durchfüttern, mein Vater muss für seine Kinder aufkommen und sie zur Schule schicken.

Wer hätte gedacht, dass sie immer noch hier sein würden, wenn die Wind-Monate kommen. Der *Rih* bläst.

Er kehrt von irgendeinem Treffen zurück, das Freunde von Freunden arrangiert haben, damit er den vermeintlich richtigen Betrag aus der Dollar-Reserve seiner Ehefrau in eine ausgestreckte Hand legen kann, und er trifft sie an mit einem Tuch um den Kopf wie jedes Dorfweib auf der Straße. Sie lächelt anerkennend Maryam zu: War es nicht lieb von deiner kleinen Schwester, mich für den Wind auszurüsten? Sie zog das Tuch über Mund und Nase, um zu zeigen, wie gut sie vor der schneidenden Wut des peitschenden Sandes geschützt war, auf ihrem Weg zum Konversationstee mit den Damen im Haus von Maryams Arbeitgeberin, für den sie inzwischen ein bescheidenes Entgelt erhält.

Er schrie seine Schwester an, einige der Worte verstand sie als Resultat dieser Teestunden: glaubst du … du bist … was tust du … wer geht im *Rih* auf die Straße … bist du verrückt … nimm ihr das Ding weg, und das sanfte Mädchen schwankte hin und her, als würde es geschlagen.

Er verschwand im Anbau. Julie legte die Arme um das Mädchen und wiegte es. Maryam machte sich los und zog Julie das Tuch vom Kopf. Julie entschuldigte sich wieder und wieder für ihn, aber das Mädchen tröstete sie auf Arabisch und dann, sich verbessernd, auf Englisch, leckte sich eine Träne von den Lippen, die über die Wange gelaufen war, und lachte erstickt über sich selbst: »Er hat viel Sorge – er hat schwere Dinge zu tun, ich weiß das. Er meint nicht mich. Ibrahim – er – ist wütend auf sich, nicht auf mich.« Die beiden legten wieder die Arme umeinander und setzten sich still auf das Sofa, als wäre Ibrahims Frau eine der Schwestern.

Natürlich hatte er Recht mit dem Wind; auch mit der Verhüllung, die Frauen und auch Männer trugen und die nur die Augen freiließ, war es Angst einflößend, aufregend, sich in den Wind hinauszuwagen – etwas noch nie Erlebtes. Wenn sie zurückdachte, dann war ihr intensivstes Erlebnis dieser Naturgewalt der so genannte Schwarze Südostwind, der Türen zuknallte und den Urlaubern in Kapstadt den Badestrand verleidete. Aber das hier waren Sturmwinde aus den Mündern zürnender Götter, wie man sie manchmal auf alten symbolischen Darstellungen sah. Es geschieht jetzt nicht oft, beim Warten auf Kanada oder was es auch werden wird – mit ihm zusammen, nur darauf kommt es an –, dass sie an ihre Kindheit denkt, wo sie ein Zimmer mit einem Plüschpanda hatte, das sie an jenem Sonntag im falschen Haus suchte; an die aufgemöbelte Dienstbotenunterkunft mit blitzendem Badezimmer, Bioseife und Duschgel, mit Einbauküche, Tiefkühlfach und Mikrowelle, mit wöchentlicher Waschfrau und breitem, immer aufnahmebereitem Bett für den neuesten Liebhaber: all das Zubehör, den auch die Mitglieder der Tafelrunde im EL-EY Café nicht missen mochten, obwohl sie sich einbildeten, das einfache Leben zu lieben. Wir spielten Wirklichkeit; das Cottage war ein Puppenhaus, das EL-EY Café ein Spiel.

Der Wind, dem alles und alle im Dorf unterworfen waren, legte sich nach genau den Monaten, die ihr genannt worden waren. Seine Zeit war um; Kanada noch in der Schwebe; eine endgültige Entscheidung sollte aus Ottawa kommen. Julie wusste, dass er noch Pläne für andere Länder bereithielt; aber welche Länder waren dann noch übrig? Das war keine Frage mehr, sondern eine abschließende Feststellung. (Das war's.) Er war immer häufiger fort, fuhr mit dem alten Auto in die Hauptstadt – ein Onkel ist kein Fremder, er kann dem Sohn der Schwester nicht wie irgendeinem Angestellten verweigern, sich freizunehmen –, verbrachte die Abende im Dorf oder vielleicht in einer anderen Ortschaft, mit Freunden, die viel versprechende Verbindungen hatten. Der Vater und die übrigen Männer der Familie gingen

abends auch meistens außer Haus; Aminas Mann Suliman, Da'ud, der Kaffeekoch, Ahmad, der in der Fleischerei arbeitete, und sogar der Schuljunge Muhammad, der, wenn er den Käse ausgetragen hatte und seine Hausaufgaben von der Mutter beaufsichtigt worden waren, verschwand, um mit anderen Jungen unter den trüben, von Fledermäusen umflatterten Straßenlaternen Fußball zu spielen. Es war eine stille Zeit in diesem Haus, das sonst von so viel Leben widerhallte; die kleinen Kinder waren im Bett, die Frauen warteten auf die Männer. Die Schwestern Maryam und Amina unterhielten sich verträumt, während sie endlos einen Teppich knüpften – oder war es schon der nächste Teppich – auf einem selbst gemachten Webstuhl, gefertigt aus nicht viel mehr als zwei jungen, von Rinde und Zweigen befreiten Bäumen und ungehobelten Querlatten. Sie sah sich mit den Frauen amerikanische Seifenopern mit Untertiteln an, ging vorsichtig, um nicht zu stören, wie durch eine Reihe im Kino hinaus, um im Anbau unter der Lampe zu lesen, die er ihr besorgt hatte. Manchmal kam Maryam ihr zögernd nach und ließ sich im Schneidersitz auf dem Boden nieder, neben dem Bett, auf dem Julie lag. Maryam hatte außerordentliche Fortschritte gemacht; sie konnten sich jetzt unterhalten, über Sprachführer-Floskeln hinaus Gedanken austauschen, sogar Vertrauliches. Wollte Maryam eigentlich heiraten? Den Sohn des Polizeichefs: liebte sie ihn?
Das Mädchen zeigte seine Zahnspange, kicherte leise und senkte wieder den Kopf. »Ich kenne keinen andern. Nur meinen Vater, meine Brüder. Er sieht aus wie ein netter Mann. Er redet gut. Und er ist nicht dick – weißt du – ich will keinen Dicken.« Sie lachten zusammen; das Mädchen schüttelte sich, wie vor einer imaginären Umarmung. »Ich glaube, ich kann ihn lieben, mal sehen.« Maryam tauschte sich mit ihr über die anderen Frauen aus. Alle in der Familie redeten über Chadija, so lästig, aber auch so beschämend in ihrer feindseligen Verzweiflung. Ja, eine Nervensäge ... aber das war ein Ausdruck, der Maryam schwer

zu erklären war … »Arme Chadija. Sie war – wie sagt man – furchtbar, ach, furchtbar, vorher, als mein Bruder Said mit ihr hier war, als sie heirateten und er sie von ihren Eltern herbrachte, unser Haus gefiel ihr nicht, sie hat ihm gesagt, er muss auf die Ölfelder, Geld verdienen, um für sie ein Haus zu kaufen. Jetzt ist sie noch furchtbarer, weil sie so unglücklich ist. Sie schaut dich an, so, mit Hass, weil sie eifersüchtig ist. Du hast deinen Mann, dein Mann wird dich in ein gutes Land bringen, du hast Geld. Arme Chadija. In diesem Haus mag sie niemand. Und mein Bruder …? Will er sie noch? Wir wissen es nicht. Wenn er nicht zurückkommt?«

»Aber die Kinder sind reizend. Dein Vater und deine Mutter haben die Kinder gerne bei sich.«

Das Mädchen schwieg eine Weile, bedachte die Schwelle zwischen Klatsch und Kränkung. Sie öffnete ihr hübsches Gesicht für Ibrahims Frau, die halb bekannte, halb geheimnisvolle, um ihr etwas zu sagen. »Die andern, sie fragen sich, warum du kein Kind bekommst. Vielleicht willst du erst hier heiraten, auf unsere Art. Sie schauen auf dich. Wir reden darüber. Und jetzt – ich muss dir sagen … Meine Mutter hat mich gebeten …«

Ihr wurde klar: Maryam ist von der Mutter beauftragt worden, ihr zu sagen, dass sie von ihr erwartet, ein Kind zu bekommen. Sie musste leicht und ausweichend antworten. »Es gibt schon so viele Enkelkinder, die von Chadija, Amina hat gerade wieder eins bekommen, und du wirst auch Kinder haben.«

»Meine Mutter denkt an ein Kind von Ibrahim.«

Sie gleitet aus der Berührung mit seinem Rücken heraus, aus dem Bett, sie ist sehr früh wach. Vielleicht ist das eine neue Gewohnheit, die ihr aus den Stunden des Ramadan geblieben ist. Sie zieht ihre Jeans an, streift ein Hemd über den nackten Busen, nimmt ihre Sandalen auf und schlüpft mit ihnen in der Hand aus dem Haus. Er sagt immer, als wiederhole er trocken ein altes Sprichwort: man kann hier nur am frühen Morgen

leben, hier in seiner Heimat, aber er wacht nie früh genug auf, um das zu tun – während des rituellen Aufstehens vor dem Morgengrauen musste einer der Brüder kommen und an die Tür zum Anbau hämmern. Sie hockt sich neben die leere blaue Blumenschale, um ihre Zehen in die Sandalen zu zwängen. Es stimmt, die Morgenluft ist ein reines Element, in das man eintaucht, so verschieden von der Mittagsluft wie Wasser von trockenem Land. Der *Rih* hat die Formen der Häuser, den Himmel wie mit Sandpapier abgeschliffen; es herrscht die Stille vollkommener Klarheit. Sie geht spazieren, nur die Straße hinunter, für ein paar Minuten von einem der verängstigten Hunde begleitet, die wissen, dass sie vom Dorf verachtet werden. Obwohl sie ihn nicht bedroht hat, wendet er sich ab und läuft davon. Sie ist an das abrupte Ende der Straße gelangt: vor ihr liegt die Wüste. Deren Unermesslichkeit hat den Häusern, den Menschen Einhalt geboten: hier geht es nicht weiter mit euren stinkenden Autos, euren trüben Laternen in der erhabenen Dunkelheit, euren Straßenhändlern und dem Geschwätz eurer Radios; hier enden eure Ziele und Hoffnungen.
Da waren Mauerreste ein paar Meter weiter im Sand, Überbleibsel von etwas, das dort erbaut worden war, inzwischen eingestürzt und halb verweht. Sie ging darauf zu und drang in ein weiteres Element ein, die Eiseskälte der Wüste, nachtkalter Sand sickerte durch die Riemen der Sandalen und umspülte ihre Füße. Sie setzte sich auf das bröckelnde Mauerwerk und sah sich um – wenn man das von Augen sagen kann, denen sich nichts fest Umrissenes darbietet, kein Horizont. Die Sandflächen waren unbewegt. Sie verglich es mit dem Blick aus dem Fenster eines Flugzeugs in den Luftraum, aber dort tauchen immer wieder Wolkenfetzen auf und schaffen einen Maßstab. Nach einer Weile sah sie etwas, erst einen, dann mehrere schwarze Punkte – Stäubchen im Auge? Doch die Punkte wuchsen und wurden zu einer schwarz verhüllten Frau, die eine kleine Herde Ziegen trieb. Schließlich war sogar ihr Hirtenstab zu erkennen, aber

dann führte sie die Ziegen in eine andere Richtung. Auf der Suche nach Weideland. Hier? In dieser von keinem Pflanzenwuchs gestörten Einöde, die selbst Fußspuren, kaum hatte man sie hinterlassen, schon wieder tilgte? Die schwarzen Punkte waren verschwunden. Sie dachte plötzlich an ein Glas Wasser, sehnte sich danach. Ein seltsames Bedürfnis. Wenn man in der Wüste Durst hat, nimmt Wasser eine neue Bedeutung an: es ist ein Element, das hier keinen Platz hat. Sie blieb eine Weile sitzen, hatte ihre Armbanduhr nicht angelegt, dann ging sie dorthin zurück, wo die Straße begann, mit dem Gefühl, verabschiedet zu werden, obwohl niemand da war. Die Straße erwachte allmählich zu Leben. Der Lautsprecherruf zum Gebet verbreitete sich von der Moschee, und aus einem der Häuser drang die flotte, verführerische Stimme einer Radiowerbung. Der Straßenhändler, der Krapfen verkaufte, kam auf sie zu, und sie fand Münzen in ihren Jeans und kaufte ein paar, in dem Fetzen Papier warm in der Hand, so angenehm wie vorher der kühle Sand an den Füßen.

Was ist das denn?

Er machte eine Bewegung bei ihrem Anblick, schon auf und angezogen. Er lag da, die Haut in der Farbe dunklen Honigs vom Schlaf gerötet, die schwarzen schimmernden Augen in ihren blauschattigen Höhlen, melancholisch oder erotisch.

Hier bin ich.

Hierher komm ich zurück aus einer Wüste, die wenige Schritte hinter unserer Schwelle beginnt.

Ich habe Krapfen gekauft. Guck mal, sie sind noch warm. Sie wedelte mit den duftenden Scheiben.

Ibrahim rasierte sich. Das heiße Wasser kam aus einem Wasserkocher, den er gekauft hatte. Der Strom dafür kam aus einer Verlängerungsschnur, die der praktische Ahmad aus dem Haus verlegt hatte. Sie speiste auch den von Ibrahim besorgten Ventilator und ihre Leselampe – jedes Gerät konnte nur benutzt werden, wenn die anderen nicht angeschlossen waren, und es gab Stunden, da brach das Stromnetz im Dorf zusammen: kaltes Wasser, Dunkelheit. Die Petroleumkocher waren dann das letzte Hilfsmittel des Haushalts; niemand musste eine warme Mahlzeit entbehren, das Badewasser für den Bruder, der Fleischer war, wurde von der Mutter in gewohnter Weise erhitzt, und Ibrahims Frau, inzwischen in die Arbeit der Frauen eingeführt, wartete geduldig, bis sie an der Reihe war, um sein heißes Wasser zu holen; Petroleumlampen verwandelten das Haus in eine schattige Zufluchtshöhle.

Er öffnete den Mund weit und rasierte die Winkel unter dem glänzenden Schnurrbart. Der offene Mund mit den schönen Zähnen war wie eine Spielart seines seltenen und sehnsüchtig erwarteten Lächelns. Er hob fragend die Augenbrauen: beobachtete sie ihn?

Sie fragen sich, warum wir kein Baby haben.

Er rasiert weiter den heiklen Bereich der Mundwinkel. Die Aura, die um ihn ist und die sie seit jener ersten Begegnung so gut kennt, schrumpft, als er sich in sich selbst zurückzieht; inzwischen kennt sie auch das.

Wer fragt sich das?

Deine Mutter möchte ein Kind von dir und mir.

Sie hat es nicht gesagt, aber er sieht, er weiß, dass sie plötzlich an der Idee Gefallen gefunden hat. Noch ein Abenteuer.

Was sollen wir mit einem Kind. Wir sind nicht Said und Suliman und die andern. Wir werden bald fortgehen. Was für ein Neuanfang, du schwanger, die Übelkeit, das Kindbett, dann ein Säugling, der versorgt werden muss.

Macht sie ihm auf dem Umweg über seine Mutter Vorwürfe?

Bist du verrückt? Und in dem Moment, als er es gesagt hat, fühlt er den Stich seiner eigenen Grausamkeit. Er wirft den Rasierapparat auf das Handtuch, hält die Luft an und taucht das Gesicht in die Schüssel mit dampfendem Wasser. Als er den Kopf hebt, hat sie den Rasierapparat genommen und hält ihm das

Handtuch hin. Während er sich das Gesicht abtrocknet, ist es, als wäre der Wortwechsel ebenfalls verdampft. Alles ist wie vorher, wie jeden Morgen in diesem Schwebezustand des Wartens. Er bricht auf, um in der Werkstatt auszuhelfen, die zum Unterhalt der Familie ein wenig Geld (er wird jetzt bezahlt) und die Benutzung eines Autos beiträgt. Sie ist inzwischen als eine der Frauen akzeptiert, die sich die Hausarbeit teilen, und sie nutzt ihre Ausbildung, um Schulkindern und vielen im Dorf Englisch beizubringen – es hat sich herumgesprochen, es gibt mehr und mehr Menschen, die ihre Chancen in der Welt (dem, was er die Welt nennt) verbessern möchten. Manchmal, wenn sie daran denkt, wie sie früher in ihrer Public-Relations-Sprache über ihr mobiles Telefon kommunizierte, das an ihr festgemacht war wie der Ring am Bein einer Brieftaube, denkt sie, dass ihre teure Ausbildung zum ersten Mal sinnvoll genutzt wird.

Die Beduinenfrau ist nur in den frühen Morgenstunden zu sehen. (Maryam, als sie mit der beiläufigen Neugier einer Fremden befragt wird, sagt, sie muss zu den Beduinen gehören, die haben irgendwo da draußen ihre Zelte und ihre Ziegen.)

Sie geht immer zu dem Mauerstumpf und sitzt dort in den Stunden, wenn er in der Werkstatt des Onkels ist, wenn der Vater der Familie auf Bänken vor Kaffeebuden sitzt, wo er seinen wie auch immer gearteten Geschäften nachgeht, wenn die Brüder bei der Arbeit sind und die Kinder in der Schule. Die Frauen – bis auf Maryam, die im Haus ihrer Arbeitgeberin sauber macht – kochen, schauen fern oder beten. Sie versteht: Beten ist die einzige Form des Ausruhens, die sich seine Mutter gestattet.

Niemandem fällt ihre Abwesenheit auf. Obwohl es sich nicht schickt, auf den Markt oder in die Läden zu gehen, wenn sie nicht von einer der Schwestern oder wenigstens von zwei der Kinder begleitet wird, zählt ein Spaziergang nur bis ans Ende der Straße offenbar nicht. Nachbarn, die im Haus der Familie ein und aus gehen, haben sich an sie gewöhnt und grüßen sie, wenn sie vorbeigeht; eine Gardine wird vielleicht einen Spalt geöffnet und wieder zugezogen: sie kann nichts vorhaben, was irgend von Interesse ist; in dieser Richtung endet die Straße in der Wüste.

Sie trägt einen alten Khakihut aus Campingzeiten mit den Freunden vom EL-EY Café, den sie zum Glück in den eleganten Koffer gesteckt hat, als sie sich nach Nützlichem umsah, bevor sie das Cottage und alles Unwesentliche verließ. Die Hitze sammelt sich unter der dunkelgrünen Hutkrempe, die dort, wo sie herkommt, ausreichenden Schutz bot, aber nicht hier; wenn sie ihren Platz bei den Mauerresten erreichte, nahm sie einen billigen, auf dem Markt erstandenen Schal aus der Hemdtasche und legte ihn über den Hut und um die Schultern – die Menschen hier wussten, dass die Sonne ein Feind war, dem man sich nicht als sinnlicher Wohltat wie an den Stränden von Kapstadt aussetzte. Die Beduinenfrau, weise in ihre schwarzen Gewänder gehüllt, war vor Melanomen sicher, allein mit ihren Ziegen in der Wüste.

Die Wüste. Keine Jahreszeiten mit Blühen und Vergehen. Nur der endlose Wechsel von Tag und Nacht. Außer der Zeit: ihr Blick erfasst nichts, denn die Wüste ist Raum ohne Maß, ohne Merkmale für eine Entfernung von hier bis da. In dem Dunst gibt es keinen Horizont; der bleiche Sand von der Farbe trüben Lichts, in das sich Rosa und Lila mischen, lässt keine Abgrenzung zwischen Land und Luft zu. Himmel-Dunst oder Sand-Dunst, sie sind nicht zu unterscheiden. Alles fließt ineinander, und es gibt keinen Betrachter; die Wüste ist Ewigkeit.

Was könnte/würde dies in die Zeit zurückwerfen? Wasser.

Eine Eiszeit – wenn sie denn käme. Wasser ist eine verlorene Erinnerung, die Erinnerung ist ein vergänglicher Beweis für das Sein der Zeit.

Eis, das den Sand bedeckt und ihn mit dem eigenen Schmelzen über Jahrtausende hinweg in die Zeit zurück schmilzt. Eine Eiszeit trinken; nach den Zeitaltern, in denen alle Lebenssäfte austrockneten bis zur Reinheit – nur das, was in Starre verharrt, kann Reinheit erreichen. Nichtsein ist Reinheit; dem gierigen Regen des Wachstums entsagen. Ewigkeit ist Reinheit; was überdauert, ist nicht lebendig.

Wenn die Eiszeit schmilzt, wird dies hier gezwungen sein, wieder zu *werden*: zu dem weiten Grasland, das es vor vielen tausend Jahren war?

Unter dem Sand liegt eine gebrochene Zeile von Worten begraben und dringt beharrlich in ihre Gedanken, um ihre Ruhe zu stören … ›so empfing sie – und sie zog sich mit ihm zu einem entlegenen Ort zurück.‹

Sie erwachte, ein Arm ruhte schlaff auf seiner Brust, ihre Augen waren noch geschlossen, als sie lächelnd etwas murmelte.
Ich hab grün geträumt.
Er fragt nicht, was sie den ganzen Tag lang mit sich anfängt – gut, die Englischstunden … Er wusste nichts von ihren Stunden mit der Wüste; sie erzählte ihm nichts davon, denn er scheute, mied, verleugnete die Wüste. (*Bist du verrückt?*)
Ach ja, grün. Wenn wir nicht bald hier rauskommen, wird sie sie nicht mehr aushalten, die staubige Hölle meiner Heimat. Sie wird in ihre zurückkehren. Die großen Bäume um ihr Cottage. Das Gras, das ein Schwarzer mähte. Ihre Leute; dieses Café. Die schöne Terrasse für den Lunch am Sonntag. Die Aufenthaltsgenehmigung: so viele Bewerbungen, mit den verschiedensten Methoden, um irgendwo diesen Status zu erlangen. Irgendwo, nur nicht hier. Wenn sie eine der Methoden gewesen war, zu denen er griff, als er ihr – denn er merkte, dass er auf sie anziehend wirkte – an jenem Tag in der Werkstatt (oder war es erst auf der Straße) sein Lächeln schenkte, wenn sie ihm schon nicht helfen konnte, mit ihrem Einfluss, auf den er gesetzt hatte, mit ihrem sicheren Status durch Geburt, weiße Hautfarbe, angesehene Familie und Geld, wenn ihm all das schon nicht das Recht verschafft hatte, Einwohner ihres Landes zu werden, so war sie doch (hatte sie es nicht gesagt?) ganz bei ihm, war ihm gefolgt bis in dieses verfluchte, im Sand begrabene Dorf, *seine Heimat*, die ihn zurückforderte. Liebe. Er musste sie ihr glauben, ihre Liebe. Er empfand etwas Ungewolltes, etwas, das nicht notwendig war, ein mittelloser Illegaler war nicht verpflichtet, das für eine von denen zu empfinden, denen die Welt gehört, die ein Ticket kaufen, in ein Flugzeug steigen, ihren Pass vorzeigen kann, und die jederzeit in dieser Welt wieder willkommen ist. Sie wird fortgehen, mit Tränen und Umarmungen, einer letzten wundervollen Liebesnacht auf dem eisernen Bett, jede Woche kann es so weit sein. Er empfand Verantwortung – ja, das war es –, Verantwortung für sie. Obwohl er keine hatte; er wollte

nicht, dass sie mitkam, sie mochte ihn nicht loslassen, und er konnte ihr schlecht sagen, dass ihr Zweck in seinem Leben beendet war. Also heiratete er sie sogar; musste sie heiraten, konnte nicht mit ihr vor seine Mutter treten, als wäre sie eine Hure, die er in seiner Einsamkeit aufgegabelt hatte. Wenn er seiner Mutter, die nur das Beste verdiente, eine offensichtlich hochklassige Ehefrau brachte (auch wenn sie eine Ausländerin war und nicht dem rechten Glauben anhing), war das zumindest ein Beweis dafür, dass der Wert ihres Sohnes auch in der Fremde erkannt worden war.
Eins dieser kostbaren Mitbringsel, die nicht das sind, was gebraucht wird, und in einem Anbau verstaut werden. Er verfluchte sich mit einer alten Verwünschung.
Sie träumt grün. Aber der Gedanke an den Anbau ohne sie, ohne ihre Fremdheit und Nähe, höhlte ihn aus bis in die Gliedmaßen, zwang ihn, tief Luft zu holen.

Sie hatte für sich gelächelt, nur halb aus dem Schlaf erwacht, bei dem Gedanken, irrtümlich in Grün geträumt zu haben, eine Grenzübertretung aus dem alten Vorrat an Landschaften im Unterbewusstsein, zumal sie darüber eingeschlafen war, sich in das bleiche Flimmern der Wüste zu versetzen, jenseits der Farbe und der Zeit des Wachstums.

Eines Morgens erwachte auch er aus einem Traum. Er konnte sich nicht erinnern, was er geträumt hatte; mit geschlossenen Lidern streckte auch er die Hand aus. Ihr Platz war leer. Plötzlich wusste er, das hatte er geträumt, es war passiert: sie war fort. Fort, um Krapfen zu kaufen.

Kanada hatte genug Araber, Pakistanis und Inder – und obendrein schon die Rothäute, die ursprünglichen Einwohner. Schweden, ein kleines Land, das politisch Verfolgten großzügig Asyl bot, verhielt sich jenen gegenüber, deren Bitte um Einlass nicht diese Rechtfertigung aufweisen konnte, wesentlich reservierter. Er bekam allmählich das Gefühl, dass seine Männlichkeit in Frage stand. Sie war schließlich seine Ehefrau, und er musste ihre Bedürfnisse befriedigen, nicht nur im Bett. Grün. Er forderte jetzt ein Land nicht nur für sich selbst, sondern auch für sie. Und er konnte das nicht mit ihr besprechen, ohne seine Niederlage einzugestehen. Wenn er nicht im Lärm metallischen Kreischens und Schleifens und dem Benzingestank der Werkstatt aushalf, war er mit einer Gruppe junger Männer zusammen, zu denen er sich hingezogen fühlte, nachdem sich herausgestellt hatte, dass diejenigen, die behaupteten, Bescheid zu wissen und mit Schmiergeld überall Einlass bekommen zu können, alle nur von Hoffnungen zehrten, die sich nicht erfüllten – nicht einmal für sie selbst. Denn warum sonst waren sie immer noch hier und verkauften Wassermelonen auf dem Markt, besohlten Schuhe, schlachteten Schafe und kochten Kaffee, wie zwei seiner Brüder?

Diese anderen jungen Männer haben irgendeine Ausbildung gemacht – wie er. Einer hat einen akademischen Grad, ist aber nur ein kleiner Angestellter bei einer Behörde: er hat sich um die Ausreise bemüht, aber ihm ist der Reisepass verweigert worden, weil er als Student in politische Unruhen verwickelt gewesen ist und gegen das Regime demonstriert hat, und so erfüllt er nicht einmal die erste der zahlreichen Voraussetzungen für ein Visum. Aus denselben Gründen hat er keine Aussicht, im Staatsdienst befördert zu werden; andere in der Gruppe, die es jeden Abend zu den Öllampen der als Cafés getarnten Bars zieht, haben eine ähnliche Geschichte. Drei sind – wie er – zu Illegalen erklärt und abgeschoben worden, hierher zurück, aus den Ländern, in die sie irgendwie hineingelangt sind und in denen sie sich irgendwie durchgeschlagen haben. Sie reden bis spät in die Nacht, um nicht in die Familienpferche heimkehren zu müssen, aus denen sie einst geflohen sind und in die sie zurückgeschickt worden sind wie unzustellbare Briefe – Illegale haben keine feste Adresse und keine Identität. Sie reden über Dinge, über die man besser nicht redet, nicht einmal in diesem finsteren Loch, in dem sich der Onkel und der Mann von Maryams Arbeitgeberin, der Bürgermeister aus der im Land herrschenden Partei oder der Imam nie blicken lassen würden, obwohl man nicht sicher sein kann, dass nicht ein Sicherheitspolizist in ziviler Galabija in einer dunklen Ecke sitzt und lauscht. Diese jungen Männer wollen den Wandel, nicht die Belohnungen des Himmels. Den Wandel, den andere Länder schon im alten Jahrhundert geschafft haben, den Wandel unter den Bedingungen des neuen. Sie wollen diese Länder einholen! Mit Wahlen, die nicht gefälscht sind oder für ungültig erklärt werden, wenn die Opposition gewinnt; knallharte Geschäfte mit dem Westen aus einer Machtposition heraus, keine arschkriecherische Knechtschaft mehr (sie bringen das richtige Vokabular aus dem Westen mit, wenn ihnen auch sonst alles verweigert wurde); Wandel mit einer Stimme im Internet, nicht vom Minarett, einer Stimme, die fordert, von den Finanzgöttern dieser Welt gehört zu werden.

»... die moderne Welt in den Islam bringen, aber wir werden uns nicht von ihr vereinnahmen lassen, nein, uns nicht zwingen lassen ...«

»... revolutionär, aber nicht wie andere Revolutionen, alle Welt muss verstehen, dass das eine moralische, eine religiöse Revolution ist ...«

»... aber sie kann sich nur durchsetzen, wenn sie die Macht im Staat ergreift, wie jede andere Revolution! Was wollt ihr ...«

»Ja, ja! Ohne Frage! Glaubt ja nicht, es gäbe einen anderen Weg, um diese Regierung abzuschütteln, die sich auf unsere Kosten mästet und uns erklärt, diese Armut sei Freiheit, *bismillah* …«
»… wir können nicht länger hinnehmen, was unsere Großväter uns vorleben, was für ein Leben ist das, Ibrahim – die traditionellen Interpreten des Islam, für die hat der Islam nichts mit der Zukunft zu tun, man braucht nur …«
»… totale Islamisierung – gegen die Weltmächte? – was für ein wahnwitziger Traum; nein, nein …«
»… wir müssen den Islam mit der Welt kreuzen, wenn die Ideale des Islam überleben sollen, das alte Modell passt nicht mehr, jede Art der Isolation ist zum Scheitern verurteilt angesichts dessen, was in der Welt geschieht, fragt Ibrahim, die technologische Revolution ist schon hier, während wir nur reden, reden …!«
Und wie es junge Männer tun, wenn sie zusammen trinken, redeten sie auch von Frauen, aber anders als die Männer in der Werkstatt um die Ecke vom EL-EY Café.
»Wir wollen unsere Vergangenheit nicht verleugnen für den amerikanischen Sex, den wir uns gerne im Fernsehen anschauen (das erntete einen Pfiff und Gelächter) … aber *hijab*, ich meine, wenn du nun mit einer verheirateten Frau schläfst, sie will es, ja … und sie muss zu Tode gesteinigt werden, wer kann dieses Gesetz hinnehmen, selbst wenn es nicht angewendet wird – wer kann das in dieser Zeit hinnehmen!«
Der mit dem Universitätsabschluss leerte sein Glas und sagte: »Ich hab gerade irgendwo gelesen: ›Ein Gläubiger liebt keine Frau, sondern nur Allah.‹« Sein Gesicht blieb finster, vielleicht, weil er selbst ein Liebhaber in Schwierigkeiten war, während um ihn gelacht wurde – die anderen betrachteten diesen zynischen Spruch offenbar nicht als Blasphemie.
»Und wie sieht unser Leben aus? Mit Frauen? Wie? Das sagt mir mal. Welche Freiheit haben sie, oder wir mit ihnen?«
»Aber die haben jetzt eine eigene Revolution …«
»Ach, die ist Teil von unserer …«

»Aber sie wollen selbst entscheiden. Sie wollen sich von niemandem vorschreiben lassen, den Tschador zu tragen, gut, aber wenn sie ihn tragen wollen, werden sie sich nicht von irgendwem aus dem Westen sagen lassen, sie sollen ihn wegwerfen. Sie wollen studieren und irgendwo außerhalb der Küche arbeiten, sie wollen einen Platz in der modernen Welt, während wir Männer immer noch glauben, wir sind die Einzigen, die darauf Anspruch haben.«
»Wir müssen eine von ihnen holen, damit sie auf unserer nächsten Versammlung spricht – das haben wir noch nie gemacht, wir sind wahre Enkel unserer Großväter ...«
»Werden sie wagen, zu kommen?«
»Sie werden kommen. Bestimmt. Ich kenne ein paar ...«
»Na, dann werdet ihr erleben, wie die Landesväter uns die Polizei auf den Hals hetzen ...«
Der Absolvent der Universität, an der er selbst einen akademischen Grad erworben hatte, der ihn dazu befähigte, in einem anderen Land Autos zu reparieren, wandte sich ihm zu, der schweigend dasaß und zuhörte.
»Ich werde dir ein Buch leihen. Hast du von Shahrur Muhammad Shahrur gehört? Der hat ein Buch geschrieben, *al-Kitab wa-l-Qur'an: Qira'a mu'asira*. Er schreibt, einst glaubten die Menschen, dass die Sonne sich um die Erde dreht, aber dann wurde entdeckt, dass das Gegenteil richtig ist. Moslems halten aus Glaubensvorschriften immer noch an Vorurteilen fest, die das genaue Gegenteil der korrekten Sicht sind – herkömmliche Glaubensvorschriften sind heute nicht mehr mit den Gesetzen des Weltmarkts vereinbar! Aber sei vorsichtig. Lass das Buch nicht herumliegen. Hier ist es nicht zu bekommen, jemand hat es mir geschickt, und sogar dafür musste es in einem anderen Schutzumschlag, irgendeinem Unfug, versteckt werden. Jedes Päckchen mit Druckerzeugnissen aus dem Ausland wird nämlich von den Behörden geöffnet, vielleicht hast du das vergessen, mein Bruder.«

Er war ihr Bruder im Unglück. Manchmal fühlte er sich von ihnen angefeuert, zu handeln, mit ihnen zusammen zu planen und zu agitieren, sich einzusetzen für einen Wandel – in dieser Wüste. Aber etwas in ihm schreckte davor zurück; die Zukunft dieses Landes, in das die Welt ihn einsperren wollte, war nicht sein Ort in dieser Welt. Einwohner hier, ganz egal, unter welcher Regierung, ob religiöses Recht, ob weltliches Recht, ob ein Staatsoberhaupt in einer Keffijeh oder in Uniform mit Tressen und Orden – das war nichts für ihn. Die Gesellschaft der Brüder im Unglück linderte sein eigenes, aber seine geheime Verweigerung, *seine* Verweigerung regte sich in ihm so stark wie sexuelles Verlangen.

Der Freitag ist der Tag für Besuche und Familienangelegenheiten. Die Läden sind während der Mittagsgebete in der Moschee geschlossen, auch die Werkstatt. Es war nicht ungewöhnlich, dass der metallic-blaue BMW des Onkels mit den troddelbesetzten Sonnenblenden an diesem Tag vorfuhr. Rasch wurde Tee zubereitet, Süßigkeiten aus der Keksdose geholt, Cola aus dem Kühlschrank (der wie das Auto für den Neffen ebenfalls ein Geschenk an die Familie war), denn die Vorlieben des Onkels sind wohl bekannt. Er bringt immer Geschenke für die Kinder des Hauses mit, besonders für die von dem Sohn, der nichts mehr von sich hören lässt, auf den Ölfeldern verschwunden ist, er begrüßt jeden mit der Begeisterung eines Bürgermeisters für seine Wähler, und dann zieht er sich mit der Mutter, seiner Schwester, zurück. Sie werden in Ruhe gelassen, entweder unter der Plane oder im Zimmer der Eltern, in das vom jungen Muhammad ein besonders komfortabler Sessel getragen wird. Allen ist klar, dass ernste Familienangelegenheiten besprochen werden. Der Vater nimmt selten teil, aber das wird weder von ihm noch von den anderen als Herabwürdigung seiner Autorität betrachtet. Niemand stellt den Rang von Ibrahims Mutter in Frage.

An diesem Freitagnachmittag waren der Bruder und die Schwester aus ihrem privaten Bereich herausgekommen und saßen mit der übrigen Familie bei Tee und Erfrischungen zusammen. Nur Ibrahim und seine Frau waren nicht da; Maryam wurde von der Mutter geschickt, sie zu holen, und klopfte leise mit dem Mittelfinger an die Brettertür. Sie hatten die Unterhaltung und das Gelächter, aus denen die Stimme des Onkels unverkennbar hervorklang, gehört – konnten gar nicht anders, durch die dünne Tür –, aber Ibrahim lag auf dem eisernen Bett und las Zeitungen; Julie hatte mit der kleinen Leila gespielt, die gerne in den Anbau kam, um sich mit den Ndebele- und Zulu-Halsketten zu schmücken, die irgendwie in den eleganten Koffer geraten waren. Dann hatte sie das Kind zur Freitags-Zusammenkunft geschickt: Leila, deine Mami sucht dich. Das Kind begriff lachend die Mischung aus Englisch und Arabisch, schmiegte kurz ein Pausbäckchen an Julies Handrücken und gehorchte.

Nachdem an die Tür geklopft worden war, reckte sich Julie, spähte über die Zeitung, riss die Augen weit auf und verzog den Mund zu einem säuerlichen Lächeln: komm. Ein Finger deutete auf eine Spalte und antwortete ihr, dass er den Artikel zu Ende lesen wollte. Sie bürstete sich zu Ehren der Familie das Haar.

Als sie eintraten, ergriff sie seine Hand, sei es, um ihm Halt zu geben, damit er seinen Widerwillen überwand, die Stimme, die durch die Werkstatt hallte, auch noch in seiner Freizeit hören zu müssen, sei es, um selbst Halt zu finden für ihren Anspruch, ein Mitglied der Familie zu sein. Es gab herzliche Begrüßungen; nur Chadija schien die beiden nicht zu sehen; immer wenn der Onkel erschien, saß sie wie versteinert da, die Kinder an sich gedrückt, und hing an seinen Lippen, um zu hören, was er tun würde, um ihren Mann, den Vater dieser Kinder, aufzutreiben und zurückzubringen. Die anderen konnten nur wegschauen, der Anblick der demütig flehenden Schwägerin war zu peinlich. Offenbar erwartete sie eine Ankündigung, glaubte fest daran, dass ihre Situation – die aus besseren Kreisen stammende Ehefrau, von einem Sohn der Familie auf den Ölfeldern für ein Weibsbild, das nur hinter seinem Geld her war, verlassen – zwischen seinem Onkel und seiner Mutter beraten worden war.

Aber worum es nun in dieser Unterredung auch gegangen war, ausnahmsweise hatte offenkundig der Vater daran teilgenommen; teilnehmen müssen? Die drei thronten nebeneinander.

Der Busen von Ibrahims Mutter, dieser Bug der Familie, hob und senkte sich heftig; Ibrahims Frau sah es mit Vorahnungen. Auf einen Wink an Maryam wurde das Servieren des Tees ein-

gestellt, die Gespräche brachen ab, und die Ausgelassenheit der Kinder wurde zu Geflüster gedämpft.
Die Mutter rief ihren Sohn und dessen Frau zu sich, wo ihnen Platz gemacht wurde. Sie richtete sich auf und beugte sich vor, tat einen weiteren ihrer tiefen, langen Atemzüge, die gewöhnlich mit einem Seufzer endeten (mit solch einem Atemzug erhob sie sich immer vom Gebet), der aber jetzt dem, was sie sagen wollte, Gewicht verlieh. Es war eine Ankündigung, ja, aber nicht für diejenige, die etwas erwartete.
Die Mutter sah lange ihren Sohn und dessen Frau an, hob sie heraus, als hätte sie ihnen die Hand aufgelegt, und als sie dann sprach, vergaß Ibrahims Frau, auf einmal unerklärlich angespannt, alles, was sie gelernt hatte, und hörte nur den Namen des Onkels heraus – Onkel Jaqub, mehrmals, und die vertraute Anrufung *al-hamdu lillah.* Als die Mutter geendet hatte, stand der Sohn, der Liebhaber und Ehemann, auf, in die Enge getrieben. So sah sie ihn, sie, die ihn gefunden hatte und ihm heim zu seiner Familie gefolgt war. Er hob die Hand mit gespreizten Fingern an die Stirn und ließ sie wieder sinken, eine seltsame Geste der Ehrerbietung, mit der er um Erlaubnis zu bitten schien, ihr das Gesagte mit leiser, gleichmäßiger Stimme zu übersetzen.
Er denkt daran, er will mich zum Leiter seiner Werkstatt machen.
Der Vater bot sein bisschen Englisch auf und verstand, was ausgelassen worden war. »Dein Onkel Jaqub, er will dich in sein Geschäft aufnehmen …«
Alle – bis auf die arme Chadija – brachen in Glückwünsche und Lobrufe aus, ein glückliches Stimmengewirr voll Bewunderung für die Großzügigkeit des Onkels und seine Macht, ihrem Leben eine günstige Wendung zu geben.
Ibrahim brauchte nicht zu antworten: die Familie tat es für ihn. Wunderbar. Onkel Jaqub! Im Geschäft mit Onkel Jaqub! Seine Mutter blickte ihn nur mit stolz erhobenem Kopf an. Sofort wurde klar: sie hatte das für ihn getan.

Julie vermochte dem aufgeregten Geplauder ringsum nicht zu folgen, konnte sich aus dem freudigen Tonfall nur einiges zusammenreimen: was für eine Chance, ein Glücksfall, wie gut, was für ein großzügiger Onkel. Und einer der Brüder, Ahmad, der Fleischer, dem sich nur die Chance bot, sich die Hände mit Blut zu beschmieren, sprang aus anderer Großzügigkeit auf und sprach für die Brüder, mit einer Stimme, die sich vor Bewegung überschlug. Ibrahim hörte ihn in der Muttersprache: »Uns erfüllt Freude für dich, du verdienst das. Es ist für uns großartig, mein Bruder, dich wieder unter uns zu haben, wie damals, als wir Kinder waren! Es war nie das Richtige, ohne dich. Allah sei gelobt. Mögt ihr, du und deine Frau, mit Glück und Wohlstand gesegnet sein. Und nun, wo dies geschehen ist, bitte – lass unsere Eltern und deine Brüder und Schwestern dich nach unserem Gesetz heiraten sehen, lass uns eine richtige Hochzeit feiern, zu der Hochzeit vor deiner Heimkehr waren wir nicht eingeladen.«
Die letzte Bemerkung erntete von allen Gelächter. Maryam übersetzte atemlos ins Ohr ihrer Freundin, und die beiden jungen Frauen lachten und nickten.
Seine Mutter, vielleicht als Einzige in der Runde, wartete darauf, dass er die Gelegenheit bekam, selbst auszusprechen, was er nach der Überzeugung aller empfinden musste, was er seinem Onkel sagen wollte, der ihn unter ihren Söhnen auserwählt hatte, den gesegneten, den erfolgreichen.
Ibrahim hob und senkte unbestimmt die gespreizten Hände, um die liebevollen, für ihn antwortenden Stimmen zum Schweigen zu bringen oder um mit diesen Händen – eine reizende Geste, so fanden einige – die ihm gebotene Chance zu ergreifen. In all der Aufmerksamkeit, die auf ihm lastete, spürte er die seiner Frau, er wandte sich ihr kurz zu und schenkte ihr die strahlendste Spielart – seltsam endgültig in ihrer schrecklichen Schönheit – des Lächelns, das sie immer von ihm erwartete. Er richtete die Rede mit der wortreichen Förmlichkeit seiner Mut-

tersprache an seinen Onkel, als wäre niemand sonst anwesend: Er weiß nicht, was er sagen soll. Es ist ein Angebot, das er sich nie hätte träumen lassen, das er nie erwartet hätte. Nie. Er weiß, wie viel dem Onkel das Unternehmen, das er geschaffen hat, bedeutet. Er bedankt sich bei ihm, mit größter Ehrfurcht, für seine Großzügigkeit, auch im Namen seiner Eltern, seiner Brüder und Schwestern, für das, was er jetzt, an diesem Tag, getan hat. Er bittet mit größter Ehrfurcht um ... ein wenig Zeit ... zur Besinnung ...

Er wandte sich nicht an sie. Er suchte die Augen seiner Mutter; jetzt war sie die einzige Anwesende.

Und alle verstanden: er war überwältigt! Sie klatschten in die Hände und reichten ihn, Männer wie Frauen, von einer Umarmung in die nächste.

Sie hielt sich ein wenig im Hintergrund, obwohl auch sie umarmt wurde. Sie hatte von ihm das Lächeln empfangen, das sich nicht erklären ließ.

Noch etwas anderes wurde nicht erklärt: aus Zartgefühl, im anwesenden Familienkreis, obwohl alle sich darüber im Klaren waren. Der Onkel hat beschlossen, Ibrahim mit ins Geschäft zu nehmen; als Werkstattleiter? Das bedeutet, als gesetzlichen Erben. Der Werkstatt mit ihren lukrativen Wartungsverträgen für den Wagenpark der Provinzregierung, für die Dienstwagen des Bürgermeisters und der übrigen Honoratioren dieses armen Bezirks, dazu der Alleinvertretung der besten deutschen und amerikanischen Automarken, mit Ersatzteilvertrieb und Neu- und Gebrauchtwagenhandel. Der Onkel hat keine eigenen Söhne, leider, und die Schwiegersöhne, die Ehemänner beziehungsweise Verlobten der gebildeten Töchter, sind nicht daran interessiert, das Gewerbe zu erlernen, sie wollen sich nicht die Hände schmutzig machen – sie wollen Regierungsposten haben, bequem in klimatisierten Amtsstuben der Hauptstadt sitzen. Wenn also Onkel Jaqub – lang möge er bei guter Gesundheit leben – sich zurückzieht und stirbt, wird Ibrahim das Geschäft erben und in einem Haus mit edlen Teppichen und Möbeln im Stil der französischen Könige wohnen, mit einem Mädchen, das alles sauber hält, wie es Maryam im vornehmen Haus ihrer Arbeitgeberin tut. Das ist Ibrahims gesegnete Zukunft. *Al-hamdu lillah.* Gelobt sei Gott.

Ibrahim hat das Angebot, die Werkstatt seines Onkels zu übernehmen, abgelehnt. Die Chance seines Lebens.

Bist du verrückt?

Sie hatte zu ihm gesagt: Es kann noch Monate dauern, bis wir Visa bekommen, wenigstens hättest du in der Zwischenzeit etwas zu tun, das ein bisschen ... ich weiß nicht, verantwortungsvoller wäre.
In der Zwischenzeit.
Wir bleiben hier, das bedeutet es.
Als wäre ich wieder da drüben, unter jemandes Auto.
Du würdest diese Arbeit doch nicht mehr selbst machen, wie jetzt, wo du aushilfst ...
Ja, und den anderen befehlen, sie zu machen, und sie anbrüllen, wie mein Onkel es tun muss. Den Kopf unter die Motorhaube stecken, um zu sehen, ob sie alles richtig machen, darauf warten, dass mein Onkel stirbt. Bist du verrückt.
Nachts merkte sie, wie er sich im Bett herumwälzte, die Füße aneinander rieb, innerlich verletzt, aufgewühlt. Und hatte Angst, ihn zu trösten, denn es konnte sein, dass sie das Falsche sagte, an etwas rührte, das seinen Konflikt von neuem entfachte. Er hatte seine Entscheidung getroffen, warum quälte er sich immer noch so? Wenn sie eine Entscheidung traf, dann war das erledigt; die Villenvororte hinter sich zu lassen, ebenso wie das Puppenhaus und die eitlen Selbstdarsteller im EL-EY Café: während des gemeinsamen Wartezustands war sie zur Ruhe gekommen, hatte ihren Platz gefunden, in der Wüste. Trotzdem war sie sich ihrer selbst nicht sicher, angesichts dessen, was ihm so plötzlich, so gänzlich unerwartet angetragen worden war. Etwas, wovor er

sich in die ungastliche Welt geflüchtet hatte, um es so weit wie möglich aus seinem Leben zu verbannen. Als er aufstand, in die Enge getrieben: hatte er da bereits innerlich nein gesagt, war da die Verweigerung schon aufgebrochen und von seinem Herz durch die Blutbahnen gepumpt worden? Hatte sie etwas anderes erwartet?

Im Bett im Dunkeln zu grübeln, während die Körper sich berühren, erzeugt eine Art Telepathie, ohne dass Worte gewechselt werden. Ob sie nun schlief oder wach war – er sagte es: Du dachtest, ich würde annehmen.

Eine Stimme ohne Gesicht. Ich weiß nicht, was ich gedacht habe. Ja oder nein. Weil es so vieles gibt, was ich nicht weiß – über dich. Das ist mir klar geworden, seit wir hier bei dir zu Hause sind. Du musst wissen, ich habe noch nie in einer Familie gelebt, mir nur Ersatzbindungen dafür gesucht – obwohl mir das damals nicht klar war. Es gibt … Dinge … zwischen den Menschen hier, die für sie wichtig sind, nein, unentbehrlich … ich meine damit nicht, was du für mich bist … das ist nicht vergleichbar, und trotzdem … Vielleicht hast du Gründe für ein ›ja‹, von denen ich gar nichts weiß, weil sie … nichts mit mir zu tun haben, mit dir und mir, verstehst du?

Sie redet also von meiner Mutter. Über seine Mutter spricht er nicht mit ihr; er weigert sich.

So hatte sie keine Ahnung, dass in der Woche nach der Bekanntgabe seiner Entscheidung eine weitere Familienzusammenkunft stattfinden würde. Ihr war nur bewusst, er musste seine Mutter informiert haben, bevor er es ihr sagte – aber das konnte daran liegen, dass er glaubte, sie, seine Frau, habe ohnehin gewusst, kaum dass der Onkel sein Angebot ausgesprochen hatte, wie seine Entscheidung ausfallen würde. Erst im Dunkeln kam ihm der Gedanke, sie könnte ihn verraten haben: Du dachtest, ich würde annehmen.

Die Entscheidung war dem Onkel durch seine Mutter übermittelt worden. Wie es schien, durfte ein junger Mann eine solche

Entscheidung nicht allein treffen. Er hatte sich ohnehin nicht an den korrekten Weg gehalten, die Gründe, die es für eine solche Ablehnung geben mochte – eine solche Beleidigung, wenn man die Stellung des Onkels in der Familie, in der Gemeinde bedachte –, im Familienkreis zu besprechen.

Die Geschichte vom unbegreiflichen Verhalten des jungen Mannes aus armer Familie, der sich in ferne Länder begeben und es dort zu nichts gebracht hatte, sondern bei seiner Heimkehr nur eine ausländische Ehefrau vorweisen konnte, war von Haus zu Haus gegangen, von Café zu Marktbude, war hochgeweht zu den Anwesen der wenigen wohlhabenden und wichtigen Leute – die Frau, die ein Mitglied der Familie beschäftigte, horchte neugierig ihr Dienstmädchen aus, Maryam, die Schwester des jungen Mannes.

Der BMW hielt wieder vor dem Haus. Diesmal war keine Rede von Tee und Süßigkeiten oder davon, dass das Paar es vorzog, im Anbau zu bleiben. Er sagte, wir müssen hin, und sie saßen ein wenig abgesondert vom Rest der Familie, als der Onkel eintrat und alle sich erhoben. Er begrüßte sie weniger bürgermeisterlich, aber korrekt.

Es ist dem Onkel zu Ohren gekommen, dass der Sohn seiner teuren Schwester und seines angesehenen Schwagers sich an politischen Umtrieben beteiligt. Alle sind sich darüber einig, dass ein junger Mann Freunde braucht, mit denen er reden kann, ein bisschen Vergnügen, wie es die Männer fern vom Haus und den Frauen finden. Seine Selbstsicherheit gestattete ihm, sogar in dieser Situation einen Scherz zu machen, aber niemand kicherte. Die Männer, die ihre Schwächen, auf die er anspielte, kannten, nämlich ein bisschen Kif zu rauchen und in einer getarnten Bar Alkohol zu trinken, die Frauen, die so klug waren, ihre Männer nicht zu fragen, wohin sie abends gingen, alle waren kleinlaut, als teilten sie geschwisterlich die Schuld für die Vergehen des Bruders, die über ihre eigenen hinausgingen. Nun, Kif und Whisky und sogar hin und wieder eine andere Frau –

der Onkel war selbst einmal jung; er braucht darüber nichts weiter zu sagen, denn seine Männlichkeit steht wohl außer Frage. Aber Ibrahim, dieser Sohn seiner Schwester, der für ihn wie ein eigener Sohn ist, so hat er jetzt zu seinem Leidwesen erfahren, verkehrt mit einer gewissen Clique. Das ist ein Schock für seine teuren Eltern, und er, als einer der Familienältesten, spricht jetzt in ihrem Namen. Dieser junge Mann, den die ganze Familie liebt, verbringt seine Zeit mit Querulanten, die für alles in ihrem Leben anderen die Schuld geben – den Behörden, der Regierung. All das, wozu sie nicht imstande sind, hart arbeiten, wie es die ältere Generation, seine Generation (dabei legt er die Hand auf die Brust) bereitwillig getan hat, Opfer bringen für die Ehre der Familie, sich hocharbeiten – all das legen sie der Regierung zur Last. Die Regierung schuldet ihnen alles. Der Allmächtige hat ihnen gegeben, was ein Mann braucht, um ein gutes Leben im rechten Glauben zu führen, ihre Familien haben ihnen eine Ausbildung ermöglicht, sie können heiraten und in Sicherheit Kinder großziehen, es gibt keine Fremden aus Europa mehr, die ihre Fahnen über unserem Land wehen lassen – was wollen sie mehr? Sie wollen die Regierung stürzen, *a'udhu billah*. Das ist das Unheil, das sie wollen. Sie haben Ideen im Kopf, die Bruder gegen Bruder aufhetzen. Sie wollen alles zertrümmern, und sie wissen nicht – sehen sie denn nicht, was in den Ländern geschieht, die das getan haben? –, dass dem Land dann nichts mehr bleibt, dass es alles verliert. Die jungen Männer haben schon so vieles, was wir, ihre Eltern, nie hatten. Und warum auch nicht? Wir sind froh darüber. Von draußen, vom Fortschritt. Ist es nicht genug, ein eigenes Auto und ein Mobiltelefon und einen Fernseher zu haben? Was sonst lohnt es sich denn zu besitzen aus der Welt der falschen Götter?
Er will damit sagen: es liegt an seinem Umgang mit diesen Leuten, die gefährlich sind, eine Gefahr für sich selbst, für uns, für unsere Regierung – sie müssen der traurige Grund dafür sein, dass ein junger Mann eine Gelegenheit ausschlägt, die Aufstieg

und Wohlstand bringen würde, alles, was man sich für ein gutes Leben wünschen kann, schließlich eine hohe Stellung in der Gemeinde und Ehre für die Familie. Die Gelegenheit, die ihm geboten wurde, kam aus dem Leid, war aber als ein Weg gedacht, etwas Freudiges aus dem Schmerz zu gewinnen, *ma scha allah*, etwas Gutes für die Familie aus – hier legte er, diesmal sanft, wieder die Hand auf die Brust – einer Tragödie. *Inna lillah.*

Ein Schweigen trat ein, in dem jeder im Zimmer allein war. Die Kinder spürten es und schauten ängstlich zu den Erwachsenen hoch. Tränen rannen über das beherrschte Gesicht der Mutter, so wie einigen heiligen Statuen nachgesagt wird, dass sie zu gewissen Zeiten Tränen vergießen, während ihre in Stein gehauenen oder in Bronze gegossenen Züge unbewegt bleiben.

Der Onkel, ihr Bruder, hatte von seinem Sitzplatz neben ihr gesprochen; aber ihr Sohn, der Neffe, stand auf.

»Niemand in diesem Dorf, in diesem Land, hat etwas damit zu tun, warum ich das Angebot nicht annehmen kann, mit dem du mich geehrt hast, Onkel Jaqub. Ich habe kein Interesse an der Regierung. Sie wird mich nicht regieren. Ich gehe nach Amerika.«

Der Onkel sprach – für ihre Ohren – gemessen und deutlich, im Gegensatz zur raschen Rede der jungen Leute in der Familie, der sie nur schwer folgen konnte, wahrscheinlich, weil sie sich der Umgangssprache bedienten, während sie aus den Lehrbüchern die Hochsprache lernte, und die Damen, die sich am höflichen Austausch der Sprachen bei Tee und Gebäck beteiligten, brachten ihr aus Gründen des Anstands auch nur die konventionellen Formulierungen bei.

Später erstattete Ibrahim ihr einen vollen Bericht von dem, was der Onkel gesagt hatte. So war sie in der Lage, die Wendungen, die sie in der Rede des Onkels verstanden hatte, zu einem Ganzen zusammenzusetzen, gleichzeitig konnte sie aus dem Nachhall der Rede für sich ergänzen, was Ibrahims Englisch an Genauigkeit und Nachdruck fehlte. Sie brauchte eine Erklärung für den Hinweis auf Leid, auf eine Tragödie, am Ende, der auf alle, sogar auf sie, eine so starke Wirkung gehabt hatte.

Wusste sie denn nicht, dass der einzige Sohn tot war?

Ach ja, der rechtmäßige Erbe, wie war das geschehen?

Es war schrecklich. Er ist in seinem Auto verbrannt, ein Unfall. Und niemand sagt es, aber er hatte Alkohol getrunken. Er war betrunken.

Nun verstand sie. Die Erwähnung am Schluss hatte dazu gedient, den zu beschämen, der ein angetragenes Erbe ausschlug, zu dem er von Natur aus nicht berechtigt war. Wie die anderen Frauen im Haus hatte sie nicht erwartet, jedes Mal von ihrem Mann zu hören, was er abends vorhatte, hatte nicht gewusst, wohin er ging und was er tat; diese Haltung war für sie selbstverständlich, entsprach den Gepflogenheiten der Tafelrunde im EL-EY Café, alle waren frei, zu kommen und zu gehen, wie sie wollten, auch im Rahmen einer intimen Beziehung, niemand

durfte den anderen kontrollieren; sogar in der intimsten, Liebe genannten Beziehung wurde Überwachung, zusammen mit den anderen verworfenen Werten der Villenvororte, abgelehnt.
Als sie gehört hatte, wie er in seiner Muttersprache Amerika erwähnte, fühlte sie sich aufgerufen, ihn zu beschützen, wollte aufstehen, zu ihm gehen, ihn vor der Demütigung abschirmen, der er sich vor der Familie aussetzte, wo doch alle wussten, wie er sich seit seiner Rückkehr, seit seiner Ausweisung, um ein Einwanderungsvisum für andere Länder bemühte und aus den Warteschlangen in der Hauptstadt immer mit demselben Blatt Papier zurückkam: abgelehnt. Er wollte nach Kanada, nach Australien, nach Neuseeland. Der ordentliche Hefter in der Reisetasche war voll davon.
Um ihn nicht in Verlegenheit zu bringen, erwähnte sie nicht den Vorwand, den er für seine Ablehnung genannt hatte; sie kannte die wahren Gründe. Die ölverschmierten Overalls und der Treibstoffgestank in der Werkstatt um die Ecke vom EL-EY Café, die er hinter sich gelassen hatte. Und vielleicht hatte er das Gefühl, dass es Unglück brachte, dass es – was? – geschmacklos, nicht richtig war, die Leere in jemandes Leid zu füllen, den Platz eines jungen Mannes einzunehmen, den er als Kind wie einen Bruder gekannt haben musste. Er konnte ihnen das nicht sagen; er nannte einen Vorwand, an den niemand glauben konnte.

Damit war es für ihn natürlich nicht zu Ende. Sein Vater hatte das Recht und die Pflicht, dem Sohn lange Moralpredigten zu halten, die Familie hielt sich heraus, im Haus war nur das Tocktock der Schmuckuhr (auch ein Geschenk des Onkels) zu hören, das an das Klopfen eines Totenkäfers gemahnte. Seine Mutter erhob sich von ihren Gebeten, die – das musste er spüren – ihm galten, rief ihn beiseite, und der anschließende Wortwechsel war so leise, dass er wie eine Fortsetzung ihrer Gebete klang. Aber wenn die hohe Autorität des Onkels ihren Sohn nicht beeinflussen konnte, dann konnte es nichts und niemand.

Was zwischen Mutter und Sohn vorging, musste für beide eine Apokalypse sein, eine Art Wiedergeburt, die ihren Körper zerriss und die ihn zu einem erneuten, furchtbaren Hinausdrängen zwang. Seine Frau, die solche Gefühle nie gekannt hatte, nie kennen würde – Nigel Ackroyd Summers und der Mutter in Kalifornien gegenüber –, spürte demütig die Kraft seiner Gefühle und bot ihm anerkennend alles, was sie hatte: die körperliche Liebe. Er war in ihrem Körper er selbst, dort gehörte er niemandem, sie war das Land, in das er ausgewandert war.
Nach einer Absprache zwischen dem Onkel und dem Familienrat half der verlorene Neffe weiter in der Werkstatt aus, als wäre nichts geschehen, hatte nach wie vor das Auto zur Verfügung, um während der Arbeitszeit in eigener Sache zur Hauptstadt zu fahren. Außerdem ging er immer noch den Familienangelegenheiten nach, da er nach Ansicht aller auf Grund seines Studiums am ehesten dazu qualifiziert war, und eines Tages konnte er tatsächlich Nachricht vom Bruder überbringen, von Said, Chadijas Mann – in der Agentur lag ein Brief mit einem Bankscheck. Welche Erklärungen für das lange Schweigen der Brief auch enthielt, die in sich gekehrte Chadija sagte nicht, ob sie sich damit abfand oder nicht. Chadija benutzte ein starkes Parfüm, um ihre Anwesenheit im Haus zu behaupten, eine ständige durchdringende Erinnerung daran, dass sie von einem Sohn dieser Familie verlassen worden war. Als Ibrahims Frau impulsiv die Kühnheit hatte, auf sie zuzugehen und ihr zu sagen, wie froh sie war, dass ihr Mann wohlauf war, verzog die Frau das Gesicht zu einem stolzen, sarkastischen Lächeln – und dann, plötzlich, umarmte sie Julie, sie, die außer ihren Kindern nie jemanden berührte. Vielleicht lag es daran, dass Julie viel Zeit mit einem der Kinder verbrachte. Leila hatte sich in sie verliebt, wie kleine Mädchen sich in einen Erwachsenen verlieben, der ihnen anderen Zeitvertreib als die Eltern zu bieten hat; so wie Julie sich in Gulliver-Archie verliebt hatte. Den Onkel in ihrer Welt.

Fast ein Jahr war es her, seit sie bei ihm zu Hause angekommen waren. Sie war jetzt vollauf beschäftigt. Seltsam, so hatte sie noch nie gearbeitet, ohne Vorbehalte, sie hatte immer nur dies oder das ausprobiert, war sich immer bewusst gewesen, jederzeit etwas anderes anfangen zu können, hatte nie Befriedigung erwartet, sich immer selbst zugeschaut, ein wenig belustigt, wie einer Ameise, die Gott weiß wohin wuselte. Zu der Konversation im Damenkränzchen kamen die Stunden, die sie anderen Erwachsenen gab, dann die Lernspiele, die sie sich für kleine Kinder ausdachte (was wahrscheinlich mit Leila angefangen hatte), außerdem unterrichtete sie an der Grundschule. Dann war sie gebeten worden, das Englisch älterer Jungen zu verbessern, die hofften, eines Tages auf die höhere Schule in der Hauptstadt zu kommen. Es war ihr gelungen, den Dorfschulrektor mit vielen Schmeicheleien dazu zu überreden, Mädchen an diesem Unterricht teilnehmen zu lassen, obwohl es eher unwahrscheinlich war, dass deren Familien sie fortlassen würden.

In der Küche verrichtete sie inmitten der Schwägerinnen die einfachen Arbeiten, die von ihr bei der Zubereitung der Familienmahlzeiten erwartet werden konnten. Die Mutter leitete alles, ihr wurde als der Wächterin und Bewahrerin des kulinarischen Wissens und der Speisevorschriften gehorcht, sie wählte die Zutaten aus und entschied über die Art der Zubereitung. Die Zutaten der Speisen waren einfach, aber sie wurden sorgsam miteinander vereint und einem Verwandlungsprozess unterworfen, aus dem sie köstlich hervorgingen. Die so genannten Pilaws und andere, heftig gewürzte ›ethnische‹ Gerichte der alternativen Küche, die die Tafelrunde bevorzugte, hatten, wie sich herausstellte, nichts damit zu tun. Erstaunlich, was man auf zwei Petroleumkochern herstellen konnte. Offenbar fiel der Mutter ihr Interesse auf; vielleicht zum Zeichen auch anderer Anerkennung von den Höhen ihrer schwarz gewandeten Würde herab, begann sie, Ibrahims Frau zu sich zu rufen, ihr die Prozeduren der richtigen Nahrungszubereitung zu zeigen und ihr mit einer Geste zu gestatten, sich selbst daran zu versuchen. Die Mutter lächelte – Ibrahims Lächeln –, als sie sah, welche Freude es Ibrahims Frau bereitete, in ihre Kochkunst eingeweiht zu werden. Hin und wieder sagte sie (einem Bauchredner nicht unähnlich) ein paar Worte auf Englisch; die Erwiderungen von Ibrahims Frau konnten sich im Laufe der Zeit zu Sprachunterricht sogar in der Küche ausweiten! Amina und Maryam lachten ihr über Töpfen und Messern ermutigend zu, wenn sie mit ihnen in stockendem Arabisch redete. An den Abenden besprachen sie Pläne für Maryams nicht mehr ferne Hochzeit, und Maryam hatte es gern, wenn sie dabei war, übersetzte für sie und sah sie fragend an, ob sie, die aus der Welt draußen kam, den Stil der vorgesehenen Feierlichkeiten guthieß. Dabei ließen beide außer Acht, dass Julie dann nicht mehr da sein würde. Sondern in Kanada oder Australien oder wohin auch immer dieser Bruder, der ungeachtet aller Ablehnungen hartnäckig seine Einreiseanträge stellte, sie bringen würde.

Leila hielt sie bei der Hand.

Nachdem das Kind aus der Schule zurück war und gegessen hatte, erwarteten weder seine Mutter noch seine Spielkameraden, es zu sehen. Das Kind schlüpfte in den Anbau, um nachzuschauen, ob Julie auch wieder zu Hause war; suchte sie unter der Plane, wo sie vielleicht las, falls es nicht zu heiß war. Wenn Julie zum Konversationstee in das Haus von Maryams Arbeitgeberin ging, kam Leila mit (beim ersten Mal war dafür die Erlaubnis der Mutter eingeholt worden). Sie saß still da und knabberte Gebäck. Ibrahims Frau liebt Kinder, schwärmten die Damen; sie hatte nie etwas mit Kindern zu tun gehabt, nicht seit den Gulliver-Spielen, seit der eigenen Kindheit, die sie zusammen mit den Villenvororten hinter sich gelassen hatte. Nun entstand eine andere Struktur – eine andere Wahrnehmung von sich, die in und von diesem Dorf, seinem Zuhause, geformt wurde. Es hatte eine Reihe davon in ihrem Leben gegeben, sie konnte sie aufzählen: das wohlerzogene Mädchen mit seinem Pandabären, das einen wohlerzogenen Polospieler aus dem Club des Vaters heiraten würde; die gewinnende PR-Frau mit Ausstrahlung, die Karriere machen wollte; die Anhängerin der übrig gebliebenen Hippiekommune, wieder belebter Überreste einer Ära, für die sie eine Generation zu jung gewesen war; alles Erfahrungen; keine davon entscheidend für sie. Bislang. Erst der Tag, an dem sie im Puppenhaus stand und ihm zwei Flugtickets zeigte.

Leila an der Hand. Ein so kleines Gebilde aus Knöchelchen und Fleischpölsterchen, als hielte sie einen Talisman in der Hand. So ging Leila auch mit ihr an den Rand der Wüste. Niemand vermisste das Kind. Niemand wusste, wo sie waren, wohin sie gingen, während der Tag sich abkühlte; wenn sie zum Haus zurückkehrten, nahmen alle – da das Kind nicht zu sehen gewesen war – an, dass die beiden wieder im Anbau gespielt hatten; Leila liebte die Spiele mit den bunten Figuren und Steinen, die Julie sich von einem Geschäft in London hatte schicken lassen, zusammen mit ein paar Büchern – sie bat Ibrahim, ihr dafür ein Regal zu bauen, konnte er das?

Pack sie ein, wir nehmen sie mit.

Sie und das Kind gingen zum Ende der Straße. Ohne zu sprechen; Leila sang sehr leise vor sich hin. Ihre Schritte hatten einen Rhythmus und einen Gegenrhythmus, denn Julies Schritte waren länger, und das Kind machte zwei, wenn sie einen tat. Dann kam der Sand. Dämpfte; sickerte zwischen die Zehen; sie hinterließen keine Spur, das Dorf blieb hinter ihnen zurück. Sie setzten sich hin, Hand in Hand – die Wüste war zu weit und zu gewaltig für das Kind –, während auch die Sonne sie verließ und

ihre Schatten in der Weite zergingen. Manchmal tauchte der streunende Hund auf; was er wohl fand in der Wüste, wo die Ziegenherde der Frau Weide fand; aber das war nicht der Ort, um sich Fragen zu stellen oder sie zu beantworten. Manchmal lehnte das Kind den gesenkten Kopf an sie, als wäre es eingeschlafen; Kinder haben ein anstrengendes Leben, daran erinnert man sich erst, wenn man in der Schule unterrichtet. Manchmal gingen sie von dem Mauerstumpf Hand in Hand ein kurzes Stück in die Wüste hinein, mit regelmäßigem, schleppendem Gang, den der tiefe Sand erzwang, und setzten sich beide im Schneidersitz in den Sand. Er häufte sich um das Gesäß an, um Julies rundes und um die feinen Knochen des Kindes. Wenn man weiterging, wurde sogar das wallende Tuch aus Lauten, der Ruf des Muezzins von der Moschee, verschluckt, drang nicht mehr ans Ohr. Aber sie ging nicht weiter mit dem Kind.
Ganz früh am Morgen jedoch geht sie allein in die Wüste hinaus; obwohl – sie kann es nicht erklären und mag es nicht ergründen, in dem Dialog, den alle Menschen innerlich führen – sie sogar mit dem Kind allein ist, und zwar in dem Sinn: nicht begleitet von dem, was immer bei ihr war, ein Teil ihrer selbst, dort, wo irgendwo weit fort ihre Vergangenheit war. Die Bücher, die sie bestellt hatte und die wieder vom Busfahrer aus der Hauptstadt überbracht worden waren, entlockten ihr nur ein Kichern oder wurden halb gelesen weggepackt – diese Frau Hester Stanhope und der Mann Lawrence, englische Scharaden in der Wüste, kostümierter Imperialismus, der mit äußerster Herablassung den Menschen der Wüste die Ehre erwies, so sein zu wollen wie sie. Nur ein Spiel, eine Theateraufführung wie die der Schauspielertruppe vom EL-EY Café, aber mit ernsthaften Konsequenzen für die Länder, in denen der Mann gewesen war. Das hatte mit ihr nichts zu tun; sie hüllte sich nur in schwarze Gewänder, wenn es zum Schutz vor dem Wind notwendig war.
Auf dem Bett im Anbau schlief er weiter, geheimnisvoll entrückt in diese vertraute andere einsame Region, und wenn er in ihrer

Abwesenheit wach geworden war, so fragte er nach ihrer Rückkehr nicht, wo sie gewesen war.
Lesen, solange es unter der Plane noch kühl war. Hinausgehen, um Krapfen zu kaufen. In seinem Bewusstsein war er abgelenkt und konzentriert zugleich: abgelenkt von ihr, von ihrer beider Existenz, und konzentriert auf irgendwelche neuen Taktiken in seinem Kampf mit den Behörden. Was für Taktiken das waren, fragte sie nicht; sie hatte Angst, in ihrem Gesicht könnte zu lesen sein, was ihr von Maryam, von den Damen beim Konversationstee immer wieder mitgeteilt worden war: alle sagten nüchtern, dass es manchmal mehrere Jahre dauerte, bis schließlich eine Einreiseerlaubnis erteilt wurde. Das war die Erfahrung von Verwandten und Freunden.
Sie ging durch nachtkühlen Sand in die Wüste. Ohne Angst, sich zu verirren; sie konnte immer zurück, sich umdrehen und am Zeigefinger des Minaretts orientieren; die Häuser hinter ihr scharten sich zusammen. Die Ziegen mit der Beduinenfrau erschienen wie herbeigezaubert vor ihr in der Wüste. Sie ging auf sie zu, weiter und immer weiter, doch scheinbar, ohne ihnen näher zu kommen, Entfernungen ließen sich in diesem ungewohnten Element schwer schätzen; die Gestalten der Frau und der Tiere entfernten sich, obwohl sie nur ein wenig die Richtung geändert zu haben schienen. An einem Morgen entdeckte sie sie ganz in der Nähe, nah genug, um sie zu erreichen. Wie sich herausstellte, war die Beduinenfrau eigentlich noch ein Kind – vielleicht zwölf Jahre alt. Für einige Augenblicke öffnete sich die Wüste, die beiden sahen einander an, die Frau unter ihrem Trekking-Hut hervor, das Mädchen mit scharfen Augen, die aus verhüllenden Gewändern lugten.
Sie lächelte, aber die Augen des Mädchens erwiderten nur die Wahrnehmung.
Die Begegnung ohne Worte oder Gesten wurde zu einer Art täglicher Begrüßung. Nach der sie im Sand saß und das Beduinenmädchen mit den Ziegen vergaß; oder manchmal, aus alter Ge-

wohnheit, verfolgte sie auch ihr Verschwinden, wie einen Film, der zeigt, wie sich eine Blüte abends schließt.
Der Hund verlor die Angst vor ihr. Er wedelte mit dem Schwanz, wenn sie auf dem Mauerstumpf saß, begleitete sie aber nicht, wenn sie weiter als ein paar Schritte in die Wüste ging; er kam zu dem Stumpf, um in den Abfällen zu stöbern, die das Dorf dort hinwarf, bei den Spuren von jemandem, der die Grenzen des Bewohnbaren hatte überwinden wollen und besiegt worden war.

Endlich war sie in der Hauptstadt. Wo sie damals bei der Ankunft ›alles‹ hatte sehen wollen, als wäre dort ›alles‹ zu erfahren; bevor sie das prächtige Hochzeitsbett besetzten und dann in den Anbau umzogen, bevor sie sich auf dem ächzenden eisernen Bettgestell liebten, bevor sie den Ramadan und die windige Jahreszeit durchstanden, bevor Julie begann, eine Sprache gegen eine andere einzutauschen, bevor sie entdeckte, dass sie etwas anderes tun konnte als Werbetexte zu schreiben oder Tourneen für Popsänger zu planen.
Ich bin nie dazu gekommen, dich zu begleiten.
Halb eine Frage.
Aber er war es, der das entschieden hatte. Auf ihren Vorschlag hatte er geantwortet: Was willst du da, in Behörden herumstehen. Und sie war zu Hause geblieben und hatte sich – er sah es – Beschäftigungen gesucht, in der Zwischenzeit, für die er nicht verantwortlich war. Er hatte alles nur Mögliche getan und tat es noch, um von hier fortzukommen. Und jedes Mal, wenn jemand oder etwas ihn an das Angebot seines Onkels erinnerte, diese Falle, die ihm von der Familie gestellt worden war, von seiner geliebten Mutter, dann raste sein Blut vor Schuldgefühlen und Zorn, eine Qual, die ihm eine Erektion gab, gegen die, begleitet von einer Mischung aus Scham und Verlangen, nur eines half: heftige körperliche Liebe, die Julie für etwas anderes hielt, so wenig kannte sie, in ihrer Art Leben, die Regungen des Überlebenskampfes, den man hier führen musste.

Im Allgemeinen genügte es, wenn er für sie Fotos und Unterlagen beibrachte, eine Person, deren Referenzen sie überall zu einer annehmbaren Einwanderin machten, sogar zu einer wünschenswerten, einer mit Verbindungen, die Geld bedeuteten. Aber ab einem gewissen Zeitpunkt, den er nicht näher erklärte – so waren eben die Amtswege, die er bestens kannte –, mussten die Konsulate die Frau des Antragstellers persönlich sehen, um sie mit den Fotos zu vergleichen und ihr Fragen zu stellen, die in den Unterlagen schon zigmal beantwortet worden waren.
Die Visaabteilungen der Konsulate und die Amtsräume von Ehrenkonsuln – das Land ist einigen Ländern nicht wichtig genug für förmlichere diplomatische Vertretungen – sind Schauplätze immer derselben Szene und desselben Dialogs. Der Text änderte sich nicht, das erfuhr sie jetzt aus erster Hand, nachdem sie vorher nur seine Berichte gehört hatte, wenn sie ihn nach Neuigkeiten fragte. Die Räumlichkeiten sind meist ausgestattet, um zu imponieren oder einzuschüchtern, einige bieten den Wartenden Sessel an, Informationsbroschüren und gerahmte Texte von Nationaldichtern und bedeutenden Politikern, in anderen bewegen sich Warteschlangen unter barschen Befehlen voran, aber in allen finden sich große Porträts vom republikanischen oder königlichen Staatsoberhaupt, das auf die jungen Männer wie den, der neben ihr steht, herabblickt und auf die Frauen, beladen mit Babys und Kleinkindern, die sie ansehen und gleich wieder wegschauen, als könnte es gar nicht sein, dass sie mitten unter ihnen wartet. In einem der Konsulate sitzt sie einem Amtsträger orientalischer Herkunft gegenüber, offenbar von seinem westlichen Land hierher gesandt als besonders geeignet, mit anderen Orientalen umzugehen. Er befragt sie mit einer Miene des Abscheus: sein Blick, der sie mit dem Ehemann ihrer Wahl vergleicht, zeigt, dass ihm ihre Wahl in der Welt, wie sie nun einmal ist, unerklärlich bleibt. Flankiert von einem locker drapierten Sternenbanner und einem Bronzeadler auf einem Ständer, lehnt sich ein freundlicher schwarz-amerikanischer Amts-

träger lachend von ihren Unterlagen zurück: »Sie sind wirklich aus Afrika?«

Es war richtig gewesen, ihr so viel Langeweile erspart zu haben. Sie hatte schon beim Zahnarzt oder beim Arzt gewartet, aber noch nie hatte sie sich in einer Schlange vorangequält, damit ihr eventuell ein Recht gewährt wurde – das war die Geschichte der Schwarzen in ihrem Land, aber sie ist eine Weiße, Nigel Ackroyd Summers' Tochter, jawohl. Und auch nach ihrem Umzug ins Puppenhaus war die einzige Schlange, in der sie hin und wieder mit den Freunden der Tafelrunde stand, die vor einem Kino. *Das war's*, für sie; im Gedränge der Antragsteller tastete sie nach der Hand ihres Bittstellers unter ihnen. Er flüsterte ihr ins Ohr (sein Lächeln schwang in seiner Stimme mit): Der Kerl denkt, eigentlich müsstest du schwarz sein.

Sie erkannte, wie unmöglich es war, am Verhalten Subalterner, an denen kein Vorbeikommen zu höheren Amtsträgern war, abzulesen, ob das Gesuch eine Chance hatte oder nicht; ob die Referenzen, die Gründe, das eigene Land zu verlassen, die Rechtfertigungen für den Einwanderungsantrag sich günstig auswirkten oder zumindest zur Kenntnis genommen wurden, bevor der Gummistempel in Aktion trat – abgelehnt.

Die Türen der Konsulate schlossen sich vor den Warteschlangen für die Mittagsgebete. Am Ende des Vormittags lag nun die Stadt vor ihr, die sie gleich nach der Ankunft hatte erkunden wollen wie irgendein Urlaubsreiseziel. Aber was sie jetzt beide brauchten, war etwas, um Hunger und Durst zu stillen. Sie gingen und gingen, durch Fahrzeuggewühl und Menschengedränge, durch den Widerhall lauten Stimmengewirrs, das von Schaufenstern und Gebäuden zurückgeworfen wurde, durchmischt mit den Rufen von nahen und fernen Moscheen, die sich wie Unterwasserstimmen mythischer Ungeheuer anhörten. Die Großstadt mit ihrem Überfall von allen Seiten, dieser Hetzjagd, der sie schon einmal ausgesetzt gewesen war, als sie in einer anderen Großstadt aus ihrem Auto gestiegen war, hatte aber auch

Annehmlichkeiten zu bieten, die es in einem Dorf nicht gab. Sie kamen an einem MacDonald's vorbei, falls das in diese Kategorie gehört. Dann an einem Restaurant, das ebenfalls so aussah wie in jeder anderen Großstadt, abgeschottet gegen das hektische Treiben der Straßen, große Kübelpflanzen zu beiden Seiten einer hübsch geschnitzten Tür. Ibrahim war guter Laune, vielleicht weil es tröstlich war, auf seinen Gängen ausnahmsweise eine Begleiterin zu haben.

Woher ich das kenne? Onkel Jaqub hat mich mal hierher mitgenommen.

Sie lachten: um den Neffen auf das Leben vorzubereiten, das ihm angeboten werden sollte. Das Angebot: lachend bezogen sie sich darauf, ohne je eingehender darüber geredet zu haben.

Das Restaurant war klimatisiert, eingestellt auf die Temperatur eines anderen Landes; das Essen war köstlich und wurde von jungen Männern geschickt serviert. Sie äußerte sich anerkennend über die Bedienung; er verfolgte schweigend, wie die Kellner um die Tische glitten, sah in ihnen mögliche Rivalen, Mitbewerber in der Warteschlange für ein Visum. Wein gibt's hier natürlich nicht. Tut mir Leid.

Das macht nichts. Es ist köstlich – aber bei allem Aufwand nicht besser als das, was deine Mutter zu Hause macht.

Sie bezahlten mit Dollars, die von den Gebühren in einem Konsulat übrig waren. Die Marktbuden auf den Straßen hielten denselben Kram feil wie der Dorfmarkt, nur mehr davon, und die Läden in den engen Gassen boten golddurchwirkte Gewänder, goldgerahmte Spiegel und verschnörkelte Möbel an, wie sie ihr aus dem Haus des Onkels und aus dem von Maryams Arbeitgeberin vertraut waren, dazu das noch vertrautere internationale Sortiment an Nike-Schuhen, Mobiltelefonen, Fernsehern, Hifi- und Videogeräten. Die Moscheen – aber wollte sie wirklich Regierungsgebäude und Moscheen sehen? Sowieso nichts als Mauern, denn du wirst da nicht reingelassen. Dann kamen sie zu einem Multiplex-Kino, das dieses Konzept so gut wie irgendwo auf der Welt verkörperte. Sie hatten keinen Film mehr gesehen, seit die Tafelrunde vom EL-EY Café zu einem brasilianischen Filmfestival in ein Filmkunstkino gewallfahrtet war. Die meisten Gesichter auf den riesigen Plakaten vor dem Multiplex waren ihr unbekannt und für ihn, obwohl er die Namen der Schauspieler kannte, uninteressant. Sie sahen sich einen James-Bond-Film mit Untertiteln an, seine Wahl. Wenn sie auch nicht seine Hand hielt, wie sie es mit anderen Liebhabern getan hatte (er hatte sich etwas von der Schamhaftigkeit des Dorfes bewahrt), so ließ sie doch die Hand auf seinem Oberschenkel ruhen, während sie nebeneinander in der von tanzenden Staubpartikeln erfüllten Dunkelheit saßen. Wenn man sich irgendwann im Leben von der Moschee und der Kirche entfernt hat, kann das Kino ein Ort der Meditation sein. Wie in einer Andachtsstätte, der eine mit der Stirn auf dem Boden, die andere auf Knien, wissen beide nicht, in was die Person neben ihm oder ihr vertieft ist.

Als er das nächste Mal in die Hauptstadt fuhr, brauchte sie ihn nicht zu begleiten – sagte er. Nach seiner Rückkehr am frühen Nachmittag ging er nicht ins Haus seiner Mutter, sondern in die Werkstatt, legte das Jackett und die Krawatte ab, die alle Antragsteller, arme Teufel wie er selbst, für die Warterei im Konsulat als Beweis ihrer Anständigkeit trugen, und stieg in die ölstarrenden Jeans, die dort bereithingen; schließlich erwartete der Onkel für sein Geld etwas von dem undankbaren Neffen, der der Familie Schande machte. Als er in den Anbau kam, saß sie auf dem Boden – so fand er sie oft vor, beim Lesen oder Arabischlernen, manchmal, die Kühle suchend, auf dem Bauch ausgestreckt; jetzt entfernte sie den Sand zwischen ihren Zehen. Sie blickte auf und sah: nichts Neues. Nachts streichelte sie ihn, von den seidigen Haaren auf der Brust bis zur Leiste, aber er regte sich nicht unter ihrer Hand, er war angespannt auf etwas anderes konzentriert. Sonderbarerweise kam ihr das Bild seiner Mutter beim Gebet in den Sinn.

Sie lag da voller Zorn auf die Bürokratie, die selbstgefälligen kleinen Untergebenen, die mit ihren Anforderungen und Bedingungen und Spitzfindigkeiten die Macht hatten, bei ihm solche Spannungszustände auszulösen. Und wofür? Wofür war das alles? Der Onkel, die Familie hatte über die Welt, die ihn ausschloss, ihn nicht mal als ölverschmierten Mechaniker wollte, gesagt – doch, das hatten sie gesagt, und damals hatte sie ein herablassendes Lächeln unterdrücken müssen: Ist es nicht genug, ein Mobiltelefon und einen Fernseher zu haben? War das nicht mehr als genug? Was sonst noch lohnte sich wirklich zu besitzen da draußen in der Welt der falschen Götter?

Der Tag wurde ihr gewährt. Maryams Idee.
Ihr ›Wunsch‹, wie Maryam es nannte; der Vater stand vor einer seiner seltenen Fahrten zu der Oase, um einen entfernten Verwandten zu besuchen, der Reis anbaute. Er nannte das ›eine Verbindung‹. Maryam bat darum, ihn mit Julie begleiten zu dürfen.
Würde der Vater keine Einwände haben? Vielleicht war es ihm lieber, die ausländische Schwiegertochter nicht vorzuzeigen.
Nein, nein, Maryam hatte ihm gesagt, dass Ibrahims Frau etwas vom Land sehen wollte, bevor Ibrahim wieder mit ihr fortging.
Nur … sie, Maryam, brauchte die Erlaubnis ihrer Arbeitgeberin, der Arbeit für einen Tag fernzubleiben. Ihr Gesicht legte sich in Falten, so peinlich war ihr das dreiste Ansinnen: »Frag du sie, dann gibt sie mir den Tag.« Beim nächsten Konversationstee erzählte also Julie der Dame des Hauses, dass sich ihr die Gelegenheit für einen kleinen Ausflug bot und dass sie sich freuen würde, wenn Maryam ihr Gesellschaft leisten könnte. Die Erlaubnis wurde sofort erteilt.
Der Vater lieh sich das Auto seines Sohnes Ibrahim. Oder vielmehr war es der Sohn, der darauf bestand. Julie, du kannst nicht in seiner alten Klapperkiste rumfahren, die hat andauernd Pannen. Höchste Zeit, dass mein Onkel ein neues rausrückt, in das meine Mutter sicher ist.
In *dem*, nicht in *das*.
Die Lehrerin fuhr ihm beim Verbessern mit der Hand übers Haar; er beklagte sich, dass sie allen half, ihr Englisch zu verbessern, nur ihm nicht, für den es so wichtig war.
Du bist verrückt, in dieser Hitze, die Wüste.
Ich weiß. Ich weiß.
Maryam mochte ihr nicht sagen, dass sie für diese Expedition

ihren Kopf bedecken musste, sondern brachte ein Kopftuch für sie mit, nicht als Vorwurf, dass sie von sich aus etwas Angemessenes hätte tragen müssen, sondern als sanfte Unterweisung.
Ein Mann begleitete den Vater und nahm vorn neben ihm Platz, die beiden jungen Frauen setzten sich auf den Rücksitz. »Ist das für dich gut so?«, flüsterte Maryam, besorgt um ihre Bequemlichkeit bei der kleinen Expedition.
Die beiden Männer unterhielten sich auf der ganzen Fahrt ohne Pause, so wortreich, dass die Anfängerin trotz ihrer Fortschritte nichts verstand außer der Huldigungsformel *inscha allah* und anderen, die sie kannte.
Die Straße wagte sich hinaus in die Wüste, die Straße teilte die Wüste, auf beiden Seiten kärglich begleitet von einsamen kleinen Läden, Werkstätten undefinierbarer Natur mit ihrem Durcheinander unterschiedlichen Schrotts, Kaffeebuden, wo Männer aus dem Nirgendwo saßen und zwischen Plastikabfällen und leeren Zigarettenschachteln ein paar Ziegen weideten; aber es war nicht die Wüste, in die sie immer ging; die sie aufnahm. Strichweise war sie steinig; die Knochen von Behausungen, von Tieren und Menschen, die sie sich einverleibt hatte, traten an die Oberfläche, wie der Mauerstumpf des verschlungenen Hauses, auf dem sie immer saß. Die Wüste zog sich von der Unterbrechung durch die Straße zurück; auch dann noch, als die Straße zu zwei parallelen Rillen im Sand verkümmerte. Das Erlebnis der Wüste, wie sie es sich von Maryams Expedition versprochen hatte, wurde ihr verweigert.
Im Namen Gottes. Wenn Gott es will.
Vielleicht lag es an dem Geräuschkokon, der Maryam und sie umgab; das laute Zwiegespräch der Männer, verknüpft mit den gewundenen Klagen der Musik aus dem Autoradio, die demselben Duktus gehorchte wie die Sprache, dazu das Dröhnen des Motors im Gebrauchtwagen des Onkels. Heiß, ja, und falls es in dem Auto mal eine Klimaanlage gegeben hatte, dann funktionierte sie nicht mehr. Aber Maryam hatte die Fähigkeit der Ein-

heimischen, sich in der greifbaren Hitze zu entspannen, und sie hatte von ihr gelernt, sich nicht dagegen zu wehren, sondern dasselbe zu tun.
Sie trafen nicht plötzlich auf ihr Ziel. Neben der Fahrspur blitzte hier und da etwas auf, was ein Stückchen Blech oder eine Glasscherbe sein konnte. Aber dann leuchtete es kontinuierlich: Wasser, flache Rinnsale von Wasser. Und dann etwas wie Pflanzenwuchs, aber nicht das üppige Grün wie in Ländern, in denen es regnet. Da standen Palmen. Endlich. Mehrere Kamele ruhten auf eingeknickten Beinen, ihre Köpfe hoben sich wie Periskope. Sie trugen offenbar Fußfesseln; eins versuchte aufzustehen, doch der untere Teil eines Vorderbeins war am Knie an den oberen gebunden. Sie hatte vergessen, wie sie sich früher Ansichtskarten-Palmen vorgestellt hatte. Jetzt gelangten sie zu einem Dorf, das mit seiner Moschee nur wenig förmlicher und ausgedehnter war als die kärglichen Straßenrandsiedlungen. Die Besucher wurden in einem palmenbestandenen Hof empfangen, wo in Büros, die wie Fernsehbilder aus einer anderen Welt wirkten, zwei junge Männer an Computern saßen und eine junge Frau, zwar im Tschador, aber dazu in einem die Figur betonenden Chiffonrock, über die Sprechanlage mit verführerischer Firmenstimme die Ankunft meldete.
Der entfernte Verwandte des Vaters kam langsam aus einem inneren Büro, als wäre der Besuch eher etwas Unvermeidliches als etwas Willkommenes. Er war ein zu klein geratener Mann und erweckte dadurch den Eindruck geballter Tüchtigkeit. Der Vater sah vor ihm ungelenk und schmerbäuchig aus; eine wortlose Gegenüberstellung ihrer unterschiedlichen Leistungen im Leben. Sie sah, dass Maryam diese bildliche Feststellung unangenehm war, dass sie wegen des Vaters darunter litt, an das erinnert zu werden, was alle wussten, aber nicht ständig so plastisch vor Augen hatten: er war abhängig von dem, was kaum mehr als die Mildtätigkeit dieses Mannes war, Almosen, mit denen er irgendeine unbedeutende Tätigkeit entlohnte.

Maryam schwieg während der Begrüßungen. Herr Muhammad Aboulkanim zeigte weder Überraschung noch Neugier, als ihm die europäische Frau mit dem Kopftuch vorgestellt wurde, eine Ehefrau, die der Sohn Ibrahim irgendwo im Ausland aufgegabelt haben musste; die Ehefrau merkte, dies sollte dem Vater klarmachen, dass er, der Wohltäter, alles getan hatte, was von ihm erwartet werden konnte, und dass er keinerlei Interesse an den Familienangelegenheiten des entfernten Verwandten hatte – falls das der Grund dafür war, diese Frau mitzubringen. Aber der Vater war Abfuhren von diesem Mann ebenso wie von dem Bruder seiner Frau, Onkel Jaqub, gewohnt und konnte damit würdevoll umgehen. Er fragte, ob sie, nachdem das Geschäftliche erledigt war, Ibrahims Frau zeigen konnten, wie ›in unserem trockenen Land‹ Reis wächst.
Aboulkanim ließ den Frauen und dem Freund des Vaters Kaffee und Eiswasser servieren und geleitete den Vater vorbei an gesenkten Lidern und verkniffenen Mündern in sein Büro.
Die drei saßen auf federnden Stahlrohrstühlen im Büromöbelstil der fünfziger Jahre, und Maryam beantwortete die fröhlichen Fragen der Sekretärin mit Schulmädchengehorsam. Der Freund rauchte und ließ die Tür zum inneren Büro nicht aus den Augen, als könnte er überwachen, ob der Vater sich an die auf der Hinfahrt besprochenen Taktiken hielt.
Herr Aboulkanim fuhr sie mit seinem Wagen zu dem Reisfeld. Der Vater saß neben ihm; seine Stimme hatte einen Unterton, der denen hinter ihm zu verstehen gab, dass die Besprechung im inneren Büro nicht schlecht gelaufen war; was bedeutete: nichts änderte sich, er hatte immer noch seine Verbindung.
Eine halbe Stunde lang führte eine von der Wüste nicht beachtete Straße weiter wie bisher; auf weiten Flächen dieses Planeten gibt es nur eine einzige Straße, ohne Alternativen. Der Vater redete wortreich, wie er es in der Unterhaltung mit dem Freund getan hatte, obwohl sein Wohltäter nur mit kurzem Brummen reagierte oder sich als Antwort räusperte. Das Radio plapperte

vor sich hin, Nachrichten, denen niemand zuhörte, sie waren ein Teil der geschmeidigen Funktion des schönen deutschen Autos. In der klimatisierten Kälte zogen sich die Poren auf ihren Armen zu Gänsehaut zusammen; aber Maryam lächelte zufrieden und sog die Kühle mit geweiteten Nasenflügeln ein, als wollte sie sie gegen die Hitze außerhalb der Fenster speichern.

Und dann endete die Straße an einem niedrigen Betongebäude neben einem riesigen Becken mit Pumpen und anderen großen Maschinen, deren Funktion Frauen nicht kennen konnten. Der Wohltäter wandte sich mit seiner Erklärung an Maryam, als wäre die andere Frau gar nicht da. Maryam übersetzte leise. Hier wird das Wasser reguliert und der Reis – das Wort, nach dem sie suchte, wurde ergänzt: gedroschen. Ein barfüßiger Arbeiter mit hakennasigem, von der Sonne fast schwarzem Gesicht stand stumm daneben und atmete mit offenem Mund, wie ein geduldig wartender Hund.

Aber sie wurde von etwas abgelenkt, was sich plötzlich mit eigenem, eng umrissenem Horizont und undurchdringlicher Dichte mannshoch vor ihr auftat, eine Plantage aus schlankem, seidigem Röhricht, grün, grün, grün. Eine Art Steg bot sich an – zwischen den Planken war dunkles Wasser zu sehen –, und sie wandte sich von den anderen ab und ging ihn entlang. Das Grün, in das sie eindrang, wirkte nicht nur auf die Augen, sondern auch auf die Ohren berauschend, denn es war erfüllt vom Zwitschern und Rascheln zahlreicher Vögel; ihr Geflatter wie ein beständiger leichter Luftzug, ihr Gesang der fortwährenden Selbstbehauptung füllte ihren Kopf. Die Wüste ist stumm; und inmitten der Wüste dies; eine unendliche Vielfalt an Klängen. Wo gibt es das sonst? Dieses Nebeneinander der Wunder? Eine Lücke im Reis-Röhricht, gleich neben dem Steg, ein seichter, gelbbrauner Tümpel. Ein Reiher erwartete sie dort; sie blieb stehen; der Vogel senkte den Schnabel ins Wasser. Taub von der hallenden Musik dieser Sphäre, hörte sie die Rufe der Menschenstimmen nicht und ließ sich für ihren Rückweg Zeit.

Sie hatte sie warten lassen; die Augen des Wohltäters waren hinter einer Sonnenbrille verborgen, aber der Ausdruck seines Mundes machte das deutlich. Sie standen aufgereiht wie für ein Foto, und tatsächlich, es war für ein Foto. Der Freund des Vaters stellte an einer Polaroid-Kamera die Entfernung ein. Sie wurde zwischen den Vater ihres Mannes und Maryam platziert; dann führte Maryam sie zu einer Stelle vor dem Gebäude, wo Reis verschüttet worden war. »Heb auf, bitte, mach so, mit den Händen ...« Maryam lachte und machte es ihr vor.

Sie hob eine Hand voll der glatten Körner auf und ließ sie lächelnd durch die Finger rieseln, der Freund trat einen Schritt vor und zurück und knipste sie. Das Farbfoto kam aus dem Apparat, er schwenkte es kurz und gab es ihr.

Auf der Rückfahrt beteiligten der Vater und sein Freund Maryam an ihrer Unterhaltung, unter dem Einfluss der üppigen Vegetation mitteilsam, als hätten sie Alkohol getrunken. Maryam wollte sie nicht ausschließen und übersetzte. »Sie sagen, es ist möglich, sie können ein Stück Land kaufen, wo jetzt angebaut wird, oder nach Wasser suchen – wie sagt man ...«

»Bohren. Nach Wasser bohren, meinst du?«

»Ja, einen Brunnen machen. Und anbauen.«

»Reis anbauen?«

»Reis, Zwiebeln, Kartoffeln, Tomaten, Bohnen, viele Dinge. Sie sagen, es geht, wenn sie das Geld haben.«

»Ihr könnt die Genehmigung bekommen, einen Brunnen zu bohren?«

»Wenn sie das Geld hätten, könnten sie es machen, sofort. Sie würden es machen, wenn sie das Geld hätten. Nur das Geld!« Maryam lachte, über die Männer und sich – es war immer nur das Geld, für alles, was man haben wollte und nicht haben konnte.

»Und sie wüssten, wie sie es anstellen müssten – Reis anbauen?«

»Ja, Julie, sie wissen es, ach, seit Jahren – von Herrn Aboulkanim gelernt, natürlich wissen sie es ... nur das Geld ...«

Auf dieser Fahrt führte sie einen Dialog mit sich selbst.
Wie war die gesetzliche Lage bei einem Treuhandvermögen – warum hatte sie sich nicht mehr dafür interessiert, diese Dinge über Geld zu lernen? Es war gut und schön, es zu verachten, sich die Nase vor dem Gestank zuzuhalten, wenn man nichts von dem, was man eigentlich wollte, damit kaufen konnte; der Gebrauchtwagen, den er für sie gefunden hatte, reichte völlig. Sie hatte immer von dem Treuhandvermögen gewusst – der Familienanwalt hatte ihrem Vater klar gemacht, dass es nur recht und billig war, sie, die Begünstigte, darüber zu informieren. Also hatte sie irgendwelche Papiere unterschrieben, die ihr vorgelegt worden waren. Das Treuhandvermögen war offenbar eingerichtet worden, um Erbschaftssteuern zu vermeiden, wenn Nigel Ackroyd Summers sterben und seine Tochter ein beträchtliches Vermögen erben würde (selbst wenn er den größten Teil seines Besitzes seiner zweiten Frau hinterlassen sollte). Steuergründe – zum Vorteil der Erbin natürlich, der Glücklichen. Immer gibt es Steuergründe für das, was Nigel Ackroyd Summers tut. Vielleicht – es musste doch einen Weg geben, an einen Teil des Geldes zu kommen? Sie ist fast dreißig Jahre alt und lebt in einem gottverlassenen Land, ist das nicht ein Fall dringender Bedürftigkeit, für die einzige Tochter eines reichen Mannes, ohne warten zu müssen, bis jemand stirbt? Sie rief sich einen Ausdruck ins Gedächtnis – einen, den vielleicht der Anwalt gebraucht hatte? –, vorgezogenes Erbe. Wenn sie den Ausdruck vom Anwalt gehört hatte, musste das als eine theoretische Möglichkeit zur Sprache gekommen sein. Es gab also einen Weg. Warum auch nicht? Du musst jemandem schreiben – dem Anwalt natürlich. Nein, Archie. Ja, immer wieder Archie. Bitte Archie, sich bei einem Anwalt nach der Rechtslage, der Möglichkeit zu erkundigen – nicht bei dem von meinem Vater, der hätte gleich Einwände im Namen seines Klienten, da er den Ruf der Tochter in der Familie kennt …
Sie wandte ihre Aufmerksamkeit den anderen im Auto nur noch

einmal zu und bat Maryam, die Männer zu fragen, was in etwa ein Stück einer Oase, wo Dinge wuchsen, kosten könnte? Wie viel? Es gab einen lebhaften Wortwechsel von Behauptung und Widerspruch zwischen den Männern, und schließlich wurde eine Summe genannt, eindrucksvoll in die Länge gezogen, als würden die Schnörkel der arabischen Schrift laut in die Luft gemalt.

Maryam übersetzte. Aber sie hatte verstanden, und sie hatte sich angewöhnt, ihre Währung im Kopf rasch in die harten Währungen umzurechnen, auf die es in der Welt ankam: in diesen Währungen, die im Treuhandvermögen sicherlich vertreten waren, darauf konnte man sich bei Nigel Ackroyd Summers verlassen, war die Summe außerordentlich – unglaublich – bescheiden und bestätigte die Machbarkeit, die Möglichkeit, wahrscheinlich eine lächerliche Summe im Verhältnis zum Gesamtwert des Treuhandvermögens (dessen Höhe der Anwalt sorgfältig vor ihr verborgen hatte). Etwa der Dollar-, Pfund- oder Europreis eines neuen Wagens der Luxusklasse, mit der Danielle von ihrem Gatten versorgt wurde. Hör auf, an den Reichen rumzumäkeln, du denkst doch gerade daran, die Tatsache auszunutzen, dass du selbst eine bist! Abdu (sie nennt ihn bei sich immer noch bei dem Namen, den er trug, als sie ihn in der Werkstatt entdeckte) hatte Recht, damals, als er mir vorwarf, ich würde den Wert dieser Wirtschaftskapitäne nicht anerkennen.

Grün geträumt.

Ich habe grün geträumt, weil es existiert.

Es gibt einen anderen Weg, nicht die Ersatznachfolge in Onkel Jaqubs Werkstatt, nicht die schmutzige Arbeit, die in einer anderen wartete, im nächsten Land – es gibt hier eine Möglichkeit: sein Lieblingstraumwort: ›es gibt Möglichkeiten‹ in dem Land, irgendeinem, das bereit ist, ihn durch die Einwanderungsbarrieren zu lassen.

Hier. Man konnte beides haben. Die stumme Wüste und den Lebenschor des Grüns.

Als sie ins Haus seiner Eltern zurückkehrten, hatte er schon mit seiner Mutter gegessen. Die Mutter erkundigte sich durch ihn, wie seiner Frau der Ausflug gefallen hatte.
»Ich hätte mir nie vorgestellt ... Reis ist so schön ... Weizen, Mais – nichts lässt sich damit vergleichen ... wie er wächst ...«
»Wir haben etwas zu essen übrig gelassen.« Er sprach Arabisch, mit belustigter Nachsicht. Seine Mutter lächelte ihr königlich zu und wies mit gestattender Hand zur Küche. Maryam war vorausgeeilt, um ihrem Vater eine Mahlzeit zu bereiten, silbrige Körner waren aus den Sohlen ihrer abgetragenen Sandalen gefallen. Mutter und Sohn sahen, wie seine Frau einige aufhob und auf der Handfläche betrachtete.

In der Abgeschiedenheit des Anbaus konnte sie ihm endlich ihre Begeisterung in einem Kuss mitteilen.
Es war also schön. Oi, heiß. Er schmeckte auf ihren Lippen den salzigen Schweiß.
Bist du je da gewesen?
Ich bin da gewesen. Ich kenne Aboulkanim.
Offenbar ein erfolgreiches Unternehmen ...
Kann sein.
Ich versteh jetzt, dass man mit der Wüste leben muss, um zu wissen, was Wasser ist.
Ich hab's dir gesagt, bevor du hergekommen bist. Trocken, nichts. Hier, überall.
Nein, nein ... ich will etwas andres sagen ... Wasser ist – Wasser ist Veränderung; und die Wüste verändert sich nicht. Wenn ich also beides zusammen sehe, das Wasserfeld, in dem Reis wächst, und es ist in der Wüste – dann gibt es da eine Lebensspanne – wie unsere – und es gibt eine *Existenz* jenseits jeder Lebensspanne. Verstehst du?
Du bist nicht gläubig. Sagst du mir immer. Keine Christin, seit du aus der Schule raus bist, keine Muslimin wie meine Familie, also was ist das jetzt?

Er hatte das Gefühl, einem jener Gespräche über den Sinn des Lebens zuzuhören, dem Geschwafel des alten Mannes mit den grauen, zu einem Pferdeschwanz zusammengebundenen Haaren an dem Tisch im Café, den er für das Zuhause hielt, das sie hinter sich gelassen hatte, um mit ihm in diesem Anbau seiner Familie zu leben.

Nicht der Himmel, nicht das Nirwana – dieser Ort, an dem wir sind, das, was hier ist. Eine Art Beweis. Verstehst du mich – ich kann's nicht erklären.

Mit dem Daumennagel der einen Hand entfernte er die Dreckränder unter den Nägeln der anderen; seine Reinlichkeit brachte für sie stärker als alles, was er sagte, seine Verletztheit und seine Demütigung zum Ausdruck, zu nichts weiter zurückgekehrt zu sein als zu den Innereien von Onkel Jaqubs Fahrzeugen. Sie legte sich neben ihn und streichelte einen Moment seine Hand.

Ich hab gehört, man kann einen Teil der Oase kaufen, auf dem schon etwas angebaut wird. Ich vermute, von einem Grundbesitzer. Oder von der Regierung? Und man kann die Genehmigung bekommen, in der Wüste einen Brunnen zu bohren. Hast du das gewusst?

Mit Geld kann man alles kaufen von der Regierung. Von den Grundbesitzern, die sich Regierung nennen. Ein und dasselbe. So ist das *hier*, in diesem Land meines Volkes. Das musst du als Allererstes verstehen – die Wahrheit über das Leben hier. An unserem Leben ist nichts Geheimnisvolles. Geld – und die Regierung sagt dir, gut, abgemacht, *al-hamdu lillah.*

Er sprach Arabisch.

Der Preis ist so gering – ich hab deinen Vater gefragt und seinen Freund, der mitgekommen ist. Ich konnte es kaum glauben. Eine Summe, die ich nahezu mit Sicherheit aufbringen könnte – von drüben, es gibt da ein Treuhandvermögen, das mir zusteht, wenn mein Vater stirbt, aber es gibt die Möglichkeit …

Du willst eine Reiskonzession kaufen! Du! Wofür?

Sie sah ihn nicht an, sondern zu den ungestrichenen Brettern der Decke hoch, spürte aber seinen Blick.

Für uns.

Er richtete sich ein wenig auf und ließ sich mit einem Stöhnen, das wie ein kurzes Auflachen klang, wieder aufs Bett fallen. Julie, wir leben nicht hier.

Wir können uns selbstständig machen und etwas tun, was – interessant ist? Was nützlich ist, den Menschen Nahrung gibt. Etwas, was keiner von uns beiden bisher getan hat.

Früher war es eine Agentur für Schauspieler in Kapstadt, jetzt ist es Reis in einer Oase, ein weiteres Abenteuer des reichen Mädchens, das keine Ahnung hat, das unschuldig ist.

Sie spürte, dass es das Beste war, ihm eine nüchterne Kalkulation vorzusetzen.

Dieser Herr Aboulkanim verdient offensichtlich Geld.

Nicht mit Reis.

Er redete jetzt in einer flüssigen Mischung aus Englisch und Arabisch, übersetzte sich selbst, sprang von Satz zu Satz hin und her.

Das ist seine – wie sagt ihr – seine Fassade, die schönen Reisfelder. Er verdient viel Geld – sehr viel sogar –, und weißt du, womit? Ja? Er ist Schmuggler, er nennt es Import-Export, er ist Mittelsmann im Waffenhandel für seine Geschäftsfreunde jenseits der Grenze, und das ist nur, was ich über Herrn Aboulkanim erzählen kann, es gibt noch viel mehr in der Art, was ich nicht weiß, und wofür ihn Leute, die ich kenne, bewundern, weil er Erfolg hat. Das ist hier *Erfolg.*

Sie richtete sich erschrocken auf und hielt ihm vor: Dein Vater arbeitet für ihn.

Mein Vater arbeitet für das, was *ihn* respektabel macht. Deine Reisfelder. Mein Vater wird nicht ans große Geschäft rangelassen, mein Vater ist der arme Teufel, möge mir vergeben werden, dass ich so spreche, der die richtigen Papiere ausfüllt, um Reis zu verkaufen, nur Reis, und dafür kriegt er alle paar Monate etwas Geld in die Hand gedrückt. So benutzt er den ehrlichen Namen meines Vaters.

Und jetzt hielt sie sich selbst vor: Was habe ich für einen Grund, über diese Geschichte empört zu sein? Wie viele Gäste auf Nigel Ackroyd Summers' Lunchpartys sind in dunkle Geschäfte verwickelt, von denen keiner weiß, oder wenn, dann wird darüber bestimmt nicht zusammen mit den Preisen von Futures geredet – keine Waffengeschäfte, aber – aber warum nicht? Vielleicht auch das, getarnt als Diamantenhandel mit Angola.

Wenn wir eine Konzession bekommen, hätte das nichts damit zu tun. Mit Herrn Aboulkanim. Wir würden Reis anbauen.

Er wandte sich von ihr ab, stand auf und wechselte das Hemd, holte seinen Aktendeckel aus der Reisetasche.

Ich bin heute Abend mit jemandem verabredet. Mal sehen, ob er kommt.

Er trat zu ihr ans Bett, wo sie saß, gerötet von der Hitze des Tages, und die Beine baumeln ließ. Er schüttelte den Kopf über sie und schenkte ihr sein Lächeln, diesen so oft vorenthaltenen Schatz.

Sie hatte ihm das Foto nicht gezeigt, die glatten Reiskörner, die durch ihre Finger rieselten. Bis es verblasste, würde es Beweis dafür sein, dass der Ort existierte; dass es zu erreichen gewesen wäre.

Aus der bereitstehenden Reisetasche, die sein Leben von Land zu Land trug, hatte er die von der Mutter in Kalifornien geschickten Briefe herausgenommen.
Er sagte ihr nichts davon; sie hatte es sowieso für äußerst unwahrscheinlich gehalten, dass ihre Mutter irgendwen kannte, dessen Unterschrift irgendwo in einer auch nur entfernt vergleichbaren Situation von Nutzen sein konnte. Aber mehr als das: seine Hoffnungen hatten ihn schon so oft getrogen – der Gedanke daran verursachte diese Mischung aus Groll und Scham, die ihm neu war, eine Folge der erzwungenen Heimkehr hierher. Er konnte ihre weise Ermutigung, ob echt oder vorgetäuscht, nicht ertragen, ihre Geduld, ob echt oder eine Tarnung dafür, dass dieses Abenteuer bald zu einem weiteren wurde, mit dem sie zu Hause die Tafelrunde unterhalten konnte; der schöne Koffer, den sie nicht zu schätzen wusste, stand da, für sie bereit.
Keine Neuigkeiten mehr. Er würde ihr nichts sagen, überhaupt nichts, von den Fortschritten, die er diesmal machte, dies eine Mal, außerdem hatte sie keine Vorstellung davon, wie heikel die ganze Angelegenheit war, konnte die Zeichen nicht lesen. Zu einer persönlichen Befragung in ein Konsulat oder eine Botschaft mitgenommen zu werden, sagte ihr nichts. Besser so. Wenn – falls – Nein! – wenn er ihr diesmal etwas zu sagen haben würde, dann: gute Neuigkeiten.
Und da war noch etwas anderes. Der Triumph seiner Ablehnung, die von einem Onkel Jaqub gebotene Gelegenheit zu ergreifen, eine Gelegenheit, für die andere in diesem Ort vergammelnde junge Männer alles (von ihrem Nichts, arme Teufel wie er selbst) gegeben hätten, enthielt einen Aspekt, von dem er selbst kaum etwas gewusst hatte, als er die große Entscheidung

– der beste Moment, seit er ein erwachsener Mann ist – traf: sage nein. Selbst wenn diese Frau in einer Hinsicht, die er bei aller Gefühlsverwirrung nicht vergessen durfte, versagt hatte, nämlich als Garantin für eine unbegrenzte Aufenthaltserlaubnis in ihrem Land, so hatte sie doch irgendwie in der ihnen gemeinsam auferlegten Zwischenzeit bei ihm Gedankengänge ausgelöst, die ihm vorher fremd gewesen waren. Als er aus tiefstem Innern heraus nein gesagt hatte, geschah es auch, um nicht dem Mann untreu zu werden, in den sie sich verliebt hatte (wie es so schön heißt); nein zu dem, was für sie mit Sicherheit das Abenteuer beendet hätte, denn sie sah sich ganz bestimmt nicht als die Ehefrau eines zukünftigen Onkel Jaqub. Er wäre hier allein zurückgeblieben und von der Familie verheiratet worden und hätte weitere Söhne gezeugt, die nicht hinauskommen konnten.

Als er an diesem Tag aus der Hauptstadt zurückkehrte und Onkel Jaqubs altes Auto am Tor parkte, sah er Frauen die Straße entlangkommen. Sie – Julie – mit Amina und Baby, Maryam und dem kleinen Mädchen und – er musste noch einmal hinschauen – Chadija, sie kamen vom Markt, weibliche Packesel, beladen mit Plastiktüten, aus denen grüne Stängel und Blätter ragten. Zwiebeln oder Kartoffeln kullerten aus einer geplatzten Tüte, und das Aufsammeln war ein Spiel zwischen Julie, dem Kind und Chadija – offenbar wagte *Madame*, die sich bisher hinter ihrer Überheblichkeit verschanzt hatte, sich jetzt mit den anderen Frauen hinaus, wenn Julie dabei war.

Er wartete im Auto. Was für ein Leben. Für sie. Und eine Schande für ihn. Das Kind zeigte auf ihn, löste sich von den Frauen und lief zu ihm, um darauf hinzuweisen, dass er da war, als wäre seine Ankunft ein besonderes Ereignis.

Was sie auch war.

Er begrüßte seine Mutter auf ihrem Sofa im Gemeinschaftsraum und wechselte ein paar Worte mit ihr, während Julie und die anderen Frauen in der Allzweckküche plaudernd die Einkäufe auspackten. Sie winkte, als sie auf dem Weg zum Anbau durchs Zimmer ging; sie wollte ihn und seine Mutter nicht stören.

Er kam zu ihr. Sie kniete gerade vor dem Stuhl, auf dem die Schlüssel mit kühlem Wasser stand, die sie immer bereithielt, und tauchte Gesicht, Haar und Hände hinein.

So heiß! Sie wandte sich um und sah lächelnd auf, mit überströmtem Gesicht wie unter Tränen.

Er öffnete die Hand. Zwischen Daumen und Zeigefinger hielt er zwei Reisepässe mit Stempeln darin.

Was?

Sie stand auf, schüttelte heftig die nassen Hände. Was?

Visa. Einreisegenehmigungen. Die Vereinigten Staaten von Amerika.

Mit einer einzigen Bewegung warf er die Pässe aufs Bett, überwältigte sie in einer erdrückenden Umarmung und stieß dabei einen Triumphschrei aus, der ihre Münder unter dem Wassergeriesel aus ihren Haaren vereinte.

Ich gehe nach Amerika.

Er hatte es ihnen ja gesagt.

Also hätte es die Familie nicht überraschen dürfen, dass er jetzt die amtlichen Stempel in seinem Pass und in dem seiner Frau vorwies. Es gab Umarmungen und Glückwünsche, die auch stillschweigende Entschuldigungen dafür waren, dass sie daran gezweifelt oder ihm nicht geglaubt hatten. Nur Chadija sprach es aus: »Damals hast du doch nur geprahlt.« Der Seitenhieb verletzte ihn; Julie sah es an seinem Gesicht, obwohl sie nicht verstand, was gesagt worden war.

Andere in der Familie konnten sich nicht mitfreuen. Maryam weinte; Julie würde ihre Hochzeit versäumen. Er umarmte seinen Vater; seine Mutter. Bat um Vergebung, um ihren Segen, wieder einmal. Als er mit seiner ausländischen Frau nach Hause gekommen war, hatte seine Mutter Tränen auf den Gesichtszügen zugelassen, die sie ihm vererbt hatte. Jetzt ließ sie nicht zu, dass Gefühlsregungen das Gesicht veränderten, das von vielen Jahren und der Disziplin der Gebete gezeichnet war. Oder vielleicht konnte Fleisch nicht ausdrücken, was sie bei diesem neuerlichen Abschied empfand. Nur sie und ihr Sohn wussten, was es war. Ins Stimmengewirr hinein sagte er zu ihr: Ich hole dich nach. Du musst uns besuchen. Sie schien ihn nicht zu hören. Er wusste, vielleicht war das ganz gut so.

Die Visa in seiner Hand.
Es gab noch eine Reihe von Formalitäten zu erledigen. Er musste in der Hauptstadt seinen Pass den Behörden seiner eigenen Regierung einreichen und Fragebögen für seine Auswanderung ausfüllen. Dann musste er, sobald die Bearbeitung seines Antrags abgeschlossen war, den Pass wieder abholen. Die Fluggesellschaft nahm eine Buchung erst an, wenn beide Pässe und Visa vorlagen; und natürlich wurden die Tickets erst ausgestellt, wenn sie bezahlt waren.
Sie saßen auf dem eisernen Bettgestell im Anbau und machten Kassensturz. Sie hatte noch ein paar Dollar-Reiseschecks, aber die mussten für die ersten Ausgaben nach der Ankunft aufgehoben werden. Was der Onkel ihm gnädig noch auszahlen würde, wenn sie es schafften, gemäß seinem Plan innerhalb der nächsten zwei Wochen abzureisen, musste als Hochzeitsgeschenk an Maryam gehen; das war das Mindeste, was ihr Bruder tun konnte.
Dein Vater.
Sie sah ihn erschreckt an.
Du brauchst nur ja zu sagen.
Nein. Nein, nein.
Dein Vater. Er kann die Tickets von dort aus bezahlen und sie dir schicken lassen. So wird es gehen. Wir werden ihm das Geld zurückzahlen.
Ich kann das nicht.
Wieder.
Er sah sie mit den strengen Augen seiner Mutter an, während er sich um Beherrschung bemühte, die Stimme im Zaum hielt, leise und vernünftig sprach, wie er es zahllose Male in Konsulaten hatte tun müssen, seinen Ärger darüber hinunterschlu-

ckend, dass privilegierte Menschen offenbar nicht einsehen wollen, worauf es wirklich ankommt, aufs Überleben, nicht auf Prinzipien.
Wie sollte sie es ihm begreiflich machen: ihre Stimme wurde schärfer.
Du würdest doch auch nicht deinen Onkel Jaqub fragen, oder?
Ich hab ihn gefragt. Er hat gesagt, er wird mir nicht helfen, noch einmal davonzulaufen. Es hat ihm Spaß gemacht.
Sie legte den Kopf auf seine Schulter und schmiegte das Gesicht an seinen Hals. Und davon hatte er ihr nichts gesagt. Er hatte es ihr erspart.
Dort, wo sie herkam, war sie die Verantwortliche gewesen, diejenige mit einem festen Platz in der Gesellschaft; hier, in seiner Heimat, diesem unauslöschlichen Muttermal, das in ihm festlegte, wie man hier vorging, hatte er getan, was erforderlich war und was nur er tun konnte. Wenn er jetzt mit ihr im Anbau allein war, redete er mehr als je zuvor und führte sie Schritt für Schritt aus der Unwissenheit heraus. Der Schwager einer Kusine war seit sechs Jahren mit Erfolg (das hieß legal) in den Vereinigten Staaten. Die Familie hatte den Kontakt zu ihm verloren, aber er hatte monatelang jeden gefragt, der vielleicht etwas von ihm wusste, tagsüber beim Herumsitzen in Kaffeebuden, abends in den Hinterzimmerbars in den Straßen, wo sie das aufgeblähte tote Schaf gesehen hatte, und allmählich war er an die Information gelangt, die er brauchte. Es war ihm gelungen, sich mit dem Schwager seiner Kusine in Verbindung zu setzen. Und der hatte, *al-hamdu lillah* (der heimische Sprachgebrauch kam ihm unbemerkt über die Lippen, wie die Tafelrunde ›Gott sei Dank‹ ausrufen würde, wenn eine weltliche Fügung nur mit Hilfe der Gottheit genügend gepriesen werden konnte), alles in seiner Macht Stehende und mehr getan, um ihnen am anderen Ende der Welt einen Neuanfang zu ermöglichen. In Amerika. Er war Hausmeister in einem großen Wohnhaus – sie war doch in den Staaten gewesen, also wusste sie, dass die zwanzig, vierzig Stock-

werke hoch waren und dass viele Menschen darin wohnten –, als Hausmeister oder Pförtner oder wie er sich nun nannte hatte er auch eine Unterkunft darin, eine Wohnung ganz unten …
Ja, sie war in Amerika gewesen, sie hatte gesehen, wie manche Leute in den Wohnhäusern der Reichen hausten.
… im Keller.
Der Schwager der Kusine kannte viele Leute, die für den Anfang einen Job gefunden hatten und wussten, wie man sich von da zu einer guten Stellung hocharbeiten konnte, vorausgesetzt, man brachte eine Ausbildung mit und eignete sich die Sprache, die nötigen Fähigkeiten an. Abendkurse, technische Fachhochschulen, Computerkurse, Informatik – das ist es! Dieser Mann hatte alle Informationen, Adressen von Bildungseinrichtungen und Stiftungen, Aussichten, Möglichkeiten. Chancen.
Amerika. Für ihn, neben ihr, war das eine fest umrissene Vorstellung: aber Amerika, seine unermessliche Weite, hat so viele Amerikas zu bieten, von den Kasinos in Kalifornien bis Idaho (wo sie Ski gelaufen war), New York (wo sie Museen und Theater besucht hatte), Charlottesville (wo einer ihrer Liebhaber herkam, erinnerte sie sich), bis Seattle, bis Florida …
Wo lebt er in Amerika? In welche Stadt würden wir gehen?
Chicago. Er lebt in Chicago. Und sein Bruder und ein Freund, der wie ein Bruder ist, die leben in Detroit, da gibt es Jobs. Für den Anfang reicht das. Sie sagen, sie können mir einen besorgen. Wir können auch nach Detroit gehen. Bist du schon da gewesen, kennst du es?
Sie kneift stumm die Lippen zusammen; ihr Kopf bewegt sich, als suche sie etwas.
Sie war noch nie in Detroit, aber sie kennt auch die andere Art von Entfernungen in den Weiten Amerikas. Von den Häusern am Sutton-Place mit ihren wie Hofschranzen livrierten Portiers (Daddy Summers hatte sie einmal dort bei Freunden untergebracht) bis zu den Slums, ob nun in New York oder Chicago, wo ein verbrauchter alter Mann oder eine schlampige Frau auf den

krumm getretenen Stufen zu einem verfallenden Gebäude sitzt, in dem ›farbige‹ Immigranten Unterkunft finden, eine Schlafstatt, zusammen mit den schwarz-amerikanischen Armen, die in ihr Unglück hineingeboren wurden.
Ismail sagt, wir können die ersten paar Wochen bei ihnen bleiben, sie machen bei sich in Chicago für uns Platz. Sie haben die Hausmeisterwohnung – hab ich dir ja erzählt. Sie müssen sehr nette, wunderbare Leute sein – sie kennen uns nicht, aber wir gehören eben zur Familie.
Und dann?
Er stand auf, von ihr fort, und ging im Zimmer auf und ab, in dessen Enge wenige Schritte vom einen Ende zum anderen führten. Ihr Blick folgte ihm, um zu verstehen, was die Bewegung bedeuten könnte. Seine ungewohnte Gesprächigkeit war versiegt; sie war wieder darauf angewiesen, ihn auf andere Weise zu verstehen, wie sie es gelernt hatte. Tigerte er zum letzten Mal, in einem Ritual, durch den Käfig der Ablehnungen, kurz bevor die Tür sich weit auftat, nach Amerika? Es war nie leicht, ihn zu verstehen.
Hängt ganz davon ab. Ich werde nach Detroit gehen. Genau. Ich glaub, das ist es.
Haben sie was für uns gefunden? Wo wir in Detroit wohnen können.
Na ja, ich werde irgendwo schlafen, in ihrer Unterkunft. Sie sind ohne ihre Frauen da, sie haben sie noch nicht nachholen können. Sie sind erst seit einem Jahr da … ein bisschen länger …
Sie saß immer noch auf dem Bett, er kam zu ihr zurück, stand vor ihr, seine Beine berührten ihre Knie. Ich werde sofort was für uns suchen. Ein Zimmer. Oder sogar eine Wohnung.
Du. Du. Verstand sie ihn richtig? Was meinst du damit?
Es ist besser, wenn du erst mal nach Kalifornien gehst. Zu deiner Mutter, nur für ein paar Tage.
Sie beugte sich vor, die Augen schmerzlich fragend zusammengekniffen, den Kopf zurückgeneigt, und versuchte zu ergründen,

was auf seiner glatten, mattgoldenen Stirn unter dem Schopf seidiger schwarzer Haare für sie geschrieben stand.
Wie hast du dir das gedacht?
Er hatte inzwischen erkannt, welche Macht sein besonderes Lächeln besaß, sie hatte es ihm bewusst gemacht, so dass etwas Unbewusstes, das den Impuls des Lächelns begleitete, inzwischen zu einer Taktik geworden war, die er einsetzte; eine der Möglichkeiten der Macht, die sich zusammen mit dem einstellen, was er meint, sich nicht leisten zu können; was die Privilegierten Liebe nennen. Mit dem Lächeln bot er sich ihr dar.
Julie. Du hast nicht immer Recht über deine Eltern. Natürlich sind sie nicht wie du. In vieler Hinsicht nicht. Aber in mancher Hinsicht sind sie da ... Er legte die flache Hand auf ihr Brustbein, direkt über den Brüsten. Es war eine Berührung, eine Geste, ganz anders als die, mit denen er sonst ihre Brüste liebkoste; viel intimer als jede sexuelle Annäherung.
Es ist wie mit meinen Eltern.
Es ist überhaupt nicht wie mit deinen Eltern. Deiner Mutter. Was soll ich sagen. Dann kam ihr wie ein Schlag ins Gesicht zu Bewusstsein, dass der als nette Überraschung geplante Besuch auch ganz anders aufgefasst werden konnte: Woher weißt du, dass meine Mutter mich überhaupt da haben will? Eine rund dreißigjährige Tochter, um allen zu beweisen, dass meine Mutter wesentlich älter ist als ihr derzeitiger Ehemann.
Und dann entzifferte sie, was auf seinem Gesicht zu lesen stand, und fragte: Hast du dich etwa mit ihr in Verbindung gesetzt?
Telefonisch, ja. Wegen der Empfehlungsbriefe, die sie geschickt hat. Sie waren eine große Hilfe für mein Visum. Wir werden nie wissen, wie groß. Erst als ich die Briefe eingereicht habe, ist was passiert, vorher nicht. Das weißt du.
Kalifornien. In diesem Kasinostil leben, wie meine Mutter und ihr Mann. Ihre Stimme wich zurück, weiter und weiter. Kalifornien.
Das Lächeln hatte die Schleusen in ihm wieder geöffnet. Das ist

nur vernünftig. Du weißt nicht, wie das ist. In ein Land kommen, wie ich es tue. Viele Male getan habe. Sogar legal. Es ist schwer, am Anfang, Julie, gar nicht schön. Ohne genug Geld zum Leben. Du bist ein streunender Hund, eine Ratte, die sich ein Loch sucht, um reinzukommen. Ich weiß, dir macht das nichts aus, du scheinst sogar gern so zu leben ... primitiv ... es ist für dich wie ein Campingurlaub. Aber das ist anders, es kann schlimm sein, sehr schlimm. Ich kann dich da nicht mitnehmen. Ich will nicht, dass du so was erlebst ... für mich ist das nicht so schlimm – weil ich diesmal die Chance habe, aus alldem rauszukommen, Schluss damit, für immer, für immer tun, was ich tun will, leben, wie ich leben will. Das ist das richtige Land dafür. Jetzt gibt es da wieder viele Chancen; du liest keine Zeitungen, aber es gibt so gut wie keine Arbeitslosigkeit. Die niedrigste seit vielen Jahren. Alle finden Arbeit.
Und in der Zwischenzeit – sie scheint sich zum Sprechen zwingen zu müssen.
Was?
Bevor du die Chance bekommst, so zu leben, wie du willst. Was für Arbeit willst du machen?
Dasselbe wie alle Einwanderer, schon immer. Eben alles. Wenn du Köpfchen und eine Ausbildung hast, macht das nichts. Ich sage dir, du weißt nicht, wie es da läuft. Nicht wie in deinem Land, wo ich nie aus der Werkstatt rausgekommen wär! Du weißt nicht – einer der größten, der wichtigsten Banker heute überhaupt war Einwanderer aus Ungarn, er hat in New York als Kellner in einem Club angefangen. Ja, gut, er ist Weißer, Jude. Aber Leute von da, wo ich herkomme, bringen es drüben auch zu was, wenn sie auch nicht bis ganz nach oben kommen, sie haben mit Computern zu tun, mit Kommunikation, da liegt die Zukunft!

Frauen hier – in seinem Zuhause – tun, was ihre Männer ihnen sagen. Geschieht das gerade in den dürftigen vier Wänden des

Anbaus, gibt es Lauscher an der Brettertür, die hören, was gesagt wird, behält er, der ›von zu Hause wegläuft‹ (Onkel Jaqub), von all dem, was er verlassen will, diese Anmaßung bei? Beide wollen nicht weiter darüber reden: Kalifornien. Das kann alles bedeuten. Dass er sich mit ihrer Ablehnung abgefunden hat; dass sie sich mit ihrer Zustimmung abgefunden hat.

Du brauchst nur ja zu sagen.

Es gab keine Spannungen zwischen ihnen, und das lässt sich nicht erklären. Besser, keiner von beiden versucht es. Nicht alles zwischen zwei Menschen kann der Tafelrunde zur Beurteilung vorgelegt werden. *So ist das eben.* Er räumte den Inhalt der Reisetasche auf, es gab darin Dinge, abgegriffene Dokumente, deren er sich jetzt für immer entledigen konnte; Legalität ist leicht zu tragen. Er sah auf und schenkte ihr das Lächeln, als sie die Tür aufmachte … auf dem Weg zu seiner Schwester oder einer Beschäftigung im Haus.

Sie ging wie eine Schlafwandlerin langsam die Straße hinunter bis an deren Ende, die Wüste. Der Mann, der Bohnenrissoles verkaufte, musste sie gesehen haben, der Mann, der auf einem Eselskarren Melonen feilhielt, musste an ihr vorbeigekommen sein, die näselnden Melodien aus Radios und der Lautsprecherruf der Moschee mussten ihre vertraute fremde Gestalt umweht haben. Der Hund wartete. Wenn auch die Tafelrunde nicht da ist, irgendwer ist immer da. Sie setzte sich auf den Mauerstumpf, der mal ein Haus gewesen war, und der Hund stand auf gespreizten dünnen Beinen ein wenig abseits. Die Wüste. *Immer.* Die wahre Bedeutung dieses alltäglichen Wortes, das von allen so beliebig benutzt wird, kommt von der Wüste her. Sie ist vor ihr und dem Hund da. Die Wüste ist immer da; sie stirbt nicht, sie verändert sich nicht, sie existiert.

Aber ein Mensch, sie, sie kann nicht einfach existieren; sie ist ein Wirbelsturm, jeder Gedanke krümmt sich, überschneidet sich mit anderen, nichts lässt ihr Ruhe, keinen Augenblick. Jeder Gedanke, jedes Gefühl wird von einem anderen durchdrungen. Scham, Schuld, Angst, Abscheu, Wut, Schuldzuweisungen, Zorn auf die ganze Welt und wie sie ist – und Namen steigen in ihr auf, Namen für das, was er sein wird. Wieder einmal. Untergebracht in einem schmutzigen Loch, ob es nun ein Wolkenkratzer ist oder ein Verschlag hinter einer Werkstatt, was macht das für einen Unterschied, zusammen mit Gott weiß was für anderen mit den falschen Hautfarben, arme Teufel wie er selbst (wie er immer sagt), die Amerikas Dreck wegräumen – sie hatte die Slums in diesen Städten gesehen, die Trümmergrundstücke dieser verwüsteten neuen Welt, den Schutt des Elends –, die Arbeiten verrichten, die *richtige Menschen*, weiße Amerikaner, nicht tun wollen. In ihrer Heimat, in der Stadt auf dem rückständigen Kontinent unter einem Auto zu liegen war im Vergleich dazu eine höhere menschliche Klasse, und dann überfällt es sie: in *deiner* Stadt? *Deinem* Land? Wo jetzt alle per Gesetz *richtige Menschen* sind, aber immer noch die Drecksarbeit tun, nicht Nigel Ackroyd Summers und auch nicht seine Tochter Julie? Und selbst die ›höhere menschliche Klasse‹ wurde dem Mechaniker dort verweigert, er wurde aus dieser höheren Klasse rausgeworfen; aus deinem Land.

Und wieder: Amerika, Amerika. Die großen und schrecklichen USA. Australien, Neuseeland – wäre das besser gewesen? Alles wäre besser gewesen. Amerika. Das raueste Land auf der Welt. Die höchsten Gebäude, in denen man höchste Positionen in einem Konzern erklimmen kann (sie sieht ihn vor sich, den Geliebten, einer der armen Teufel, er klettert auf einer selbstgebastelten Strickleiter vierzig Stockwerke hoch); und von denen man Kopf voran hinunterspringen kann. *Da liegt die Zukunft.* Er meint, *ich* habe keine Ahnung; *er* hat keine Ahnung. Er steht vor ihr, heraufbeschworen von ihrer Wut auf alles, was ihm droht, ihn erwartet; so jung, die schlanken Hände bereit zu allem, seine trotzige Eleganz – das Seidentuch um seinen Hals mit den kräftigen Sehnen, die schwarzen Haare auf der Brust und um seine Hoden und den stolzen Penis, den sie jedes Mal, wenn sie ihn anschaut, unter seiner Kleidung sieht, die schwarzen Augen, die nie enthüllen, was hinter diesem Gesicht vorgeht, das von

seiner Mutter kommt, wie sich die Züge eines antiken griechischen, ägyptischen oder nubischen Bildnisses bei weit entfernt lebenden Nachfahren wiederfinden.
Aber da ist niemand. Nichts hatte einen Abdruck auf der Wüste hinterlassen. Sie ist *immer*; und was in Julie dumpf hämmert wie die Ramme eines Straßenbauarbeiters ist *jetzt*.
Sie war eines Sinnes mit der Frau, seiner Mutter, deren Beistand sie gebraucht hätte, mit der sie sich nicht austauschen konnte, da ihr die Worte fehlten für das, was sie jetzt mit ihr teilte. Nur sie selbst, die ihn in der Verkleidung eines Mechanikers entdeckt hatte – nicht der Vater, nicht Maryam, niemand in der Familie, in der die Menschen sich so nahe standen –, nur sie und die Mutter konnten ermessen, was jede gescheiterte Auswanderung dem Sohn antat, was diese Auswanderung dem Sohn antun würde. Aber die Mutter war beim Gebet. Sie durfte nicht gestört werden. Selbst wenn einem die richtigen Worte in ihrer Sprache zur Verfügung stünden. Der Hund ging leise fort. Sie blieb sitzen, bis sich der Tumult in ihr langsam klärte, entwirrte. Der Sand der Wüste löst Konflikte; er gibt Raum, Raum für zumindest einen klaren Gedanken, der ihr schließlich kommt.
Als sie ins Haus zurückkehrte, war der Gebetsteppich weggelegt worden. Mutter und Sohn saßen auf dem Sofa beieinander. Er sah hoch und winkte ihr – komm. Er legte den Arm um ihre Taille: Wo bist du gewesen? Spazieren. Frische Luft ist gut, wenn sie nicht zu heiß ist, sagte die Mutter zu ihr, sprach langsam, damit sie verstand. Sie sahen sich für einen Augenblick an; Julie hatte den Eindruck, dass seine Mutter wusste – wenn nicht, wo sie gewesen war, so doch, wohin ihre Erlebnisse sie führten.
Sie zogen sich in den Anbau zurück – vor den Augen der Mutter hatte es etwas Förmliches. Er hatte sie bei der Hand genommen, eine Geste mehr für seine Mutter als für sie: als wollte er sagen, meine ausländische Frau ist bei mir, ich bin nicht allein.
Sie ließ sich auf das Bett fallen, das sich so oft unter ihrer Liebe beklagt hatte. Ich werde an Archie schreiben. Meinen Onkel.

Lieber Archie,
Du bist hoffentlich nicht allzu überrascht, von mir zu hören, und Du ahnst wahrscheinlich, es bedeutet, dass ich mich mit einer Bitte an Dich wende. Denn Du warst immer der Einzige, den ich um etwas bitten konnte. Diesmal ist es Geld. Ibrahim hat ein Visum für Amerika erhalten. Mein Visum war kein Problem, aber für ihn eine Einreisegenehmigung zu bekommen hat Monate gedauert und war unendlich mühsam. Von jedem anderen Land, bei dem er es probiert hat, ist er zurückgewiesen worden. Ich weiß immer noch nicht, wie er es geschafft hat – besser, ich frage nicht nach! Du wirst das verstehen, nach seinen Erfahrungen in Südafrika.
Wir haben also grünes Licht für die USA. Aber meine Dollars sind zu Ende gegangen. Wir konnten und wollten von seiner Familie nicht erwarten, uns zu ernähren. Sein bisschen Verdienst hier (für Arbeit, die ihm ein Verwandter aus Gefälligkeit gegeben hat) und die geringen Summen, die ich beitragen konnte, weil ich den Nerv hatte, Englischstunden zu geben, reichen nicht für die Flugkosten und eine kleine Verschnaufpause nach der Ankunft. Darf ich Dich bitten, nein, ich bitte Dich, wäre es wohl möglich, dass Du mir den Gegenwert von etwa 5000 Dollar zukommen lässt? Ich weiß, durch die Devisenbewirtschaftung kann das schwierig werden, aber jede Währung, in der Du das mit Hilfe Deiner beruflichen Beziehungen arrangieren kannst, ist willkommen. Ibrahim hat einen Freund bei einer Bank in der Hauptstadt, der sich hier darum kümmern und für einen günstigen Wechselkurs sorgen wird. Ich füge ein Blatt bei mit allen Angaben, die Du über die hiesige Bank brauchst.
Lieber Archie, ich hoffe sehr, ich kann es Dir irgendwann zurückzahlen. Ich wollte Dir sowieso vor gar nicht langer Zeit

schreiben, wegen der Möglichkeit eines vorgezogenen Erbes aus dem Treuhandvermögen, das für mich eingerichtet worden ist – aber das ist zweifellos etwas Kompliziertes, was eine Zeit lang dauert, und wir brauchen das Geld wirklich jetzt. Und um ehrlich zu sein, ich werde meine Schulden nicht so bald begleichen können, da wir nicht wissen, wie unsere Situation in den USA sein wird. Aber ich werde Dir irgendwann wieder schreiben und Deinen Rat einholen, wie ich an das Treuhandvermögen herankommen kann. Vermutlich werde ich in Amerika am ehesten in der Branche einen Job finden, in der ich schon gearbeitet habe. Ich könnte mich an die Zentrale des Unternehmens dort wenden, für das ich schon in Johannesburg tätig war, das ist eine internationale Spinne mit Beinen überall auf der Welt. Wenn sie mich sozusagen firmenintern anfordern, dürfte eine Arbeitserlaubnis kein Problem sein. Ibrahim hat jedenfalls eine, und ich bin nur die Ehefrau, die er versorgen soll, während sie vor dem Fernseher sitzt.
Archie, ich kann Dir gar nicht sagen, wie dankbar wir beide Dir sein werden.
Du weißt, dass ich meinen Vater nicht fragen kann.
In Liebe, wie immer
Deine Julie

Erst jetzt fiel ihr schuldbewusst ein: sie war, in ihrer Empörung über die aberwitzige Anzeige gegen Archie, davon ausgegangen, dass gar nicht erst Anklage erhoben worden war, dass in Anbetracht seines lebenslangen beruflichen Ansehens das Verfahren eingestellt worden war. Erst jetzt. Sie hatte ihm also, nachdem sich damals die Ereignisse so überstürzt hatten – die Anzeige gegen Archie und sie mit den beiden Flugtickets in der Hand, um zusammen mit ihrem Liebhaber das Land zu verlassen –, nicht geschrieben, wie es ihre Absicht gewesen war! Hatte sich nicht gemeldet, obwohl sie wie immer auf ihren Abenteuern rund um die Welt in ihrem Adressbuch – auf Archies Drängen hin, für alle Fälle – die Telefon- und Faxnummern mit sich führte, unter denen sie ihn zu Hause und in der Praxis erreichen konnte.

Ibrahim hatte mit ihr darüber geredet, ihn anzurufen, aber sie schien Hemmungen zu haben, und er mochte sie nicht bedrängen, zumal sie meinte, einen Ausweg gefunden zu haben; er spürte, es war besser, sie auf ihre Art vorgehen zu lassen; sie schien vor irgendeiner emotionalen Komplikation zurückzuscheuen, wenn sie mit diesem Onkel am Telefon sprach. Sie fuhren zusammen in die Hauptstadt zu dem Freund eines Freundes, der Importeur war, und schickten den Brief per Fax.

Die Überweisung erfolgte unglaublich schnell – jedenfalls nach ihren Erfahrungen hier, die sie Geduld gelehrt hatten, das Abwarten draußen in dem Dorf in der Wüste, die keine Zeit kennt, während die Bürokratie sie von Woche zu Woche vertröstete.

Archie hatte sechstausend Dollar geschickt, nicht fünftausend. Einen Tag später folgte ein Brief, gefaxt an den Freund von Ibrahims Freund.

Meine liebe Julie,
welche Freude, von Dir zu hören und zu wissen, dass Du gut zurechtkommst. Wir haben erfahren, dass Du zu uns nach Hause gekommen bist, ob nun, um Dich zu verabschieden, oder weil Du von dieser unangenehmen Geschichte mit einer Patientin gehört hattest – schade, dass wir Dich verpasst haben. Es ließ sich gar nicht so einfach beweisen, dass die Frau an einem so genannten Borderline-Syndrom leidet (Diagnose der Psychiater), aber meine Verteidiger bekamen Wind davon, dass es in ihrer Vergangenheit bereits eine ganze Reihe solcher Vorfälle gegeben hatte, und sie konnten das vor Gericht erhärten. Ich selber denke, dass die arme Frau in ihrem Zorn und Hass auf einen bestimmten Mann, dem sie nichts anhaben konnte, sich etwas aus den Fingern gesogen hat, um sich an *irgendeinem* Mann zu rächen – zufällig hat es mich getroffen. Du glaubst gar nicht, wie sehr mich meine Patientinnen unterstützt haben, es wollten mehr von ihnen mein Berufsethos und mein einwandfreies Verhalten bezeugen, als die Anwälte brauchen konnten. Da hab ich Dir nun geraten, Dir für Dein Problem gute Anwälte zu nehmen, dabei sollte ich bald selber welche brauchen! Ich hätte nie gedacht, das männliche Opfer sexueller Belästigung zu werden – aber *irgendein* Mann muss ja den Anfang machen. Den Spieß umdrehen. Sie hat von ihrem Arzt gegen seinen Willen sexuelle Handlungen verlangt, nicht umgekehrt. Testfall. Sie hat verloren, und ich hätte Schadenersatz fordern können, kam aber, nachdem meine Kollegen und auch meine Patientinnen sich empört um mich geschart hatten und öffentlich für mich eingetreten waren, nicht nur vor Gericht, sondern vor allem auch in der Presse, zu dem Schluss, dass ich keinen Schaden erlitten hatte … Sharon ist anderer Meinung, sie sagt, die Vergebung und die Versöhnung, an der wir in unserem Land arbeiten, erstreckt sich nicht bis zu der Ebene von jemandem, der mich hätte vernichten können. Du kennst ja Sharon, ganz aufbrausender Rotschopf wollte sie vor Gericht auf die Frau losgehen und ihr

links und rechts eine runterhauen, und das – ihre Vorstellung von Schadenersatz – war erst der Anfang. Herausgekommen ist dabei, dass viele meiner Kollegen Angst vor ihren Patientinnen bekommen haben ... Ich traue meinen weiterhin, wie soll ich sonst ihr Arzt sein?
Es ist vorbei, wir haben es heil überstanden, es geht uns gut. Bitte halte mich auf dem Laufenden, wohin Du auch gehst. Schick mir Deine Adresse. Als ich hörte, dass Du bei mir zu Hause warst, bat ich Nigel um Deine Adresse, aber er sagte, er wüsste sie nicht, hätte keine Verbindung zu Dir. Ich bedaure, dass es so ist. Die Zeit wird es heilen. Ich wünsche euch beiden viel Glück in den Staaten. Du bist ein tapferes Mädchen. Alles Liebe, Archie.

Zu seiner Großzügigkeit kam auch noch dies hinzu, eine Menschlichkeit, an die sie glauben konnte; Archie war wie immer, unversehrt, nicht verbittert, zuversichtlich; verlässlich wie niemand sonst, nirgendwo.

Solch einen Onkel hatte sie also, das war die Reaktion der Familie, von der sie sich losgesagt hatte! In das dunkle Gold seiner Haut mischte sich freudiges Rot, das den Glanz seiner Augen erhöhte.
Jetzt bleibt eine Menge übrig von den Flugtickets, ich werde das Geld haben, das man zur Sicherheit hinterlegen muss, wenn ich eine Wohnung für uns finde, ich kann Sachen kaufen, damit sie fertig ist – wenn du dann kommst.
Aber mit so viel Geld können wir es uns leisten, gleich irgendwo zu wohnen. Sogar in einem billigen Hotel, in Chicago, in Detroit, wo auch immer.
Sie wurden auf das zurückgeworfen, worüber sie nicht mehr geredet hatten, seit er das erste Mal davon gesprochen hatte.
Hotel? Was für ein Hotel? Wie lange soll das Geld reichen, wenn wir so anfangen? Ich kann sehr billig bei den anderen Männern in Detroit wohnen und mich umsehen, und wenn ich erst weiß,

welche Stadt es ist, Detroit, Chicago – wie soll ich sagen –, dann werde ich das Geld haben, um uns was Richtiges zu suchen, und du bist so lange in Kalifornien gut aufgehoben.
Aber das musst du doch verstanden haben, Abdu! Ich habe nie gesagt, dass ich das könnte.
Was sagst du da? Julie – ich hab dir gesagt, ich kann dich nicht mitnehmen, um so zu leben, wie Einwanderer am Anfang leben müssen, wenn nicht Geld vom Himmel fällt. Jetzt haben wir ein bisschen Geld, und ich weiß, wie wir damit umgehen müssen … ein Glücksfall … das Geld von deinem Onkel … wie vom Himmel gefallen, aber es sind keine Millionen, oder! Oder? Es ist vom Himmel gefallen, ja, aber wir können es nicht ausgeben wie im Urlaub, ich muss Arbeit finden, ich muss was finden, wo du wohnen kannst … verstehst du das denn nicht? Wir müssen uns bei deiner Mutter bedanken, bei ihrem Mann, für die Briefe, durch die wir da reingekommen sind, wir müssen uns bei deinem Onkel für das Geld bedanken, für die Flugtickets, die uns hier rausbringen. Deine Familie ist gut zu uns. Was hast du für ein Problem damit, deine eigene Mutter zu besuchen, sie freut sich, wenn du eine Weile bei ihr bist, bestimmt, und woher wissen wir …
Was wissen wir nicht?
Er stieß geräuschvoll die Luft aus angesichts ihrer Begriffsstutzigkeit, ihres mangelnden Realitätssinnes.
Dann lächelte er; holte tief Luft. Sie, er – ihr Mann hat ganz leicht diese Briefe von wichtigen Leuten besorgt. Ja? Er kennt Leute. So viel ist klar. Kann doch sein, dass er etwas Gutes für mich findet, mich mit den richtigen Leuten zusammenbringt, die Beziehungen haben. Gute Beziehungen sind alles, glaub mir, ich weiß es. Vielleicht können wir sogar ganz dahin ziehen, da gibt es große Zentren für Computertechnologie, das Klima ist angenehm, warm wie bei dir zu Hause, nicht höllenheiß wie hier – nie kalt – Chicago ist kalt. Kalifornien – wundervoll. Alle wollen da leben.

Seine Arme öffnen sich weit, ihm fehlen die Worte, er umarmt Kalifornien; oder sie. Sein Blick hält sie fest, obwohl sie sich nicht berühren.
Ein Geschöpf, im Dunkel seines geheimen Seins von einem Lichtstrahl erfasst.
Du brauchst nur ja zu sagen.
Er erkannte den Augenblick, ging zu ihr und legte den Arm um sie, die Hand auf ihre Wange, und murmelte ihr durch den Vorhang ihrer Haare weiche Laute ins Ohr.
Unterwerfung hat etwas Verlockendes an sich, für eine, die glaubt, sich noch nie unterworfen zu haben. Auch etwas verlockend Gefährliches: die Villenvororte; die Tafelrunde; die beiden Flugtickets; eine dritte Alternative.

Maryam plante ein großes Abschiedsfest für das Paar.
Es sollte eigentlich eine Überraschung sein, aber Chadija spielte in ihrer üblichen spitzen Art darauf an. »Ihr habt nie richtig Hochzeit gefeiert. Sie brauchen einen Anlass, um euch Glück zu wünschen – sagen sie.« Ibrahim fragte seine Schwester spöttisch, was sie im Schilde führte, und sie brach in Tränen aus. »Du wirst meine Hochzeit auch versäumen.« Sie konnte diesem Bruder, den sie so wenig kannte, der so lange fort gewesen war, nicht sagen, dass sie weinte, weil er ihr seine Frau wegnahm. Er verstand das in der Tat ganz anders: diese Feier sollte also ein Ersatz für all das sein, was der Familie entgangen war – seine Hochzeit mit einem Mädchen ihrer Wahl, die Enkelkinder, Nichten und Neffen, Kusinen und Vettern, die Gemeinschaft mit den Brüdern im Ritual des Heiligen Gesetzes, das es ihnen leicht machte, die richtigen und gerechten Entscheidungen zu treffen, und sie wappnete gegen die andere Welt, in die er sich verzweifelt stürzte, unerwünscht und schutzlos. Aber gute Gaben schlägt man nie aus, man sehnt sich sogar insgeheim danach, im Kern des Ichs, dem Samenkorn aus der genetischen Kornkammer, das eingepflanzt bleibt unter alldem, was anders-

wo, unter anderen Menschen, angenommen wird. Es gab für seine Frau Geschenke von den Konversationstee-Damen und den Eltern der Schulkinder, die sie unterrichtet hatte, Messingtabletts und Parfümfläschchen, ein Stück paillettenbesetzten Stoff; für ihn ein Souvenir, das jemand aus Mekka mitgebracht hatte (eine freundliche Aufforderung, selbst eines Tages die Wallfahrt anzutreten, von welchem Ende der Welt auch immer). Der Vater schenkte dem Paar, dem Sohn und seiner Frau, einen schönen alten Koran. Die Mutter brauchte nichts zu sagen, die Worte, die der Vater aussprach, kamen von ihr. Er redete lange und mit feierlichem Ernst in ihrer schönen Sprache, deren kunstvolle Wendungen ihr übersetzt wurden, um zu ergänzen, was sie verstand: Aus diesem Buch sollen deine Kinder und deine Kindeskinder lernen. Es gab sogar ein Geschenk von Onkel Jaqubs Frau, um dessen Schwester, der Mutter des nichtsnutzigen Neffen, zu beweisen, dass der Onkel nicht kleinlich war, auch wenn er sich weigerte, Geld dafür zu geben, dass Ibrahim seine Familie, die Glaubensgemeinschaft und die Traditionen seines Volkes verlassen konnte. Es war eine Tischlampe ganz wie die im Haus des Onkels, in Gestalt einer goldglänzenden übertriebenen Blüte, wohl keine Tulpe, eher eine Seerose, zwischen deren Blütenblättern vergoldete Staubgefäße kleine Glühbirnen trugen. Leila war auf Julies Schoß geklettert, um ihr das Geschenk zu zeigen, das sie angefertigt hatte: zusammen betrachteten sie Leilas Zeichnung, wobei das Kind das Gesicht der Frau beobachtete, um zu sehen, wie sie darauf reagierte. Das Bild zeigte ein Schiff, was etwas war, was das Kind außer im Fernsehen nie gesehen haben konnte, und einen Turm oder ein Gebäude, eine Mischung zwischen dem höchsten Bauwerk im Dorf, dem Minarett der Moschee, und einem Hochhaus, das es auch im Fernsehen gesehen haben musste, weiter eine eingebrochene Mauer, auf der zwei Strichfiguren saßen, von hinten gesehen, eine große und eine kleine, aber beide mit riesigen Köpfen. Sie schlangen die Arme umeinander, die auch nur aus Strichen bestanden, aber aus kräftig verstärkten. Zwei körperlose Köpfe, breit lächelnde Gesichter, schwebten wie Sonnen in dem Raum darüber, der weder Land noch Himmel war. Eine sorgfältig gestreifte Wassermelone (beide liebten die triefende Orgie, gemeinsam diese Frucht vom Markt zu essen) lag in einer Ecke. Ein Streichholz-Hund mit herunterhängendem Schwanz stand in der anderen. Das Kind blieb stolz auf Julies Schoß sitzen, während Julie immer wieder durch die Unterhaltung mit anderen abgelenkt wurde, die Glückwünsche aussprechen wollten. Manche sagten sie in dem Englisch, das sie von ihr gelernt hatten. Sie unterbrachen einander, lachten über Fehler.

Maryam war traurig über all diese Symbole des Abschieds, aber sie freute sich mit dem Paar: Hochzeitsgeschenke, sagte sie. Alles im Leben dieses Bruders und der Frau, die er auf rätselhafte Weise und zu seinem Glück gefunden hatte, verlief nach einem anderen Zeitplan als der, den sie kannte.

Die ganze Straße, die Julie im Wachen und im Schlafen vor Augen stand, da ihr Weg zur Wüste sie so oft hindurchgeführt hatte, vorbei am selben Motorrad, abgestellt am selben Zaun, an derselben Musik, die aus denselben Fenstern kam, an derselben verschleierten Großmutter, die im selben abgewetzten Ledersessel Selbstgespräche führte, musste vom lautstarken Geplauder aus der betriebsamen Küche aufgestört worden sein, als die Frauen des Hauses, von denen sie eine war, und Frauen, die zu Gast waren, sich beladen mit vollen Schüsseln aneinander vorbeischlängelten, alle Stimmen erregt vom festlichen Anlass. Die Schreie der Menschen zum Ausdruck ihrer Gefühle mussten weit über die Reste der dem Sand überlassenen Behausung hinaus gehallt haben, bis sie sich in der Wüste verloren wie die Rufe des Muezzins und die Schreie der Schakale zum Ausdruck ihrer Gefühle, wenn sie nachts weit draußen umherstreiften. Dann standen die Schüsseln und Teller leer umher, bis auf Soßenreste hier und da oder Überbleibsel einer Zutat, die nicht nach jemandes Geschmack gewesen war; und Maryam, die sich von ihrer

Arbeitgeberin einige CDs geliehen hatte, spielte Tanzmusik auf Chadijas CD-Player, der zu dem Lärm seine Dezibel beitrug. Gelächter erhob sich: was war denn das? Es war Musik aus dem Land, in das Ibrahim und seine Frau gingen, die mit ihrem zwingenden Rhythmus und ihren selbstsicheren Rapperstimmen alle anderen niederschrie. Die alten Leute ließen sich davon nicht aus der Ruhe bringen; die Schultern der jungen zuckten mitgerissen im Rhythmus. Sie flüsterte etwas, was er nicht gleich verstand. Ich habe gesagt, es ist toll, dass Menschen so in Stimmung sein können, ohne Alkohol zu trinken oder etwas zu schnupfen oder zu spritzen. Komm – wir tanzen.
Nein – nicht hier, Männer und Frauen tanzen hier nicht zusammen – nicht vor den Eltern, nein.
Die lebhaften Schultern der Brüder verrieten eine Vertrautheit des Körpers mit Vergnügungen, die sie an verbotenen Orten kennen gelernt haben mussten. Es war ein schöner Abend. Später saßen sie unter der Plane hinter dem Haus zusammen und unterhielten sich, während die Frauen abwuschen und das Fest mit Klatsch und Anekdoten über die Gäste ergänzten. Bei einem letzten Rundgang auf der Suche nach schmutzigem Geschirr war sie im Familienzimmer allein: das leere Sofa, auf dem die Mutter ihren Platz hatte. Sie sah zufällig aus dem Fenster; draußen am Tor, eine Aufforderung, saß der Hund. Sie ging in die Küche und holte unbemerkt eine Hand voll Abfälle. Es war spät; die Straße war menschenleer. Sie streckte die Hand aus, aber der Hund kam nicht näher, er würde nie zu ihr kommen, das hätte sie inzwischen wissen müssen. Das war alles, was ihm in seinem Hunger blieb: seine Würde, die sich menschlichem Verständnis entzog. Sie ging durchs Tor und legte das Futter in den Straßenschmutz; der Hund beobachtete sie mit vertrauenden Augen, ohne sich zu regen. Sie kehrte um und ging ins Haus. Durchs Fenster sah sie dann, wie der Hund kam und fraß.
Letzte Geräusche und Stimmen waren zu hören, als sich alle zurückzogen und zu Bett gingen in diesem Haus, das nicht groß

genug war und dennoch jedem und jeder einen Platz bot, ein Heim. Sogar einen Anbau.
Die Hochzeitsgeschenke lagen auf dem Bett und dem Fußboden oder standen irgendwo angelehnt. Beide mussten lachen.
Sieht aus wie beim Pfandleiher, weißt du noch, der neben dem Café.
Ein netter alter Jude. Einmal musste ich meine Uhr hinbringen, bis zum Wochenende, wenn die Werkstatt zahlte.
Was sollen wir um Himmels willen damit anfangen! Sie hob die Lampe mit übertriebener Anstrengung an ihren glänzenden metallenen Blütenblättern hoch.
Chadija. Schenk sie ihr. Sie sammelt solche Sachen für das schöne Haus, das mein Bruder ihr kaufen soll. Aber einiges werden wir natürlich mitnehmen.
Natürlich; er dachte wohl an den Koran, die schöne Ausgabe, eine Art Familienbibel; die Ausgabe, die sie sich hatte schicken lassen, die Übersetzung, die sie las, war ein bescheidenes Massenprodukt. Aber nicht die Messingtabletts. Die passen nicht in die Reisetasche. Und wo würden solche Dinge, die hierher gehörten, einen Platz finden?
In Amerika.
Das gut gemeinte Geschenk dieser starken Blumenparfüms; damit alles, was man mitnimmt, danach riecht. Ihre Aufmerksamkeit wanderte zum Koffer; der elegante Koffer, den Nigel Ackroyd Summers' Danielle ausgesucht hatte: da wartete er. Sie spürte ihre Müdigkeit, der Anbau speicherte die Hitze des Tages. Sie öffnete das Fenster, so weit es ging, und draußen wartete (wie der Hund) die prächtige Nacht. Sie gab einem Impuls nach, ihm etwas anzuvertrauen, was er bisher nicht von ihr wusste, die Art Impuls – Indiskretion?, aber er ist ihr Liebhaber, ihre Entdeckung –, der sie in ihrem alten Leben bei zu viel Alkohol oder zu vielen Joints nachgegeben hatte. Lass uns eine Weile in der Wüste spazieren gehen, es wird kühl sein. Die Sterne sind fantastisch.

Die Wüste. Als Antwort fing er an, sich auszuziehen.
Nur die Straße runter. Es ist nicht weit. Als wenn er es nicht wüsste, er ist hier geboren, das ist seine Heimat, nicht meine.
Lass uns schlafen gehen. Es ist spät, wer will jetzt da draußen rumlaufen. Lass uns schlafen gehen.
Er stand vor ihr, wie er es jeden Abend im Puppenhaus getan hatte, befreit von seinem Mechanikeroverall wie ein von seinem Fluch erlöster Prinz.

Ob sie nun geträumt hat oder den unablässigen Strom der Gedanken nachträglich für einen Traum hält, ist unerheblich. Wenn man im Begriff steht, einen vorläufigen Ankerplatz aufzugeben, ist beides die natürliche Rückkehr zum Vergleich, zum Versuch, alles irgendwie zusammenzufügen, die Bilder, Jahre, Tage, Augenblicke. Die relative Dauer kann sich der Bedeutung gemäß umkehren. Der Augenblick wird länger als das Jahr. Ob das der geplünderte Vorrat des Unterbewusstseins ist oder eine schlaflose Nacht – wenn man am Morgen die so genannten Träume sich selbst nacherzählt, wie viel wird dabei erfunden, aus dem Drang, einen Zusammenhang zwischen dem Bewusstsein und dem Unterbewusstsein zu finden; *das muss doch existieren*; ist es unerreichbar? Es muss gefunden werden. Und wenn man es fände – hätte man Gewissheit. Worüber? Was hat das zu bedeuten? Darüber, warum man so lebt, wie man lebt. Und wie man leben sollte. Keine Regeln, nicht die der Villenvororte, nicht mal (nicht mehr!) die Nicht-Regeln der Tafelrunde – man kann sich nur an den schwer fassbaren Zusammenhang halten – etwas, was man hochtrabend mit dem Begriff Wahrheit bezeichnet. Aber bitte keine großen Worte, um Himmels willen, um des Propheten willen. Nun gut, die individuelle Wahrheit. Niemandes sonst.

Der Strom der Bilder, Gedanken und Schöpfungen bildet eine eigene Erzählung; die Wüste ist ein guter Ort dafür. Auf der Terrasse in Kalifornien (die sie, wie das Schiff des Kindes, nie gesehen hat außer als Prototyp in den Medien) haben sich die Gäste von Nigel Ackroyd Summers' Sonntagen versammelt, Danielle und ihre Mutter; oder Danielle-und-ihre-Mutter als ein und dieselbe. Männer neben einer Sauna (Sauna! wo kommt dieses Detail her?) reden über Gewinne und Verluste beim Black Jack und darüber, sich an der Börse in die Zukunft einzukaufen. Der derzeitige Ehemann stellt Ibrahim den richtigen Leuten vor, da ist auch der Mann mit der internationalen Website, der nach Australien ausgewandert ist, und der schwarze Anwalt, der Geschäftsmann geworden ist. Ihre Mutter/Danielle stellt Ibrahim/Abdu den Frauen vor, führt ihn bei der Hand: mein Schwiegersohn, ein Prinz aus dem Morgenland (so hatte, wie sie wusste, die Tafelrunde ihn hinter ihrem Rücken verspottet), in Gucci-Schuhen, Armani-Hose und Ralph Lauren-Hemd, die Danielle ihm gekauft hat, seine Schönheit ist ein exotisches Gericht, das man wie den Lunch neben dem Swimmingpool genießen kann. Um den Hals trägt er immer noch sein altes elegantes Tuch. Alles, was von ihm übrig ist. Was immer er auch war, gewesen war, ist? Als er unter dem Auto hervorglitt, als er inmitten der Tafelrunde saß und uns stumm verurteilte, als er sich auf das Bett im Cottage warf, als er jetzt sorgfältig die Reisetasche im Anbau packt. Was war das, was sie gelesen hatte? Ein Roman von einem Dichter, sie erinnerte sich nicht mehr an den Titel oder den Autor, den der Hofpoet der Tafelrunde ihr gegeben hatte, weil sie ihn unbedingt lesen sollte – etwas daraus kam ihr jetzt in den Sinn, da die Zeit gekommen war, es zu verstehen: damit sie verstand, was sie getan hatte. ›Ich war beschäftigt, ihn mir vorzustellen, ich unternahm die Arbeit, ihn einzubilden.‹ Aber er ist er selbst. Niemandes Aufgabe. Erzähl das der Wüste; das ist sicherer. Jedes Mal, wenn sie der Wüste auf dem Mauerstumpf gegenübersaß und dann aufstand und ein Stück hinausging, nie zu weit, konnte es das letzte Mal sein; in der Zwischenzeit tat sie weiterhin das, was sie, wie sie entdeckt hatte, tun konnte, sie verbrachte ihre letzten Tage, wie sie es getan hatte, seit sie die beiden Flugtickets gekauft hatte und mit ihm hierher gekommen war. Sie würde so weitermachen bis zu dem Tag, an dem sie ins Flugzeug stiegen; das war ihr kleines Abschiedsgeschenk an die Schulkinder, ihnen noch ein paar Wörter der Sprache zu vermitteln, in der er sich vervollkommnen musste,

wenn er in dem Land, in das sie gingen, seine Ziele erreichen wollte. Das war ihr Dank an die Konversationstee-Damen und an die anderen, die zu ihr gekommen waren, wofür? Dafür, dass sie von ihnen gebraucht wurde.
Für die Wüste gibt es kein letztes Mal. Die Wüste ist immer. Es ist nicht wichtig, dass sie umgekehrt ist und von dem Straßenverkäufer drei warme Krapfen kauft, auf dem Rückweg zum Heim der Familie, zu dem Anbau für Durchreisende.

Fort, um Krapfen zu kaufen.
Sie entschieden zusammen, waren oft uneinig und gaben dann beide nach, was sie mitnahmen und was sie zurückließen. Einiges Aussortierte wurde doch noch eingepackt.
Eins der Messingtabletts? Nur das kleine. Wenn du es ganz zuunterst reinquetschen kannst.
Sie sahen sich für einen Augenblick skeptisch an und lachten. Mit Maryam hatte sie auf dem Markt einen zusätzlichen Koffer gekauft, ein Pappding mit Blechschlössern statt der Zahlenkombination am eleganten Koffer. Seine Mutter hatte sie, durch Maryam als Sendbotin, für den Anfang mit zwei Sätzen geblümter Bettwäsche ausgestattet, wo immer sie das nächste Bett finden würden, und es war unmöglich, die heimlich zu verteilen wie die anderen ›Hochzeitsgeschenke‹, die sie nicht mitnehmen konnten.
Na gut. Zwischen den Laken meiner Mutter, wenn du willst.
Sie wickelten den Familienkoran ein wie eine Mumie, damit er in seiner Reisetasche keinen Schaden nahm, und besprachen dann, ob es nicht sicherer wäre, ihn mit in die Kabine zu nehmen. Sie packte ihn noch in Plastikfolie, so dass Zahnpasta oder Deo, die durch den veränderten Luftdruck im Flugzeug vielleicht ausliefen, ihm in ihrer Tasche nichts anhaben konnten.
Was ist mit dem Parfüm, das dir die Frauen geschenkt haben? Du magst das doch.
Nein … nein, Maryam und Chadija sollen es haben, ich weiß

aus Erfahrung, was mit Parfüm passieren kann … und diese Fläschchen haben keinen richtigen Verschluss. Ich würde sie auf keinen Fall zum Koran stecken. Und die Bettwäsche – der Geruch geht nie mehr raus.
Ihre Bücher, ihre Koranübersetzung waren alles, was noch eingepackt werden musste; sie füllten den Pappkoffer; Ahmad, der Heimwerker der Familie, von der Fleischerei zurückgekehrt, besorgte ein Seil und verschnürte den Koffer, um die billigen Schlösser zu entlasten. Er sagte etwas zu seinem Bruder, und beide lachten.
Was hat er gesagt?
Ibrahim verzog ironisch das Gesicht. Emigrantenkoffer. Geht schnell kaputt … wenn er's überhaupt bis auf die andere Seite schafft. Plunder.
Und dann war nichts mehr von ihnen übrig im Anbau, von ihm und ihr, bis auf das Bett, in dem sie immer noch schliefen, sich liebten, nur noch für wenige Tage. Er hatte darauf bestanden, dass sie startbereit waren, alles eingepackt, nichts, was noch herumstand, damit sie nur noch den eleganten Koffer hinauszurollen brauchten (er hat natürlich Räder), die Reisetasche und den Pappkoffer nehmen und zum Taxi hinausgehen konnten, das schon für den betreffenden Tag und die betreffende Stunde vorbestellt war; so kam es, dass sie schon drei Tage vor der Abfahrt reisefertig waren.
In dieser Nacht, nachdem er aus ihrem Körper geglitten war und die Rinnsale ihrer Lust verebbt waren, sprach sie; aber dann spürte sie am Rhythmus seines Atems, er hörte nicht, was ihr vor Angst und Scham zu sagen so schwer fiel, dass sie sich kaum dazu überwinden konnte, es auszusprechen. Er schlief.
Du brauchst nur ja zu sagen.
Vielleicht war es auch besser, weniger feige zu sein und nicht die Dunkelheit zu wählen, wo man das Gesicht des anderen nicht sehen musste. Ehrlicher am Morgen. Sie waren dabei, sich anzuziehen, zwei Tage vor ihrer Abreise nach Amerika, als sie den

Augenblick wählte, im engen Anbau, der sie umschloss, sein Bruder hatte sich schon längst auf den Weg in die Fleischerei gemacht, sein anderer Bruder versah seine Arbeit in dem Café, die Frauen waren in der Küche, bis auf Chadija, die wahrscheinlich noch im Bett lag, die Kinder, die kleine Leila, waren in der Schule, und die Mutter erflehte vielleicht auf ihrem Gebetsteppich göttliche Hilfe zum Schutz ihres Sohnes auf seiner endlosen Reise – das war der Augenblick, um ihm zu sagen, nicht mit einem ›ich muss dir etwas sagen‹ als sinnloser Vorbereitung, sondern direkt, ohne Umschweife: Ich gehe nicht.

Wo müsstest du denn hin?

Für ihn haben sie diesen Ort schon verlassen; aber vielleicht erwartet eine der Frauen, mit denen sie sich hier angefreundet hat, sie noch zu sehen.

Ich gehe nicht – ich komme nicht mit nach Amerika.

Was sagst du?

Seine Stimme war normal, als bäte er sie, wie er es manchmal tat, um eine vereinfachte Fassung von etwas, was sie auf Englisch gesagt hatte.

Ich gehe nicht nach Amerika.

Natürlich gehst du nach Amerika. Am Donnerstag.

Nein. Ich gehe nicht.

Julie, wovor hast du Angst? Wirst du jetzt nervös? So bist du doch sonst nie.

Er ist bereit, zu ihr zu gehen, sie zu umarmen, zu beruhigen, sie müssen von hier weg, dieser Ort hat ihr die Energie geraubt.

Sie hebt die Hände, mit gespreizten Fingern wehrt sie ihn ab.

Nein. Das ist es nicht. Ich gehe nicht.

Was ist sie, wer ist sie jetzt, diese Frau, die ihn angelockt hat wie nur je eine Frau, die ihm hierher gefolgt ist – Verwirrung, Wut, was empfindet man, wenn man noch nie so provoziert worden ist? Bist du wahnsinnig? Sein Flüstern war lauter als ein Schrei. Du hast den Verstand verloren. Wir fahren am Donnerstag, Donnerstag, Donnerstag. Schluss.

Bist du wahnsinnig? Bist du wahnsinnig? Speichel füllte seinen Mund, flog von seinen Lippen. Ihr Schweigen war eine Mauer aus Unnachgiebigkeit, auf die er nicht mit den Fäusten eintrommeln konnte. Er stürzte aus dem Raum, der sie umschloss, stolperte gegen das eiserne Bettgestell, den Stuhl, die gepackte Reisetasche, auf dem Weg zu der Tür, die zu klapprig war, um sie hinter sich zuzuschlagen. Er stand im Gemeinschaftszimmer seines Elternhauses, wusste, dass sie – das Mädchen, das ihn aufgegabelt hatte, die Geliebte, die treue Gefährtin, die Ehefrau – ihn durch die Ritzen der schiefen Bretter sehen konnte. Das Familienzimmer war leer; ebenso das Sofa, von dem seine Mutter sonst alles überwachte. Er wusste nicht, was er suchte, wen; falls er herausgekommen war, um etwas zu suchen – aber was? Die eine Gewissheit im Leben – die erst bewusst wird, wenn sie plötzlich nicht mehr da ist. Und was bedeutet das? Dass seine Mutter nicht für ihn da ist auf ihrem Thron; nicht jetzt, in diesem Augenblick, nicht, wenn er in Afrika, England, Deutschland ist, in Chicago, Detroit, nie mehr. Dass *sie*, alles, was sie gewesen ist, Geliebte, Anhängsel, etwas, was sich Ehefrau nennt, dass sie nicht mehr da ist. Nicht im Cottage, im Café, in das sie ihn lockte, nicht auf dem eisernen Bettgestell im Anbau, nicht in Amerika. Nie mehr.

Er wollte sie alle nicht sehen, die Familie, niemanden; und gleichzeitig brauchte er sofort jemanden. Irgendjemanden, dem er das ›Ich gehe nicht‹ aufbürden konnte. Um von einer Warte außerhalb des eigenen Ichs die Wirkung dieser Ankündigung sehen zu können. Aber es ist nie ›irgendjemand‹, der gesucht wird; unbewusst, in der Verwirrung, der Abneigung, etwas zuzugeben, was tief sitzt, ist es ›jemand‹. Er kam an den warmen Stimmen aus der Küche vorbei; nein, nein, nicht die Frauen; er näherte sich dem privaten Winkel auf dem Flur; aber sie war im Gebet, seine Mutter, den Kopf auf ihren Teppich gesenkt. Er war der kleine Junge, der sie mitten in ihren Gebeten mit der Geschichte von einem verlorenen Ball aufgestört hatte und scharf getadelt worden war; er blieb stehen, dann kehrte er um, ohne dass sie ihn bemerkte.

Und zufällig war es Maryam, der er begegnete. Als er dastand, wieder in dem von der ganzen Familie bewohnten Zimmer, jeder Sessel und jedes Kissen von ihren Körpern geformt, die abgetretenen Stellen auf dem Teppich von ihren Füßen geschaffen, ging Maryam an ihm vorbei zur Haustür, auf dem Weg zum Haus ihrer Arbeitgeberin, und begrüßte ihn lächelnd. Aber was sie in seinem Gesicht und seiner Haltung sah, veranlasste sie, stehen zu bleiben; sofort kam ihr der Gedanke an einen Unfall oder eine Krankheit in der Familie, die ihr irgendwie verheimlicht worden war. So viele, an denen sie hing, Ahmad, der auf dem Hof des Fleischers mit Messern arbeitete – sie lebte in zärtlicher Sorge um alle. »Was ist los? Was ist passiert? Julie?«

»Nichts.«

»Aber du bist ...« Sie merkt, sie ist aufdringlich.

»Bin grade aufgewacht, weiter nichts.«

Aber er war von etwas in seinem Innern überfallen worden, etwas, was er nicht gesagt hatte, unfähig, über das ›Bist du wahnsinnig‹ hinauszudenken als Reaktion auf die Bedeutung von ›Ich gehe nicht‹. Nicht nach Chicago, Detroit, Kalifornien.

Er wandte sich von Maryam ab, die taktvoll wegsah, und stürzte wieder in den Anbau, zerrte die Tür hinter sich zu.

Sie stand am Fenster. Als sie sich umdrehte, war an den strengen Falten zwischen ihren Augenbrauen und um ihren Mund zu sehen, wie schwer es ihr fiel, die Fassung zu bewahren.

Du gehst also zurück. Dahin, wo du herkommst. Ich hab's die ganze Zeit gedacht. Eines Tages. Eines Tages ist es so weit und du gehst nach Hause, auch wenn du immer sagst, es ist nicht dein Zuhause. Aber du siehst, ich hatte Recht. Du weißt nicht,

was du sagst. So ist das mit dir. Du weißt nicht, was du tust, was du Menschen antust. Viel Glück. Leb wohl. Erzähl allen im Café von diesem Verschlag, in dem du lebst, von diesem Elendsnest, und sag ihnen, du bist zu gut, du bist großartig, du willst nicht – wie sagt man – dich verkaufen, du willst nicht bei den Kapitalisten in Kalifornien leben, sag's ihnen, dir wird schon alles einfallen. Leb wohl. Geh und sag's ihnen. Leb wohl.
Er begann wutverzerrt, das Gesicht vom aufsteigenden Blut verfärbt, die Augen zu glitzernden schwarzen Splittern verengt, der Körper wie zum Sprung geduckt, und endete – wie von einem Messer getroffen, das in ihm zustach – völlig niedergeschlagen.
Sie hatte Angst vor der Niedergeschlagenheit, nicht vor der Wut, seinem heftigen Atem, den sie mit offenem Mund eingesogen hatte. Sie ging zu ihm, stolperte wie er über das Gepäck, und er versuchte, ihre Hände und Arme abzuwehren, als sie ihn umschlang. Sag's nicht. Sag's nicht. Sie hatte nicht das Recht, jetzt zu sagen, was seit jenen ersten Nächten im Puppenhaus so beredsam ungesagt geblieben war – *ich liebe dich.*
Hör zu. Wie kommst du auf die Idee? Ich geh nicht dahin zurück. Ich gehör da nicht hin.
Sie hat seinen Kopf zwischen ihre harten Handflächen genommen und zwingt ihn, sie anzusehen, sie spürt seine Haut, den rauen Bartwuchs eines Tages. Ihr kommt ein Bild von ihm in den Sinn, eines jener alltäglichen und kostbaren, er hat die Zunge in die Wange gedrückt, damit die Haut straff gespannt ist, während er sich vorsichtig um seinen Schnurrbart herum rasiert; das Bild ist gespeichert.
Das weißt du. Sie hat beides gleichzeitig ausgedrückt, das Ungesagte (jenes gespeicherte Bild ist Liebe) und das Gesagte: Ich gehe nicht zurück.
Was redest du da? Was soll das? Du gehst nicht nach Amerika. Du gehst nicht nach Hause zurück. Hast du gesagt.
Hatte er das denn nicht verstanden? Sie muss es ihm also sagen: Ich bleibe hier.

Wenn ein Streit mit solcher Leidenschaft ausbricht, gibt er die von allen respektierte Intimsphäre preis; durch die Brettertür des Anbaus strömte er ins Familienwohnzimmer, durchs ganze Haus, überflutete die Beschäftigungen aller, die dort so eng zusammenlebten; zwang jeden, sogar die Kinder, aufzumerken wie bei einem plötzlichen Geräusch. Was zwischen Mann und Frau passiert, geht nur sie selbst etwas an, und es ist üblich, sich an dieses Prinzip zu halten, sogar bis zu dem Grad, scheinbar nicht zu bemerken, dass etwas passiert. In einem so vollgepferchten Haus ist das besonders notwendig; nicht nur die Tür zum Anbau ist zu dünn. Die Alltagsgepflogenheiten auf Grund von Blutsbanden und Glaubensbekenntnis sind zum Beispiel in der Lage, die Anwesenheit von Chadija und alles, was damit zusammenhängt, nahezu problemlos zu integrieren. Aber was gerade im Anbau passiert, ist etwas anderes, es drängt sich fordernd dem Haus auf. Als Sohn, Bruder, Vetter bleibt ihm keine andere Möglichkeit, als herauszukommen und jedem Verwandten denselben Bericht von dem, was im Anbau passiert ist, zu wiederholen – aus dem sie, die ausländische Ehefrau, die er ihnen gebracht hat, nicht herauskommt, sei es, weil sie damit einverstanden ist, dass er für sie spricht, sei es, weil er ihr nicht erlaubt, für sich selbst zu sprechen. Wer kann das sagen. Aber sogar ihren Liebling, die kleine Leila, schickt er fort, als er sieht, dass sie in den Anbau gehen will.

Jeder wird mit diesem Bericht konfrontiert, auch die, denen er nur peinliche Verwirrung bereitet, da sie die Situation gar nicht verstehen können, etwas aus dem Leben dieses Familienmitglieds, das so anders verlaufen ist als das ihre, unvorstellbar verbracht in Welten, die sie nicht kennen. Als könnte er von ihnen

eine Erklärung, Unterstützung erwarten, bei all ihrer Unschuld, ihrer Unwissenheit, die er ihnen immer vorgehalten hat. Seine Brüder hören ihn ungläubig an, eine Frau tut, was ihr Mann sagt. Sie stehen zu fest zu ihm, haben zu viel Achtung vor ihm, um ihn darauf hinzuweisen, was sich daraus ergibt: ein Schandfleck auf seiner Männlichkeit. Die Frauen – sie hatte sich inzwischen zu ihnen gesellt, die Küche war neutraler Boden, zu dem sie sich ein Zugangsrecht verschafft hatte, indem sie Hausarbeit tat, mit den Kindern spielte, Sprachbrocken austauschte – als er sich an die Frauen wandte, verstummten sie vor Verlegenheit, die sie verströmten wie Schweiß. Erst in der Versammlung unter der Plane sagten sie überhaupt etwas dazu. »Sie ist ein sehr guter Mensch. Es wird alles gut werden. Sie wird das Rechte tun, sie ist eine Ehefrau. Manchmal regen wir uns eben auf, weißt du, eine Weile lang, dann geht es vorbei, *ma scha allah.*«
Seine Hartnäckigkeit brachte sie wieder zum Schweigen. »Es ist keine Zeit mehr da, bis eine Laune vorbeigeht. Zwei Tage. Mehr nicht. Ich will wissen, hat sie mit euch geredet? Über so was. Wie hier bleiben. Habt ihr irgend so was zu ihr gesagt? Ja oder nein? Ich will eine Antwort. Hat sie so was gesagt?«
Amina sah sich über ihr Baby hinweg zu den anderen um und schüttelte schließlich den Kopf, mit schaukelnden Ohrringen, von allen beauftragt, es zu verneinen.
Er hatte daran gedacht, eine der Frauen dazu zu überreden, mit ihr zu sprechen; aber jetzt war er überzeugt, dass keiner von ihnen zu trauen war. Die paar Worte Englisch, die sie ihnen beigebracht hatte, waren längst nicht alles: sie hatte ihnen einen Floh ins Ohr gesetzt, die reiche, verwöhnte Tochter mit ihren Vorstellungen von weiblicher Unabhängigkeit.
Im Gesicht seines Vaters, dem langsamen Senken und Heben der schweren Augenlider, dem Zucken der Mundwinkel, las er nur stummen Vorwurf, heraufbeschworen durch, verdient für den törichten Stolz, mit dem er Onkel Jaqubs Angebot, da zu bleiben, wo ein Sohn, *er*, hingehört, ausgeschlagen hatte.

Wieder die lakonische Antwort: Eine Ehefrau folgt den Wünschen ihres Mannes.
Und das von einem Vater, der – wie der Sohn wusste – tat, was seine Frau in ihrer Weisheit und Charakterstärke für richtig hielt.
Er wandte sich hierhin und dorthin, an wen sollte er sich halten – an Maryam. Maryam, und zwar allein. Zusammen mit den anderen hatte sie nichts gesagt. Natürlich Maryam, sie war die Erste, die es auf dem Weg zu ihrer Arbeit auf seinem Gesicht gesehen hatte: *Ich gehe nicht.* Maryam hatte sich mit ihr angefreundet, sich ihr angeschlossen, seine kleine Schwester Maryam war es, die die Idee zu den Beschäftigungen hatte, dem Englischunterricht, Maryam, die dafür gesorgt hatte, dass seine Frau sich hier heimisch fühlte, die ihr – ja, gut – etwas zu tun gegeben hatte in der Zwischenzeit, in der sie mit einem armen Teufel zusammen monatelang auf Visa gewartet hatte. An wen sollte er sich sonst wenden? Stell sie zur Rede, zwing sie zu reden.
Vorgeladen auf die Anklagebank, und sie weiß es sofort, es verlangsamt ihre Schritte, als sie ins Haus kommt von dem Platz unter der Plane, wohin das Kind Leila geschickt wurde, um sie zu holen. Allein; er will sie allein sehen, ohne die zwitschernde Unterstützung der Frauen.
»Was hat sie dir gesagt? Ich muss es wissen. Was hast du ihr gesagt, du bist es doch, du sagst ihr, was sie hier tun soll, du hast sie hier zu deiner Schwester gemacht, hast Angst, ohne sie zu sein, die Damen, die Tee trinken und Englisch lernen, die Schullehrer, die ihr schmeicheln. Ich will's wissen. Was hast du gemacht? Wer hat dir gesagt, du sollst das machen? Hast du mich gefragt, deinen Bruder? Komm, ich will von dir hören, was du ihr gesagt hast.«
Er hat eine Macht über dieses Mädchen, die er über seine Frau Julie nie haben wird, auch gar nicht haben will, diese Macht ist Teil dessen, was er hinter sich lassen will. Während er sie ausübt, widert sie ihn an, ihm ekelt vor dem Zorn, den seine Schwester

in ihm aufsteigen sieht. »Los. Rede, rede. Was hast du gemacht?«
Sie hat während seiner ganzen Tirade geweint.
Er kann nicht verstehen, was sie jetzt sagt. »Was? Rede!«
Das Mädchen ist ein dummes Huhn. Was kann man auch anderes erwarten. Nie hier rausgekommen, gewohnt, dass ihre Brüder mit ihr reden, wie ich es gerade tue.
Wohin soll er sich sonst wenden?
Er kann nicht mehr ausweichen. Ihre Anwesenheit ist ihm durchs Haus gefolgt, von einer Konfrontation zur anderen, hat ihn gehört, seine Verzweiflung wahrgenommen, seine vergeblichen Versuche, irgendjemandem Antworten zu entlocken, die ihm etwas bedeuten; ihr gebieterisches Ebenbild seines Gesichts steht ihm ständig vor Augen. Aber wenn sie beim Gebet ist – sie ist die Einzige, bei der er sich zurückhält, alle anderen hat er überfallen. Er wird warten. Alle bleiben dem Familienwohnzimmer fern. Meiden ihn. Sogar die Kinder werden hastig fortgezogen, wenn sie sich an den Türen herumdrücken. Er sitzt auf einem der Stühle, die Onkel Jaqub der Familie überlassen hat, als er sein Haus neu einrichtete. Ihrem leeren Thron gegenüber. In stiller Erwartung. Es gibt keinen Wirbelsturm der Gefühle, in dem sie nicht das stille Auge seiner Hochachtung bildet. Nichts kann je davor Vorrang haben.
Er braucht nicht lange zu warten. Sie kommt ins Zimmer, als wäre er da, weil sie ihn zu sich gerufen hat, und nimmt ihren Platz auf dem Sofa ein. Er steht auf, um sie zu begrüßen, und setzt sich auf einen Stuhl in ihrer Nähe, den sie ihm mit einer Handbewegung zuweist.
Sie weiß, was geschehen ist. Oder vielmehr, was zu geschehen droht – es ist im Flüsterton und im Ultraschall der Gedanken durchs Haus gedrungen. Es müssen ihr viele verschiedene Fassungen zugetragen worden sein. Aber er erzählt ihr alles noch einmal, wie nur er es wissen kann. Sie stellt Fragen, äußert keine Meinung.
Dieses Mädchen hatte zu Hause in ihrem Land keine Familie?

Doch, natürlich hat sie eine Familie, aber sie versteht sich nicht gut mit ihnen – mit ihrem Vater.
Ihre Mutter ist tot, *inna lillah*, möge der Herr ihrer Tochter gnädig sein.
Ihre Mutter ist wieder verheiratet und wohlhabend – sie lebt in Amerika und wird sich freuen, wenn sie kommt.
Unser Leben hier war für sie fremd.
Ja, natürlich, aber du weißt, sie hat sich Mühe gegeben – sich einzufügen – für die Zeit, die wir hier zubringen mussten.
Ist diesmal in diesem Land schon passende Arbeit für dich besorgt worden, eine, die deinen ehrgeizigen Zielen entspricht?
Noch nicht – da gibt es wunderbare Möglichkeiten, die es dort, wo ich vorher war, nicht gab, in den anderen Ländern.
Sie wünscht sich ein Kind.
Ja, und ich wünsche mir das auch, aber erst, wenn ich weiß, wir haben Fuß gefasst, gute Arbeit für mich und ein Zuhause, wo wir unser Leben verbringen werden.
Sie steht auf, schwer in ihren Gewändern. Ihr linker Fuß versagt, sie taumelt ein wenig.
Sie wird alt; dazu kehrst du zurück, das verlässt du, jedes Mal.
Mutter …
Aber sie, die immer für jeden Rat weiß, ob er willkommen ist oder nicht, hat für ihn keinen. Mein Sohn – sie gibt ihm ihren Segen – *Allah ja'fasach*, und sie verlässt das Zimmer, begibt sich zu ihrem Gebetsplatz.
Mutter?
Eine Verbündete, ja; aber nicht seine. Eine Verbündete der Ausländerin – denn *sie* soll der Mutter den Sohn zurückgeben, ihn endlich nach Hause holen.

Es gibt eine furchtbare Kraft, die einer schweren Entscheidung erst aus dem entsetzten Widerstand anderer Menschen erwächst: ihre Worte, ihr Flehen, ihre stumme Verdammung sind Hammerschläge, die diese Entscheidung tiefer und tiefer in die Gewissheit treiben.
Maryams anhängliche Zuneigung und ihre unausgedrückte Freude über die Vorstellung, dass ihre einzigartige Freundin, aus einer anderen Welt und ihr im Geiste näher als jede Schwester, im Heim ihres Ehemannes bleiben würde wie andere Frauen auch, waren die einzige Unterstützung; seine Mutter – kein Wort, kein Zeichen von ihr, in gewohnter Würde überwachte sie ruhig die Küche, wo Ibrahims Frau weiterhin tat, was ihr zugewiesen wurde, gerade so, als wüsste die Mutter nicht, dass die Schwiegertochter eigentlich zusammen mit dem Sohn innerhalb der nächsten vierundzwanzig Stunden auswandern sollte. Und die junge Frau schneidet Zwiebeln, als wolle auch sie nichts davon wissen.
Vierundzwanzig Stunden. Die Entscheidung, die in ihr gewachsen ist, die sie verändert hat, ähnlich wie die Zellen des Körpers sich spontan erneuern, wird zum Würgegriff der Panik: es geht zu schnell, die Zeit ist um, bevor sie so weit ist …
Sie hat Schiss.
Ein Ausdruck der Tafelrunde.
Aber sie hat alles durchdacht, hat alles empfunden, hat es als verrückt verworfen (ja, er ist nicht der Einzige, der sie dessen bezichtigt, es ist zur Selbstbezichtigung geworden), von neuem aufgegriffen – viele Male in diesen Monaten, der Zwischenzeit, wie er das nennt.
Er ließ in dieser Nacht nicht zu, dass sie zu Bett gingen, nicht einmal, um der Erschöpfung nachzugeben. Wenn er nur lange

genug auf diese Frau einredete, sie bestürmte mit Bitten, Versprechungen, vernünftigen Gründen, Vorhaltungen und zornigen Vorwürfen, dann würde die Springflut der knappen Zeit sie zum Flughafen tragen, in das Flugzeug, das beide gemeinsam fortbringen würde, genau wie sie ihn hierher gebracht hatte, an diesen Ort deportiert.
Hör zu ... wir werden da ein gutes Leben haben. Du willst, dass ich Arbeit habe, die mir gefällt, eine gute Stellung ... dass ich mein Gehirn benutze, studiere – das sagst du mir doch immer. Und du weißt auch, dass ich's kann. Du wirst glücklich sein. Du bist glücklich mit mir – ich mache dich glücklich – ja, und du, wie kann ich ohne dich sein. Ein paar Wochen, während du in Kalifornien bist und ich mir keine Sorgen machen muss, weil du alles hast, was du brauchst – außerdem haben wir etwas Geld, ich kann sogar kommen und dich besuchen. Das mache ich auch, bestimmt. Du bist den ganzen Weg mit mir gegangen, ein großes Glück für mich, ich weiß, wieso dann jetzt ...
Warum? Warum? Warum bist du mitgekommen? Warum – hast du damals das Ticket für dich gekauft? Du bist mir gefolgt. Weshalb? Sag's nicht! Auf keinen Fall. *Nicht jetzt!*
Seine Überzeugung, dass ›Liebe‹ ein Luxus ist, den er sich nicht leisten kann, hat sich als richtig erwiesen. Ja.
Sie merkt, er wird nicht zulassen, dass sie es sagt. Dann sag etwas anderes, das dieselbe Bedeutung hat.
Ibrahim, du tust ja so, als wollte ich dich verlassen, so wie du das aufnimmst. Ich geh nirgendwohin. Ich geh nicht dahin zurück, das hab ich gesagt. Ich bin hier, da, wo du zu Hause bist.
Du bist eine Lügnerin. Warum hast du mir nie ein Wort gesagt? Du hast mich die ganze Zeit angelogen. Hier in diesem Bett hast du mich geküsst und mich belogen. Mit mir geschlafen und mich belogen.
Ich belüge dich nie.
Ach nein? Du lügst nur mit dem Mund? Du schweigst, wenn du mir etwas sagen müsstest, das ist keine Lüge?

Ich dachte, ich dachte wirklich, du hast gemerkt, wie ich angefangen habe – du machst es mir so schwer, das zu erklären – hier zu leben. O Gott. Wie ich anders geworden bin – nicht mehr so, wie ich war, als du mich kennen gelernt hast. Ich dachte, wir wären uns nah genug, damit du das verstehst, selbst wenn es etwas ist, was du – nicht erwartet hast …
Du hast nicht gelogen, als du von deinem Onkel das Geld für die Tickets bekommen hast? Du hast nicht gelogen, als du die Papiere für das Visum unterschrieben hast, nicht gelogen, als du lächelnd zur Botschaft gegangen bist, um dort dein Gesicht zu zeigen, meine Ehefrau, die ›mich begleitet‹, du hast gesehen, das stand in meinem Visum? Nein? War das nicht gelogen? Oder war es damals wahr, und jetzt – ich weiß nicht, ist irgendwas, irgendwas vom Himmel gefallen und hat dir was eingeflüstert, dich verrückt gemacht? Wie bist du auf die Idee gekommen, woher hast du die, woher?
Und während seine Qual beide martert, weiß sie plötzlich, woher. Von der Wüste.
Aber das kann sie ihm nicht sagen. Der Mauerstumpf im Sand, wo die Straße endet. Der Hund, der wartet, und das Kind, das die Hand ausstreckt.
Das kann sie ihm nicht sagen.
Er meidet die Wüste. Für ihn ist sie die Verweigerung all dessen, wonach er sich sehnt. Und falls er sich an die Begeisterung einiger Mitglieder der Tafelrunde erinnert, könnte sein nächster Vorwurf sein, dass ihre Entscheidung den romantisch verklärten Vorstellungen des im Komfort lebenden westlichen Mittelstandes entspringt. Wie die, sich einen ölverschmierten Mechaniker anzulachen.
Verwirrung singt in seinen Ohren. Aber worin liegt die Verwirrung? Ich müsste das doch kennen. Wie ich, wie ich will sie nicht dahin zurück, wo sie hingehört. Wo sie nach Ansicht der meisten Leute hingehört. Sie sucht sich etwas anderes. *Ich bleibe hier.* Hier!

Der elegante Koffer steht gepackt da. Er starrt ihn immer wieder an. Schließlich stürzt er sich darauf und kämpft mit dem Zahlenschloss, die Kombination fällt ihm ein und er bekommt es auf, er reißt ihre Sachen heraus und wirft sie aufs Bett, auf den Fußboden. Jetzt wird sie es tun. Sie wieder einpacken, nachgeben. Sie geht durch die herumliegenden Dinge zu ihm. Sie versucht, ihn fest an sich zu ziehen, Busen an Brust, Bauch an Bauch, aber er leistet wütenden Widerstand, und die Umarmung wird zu einer Parodie der Gewalt, die es zwischen ihnen nie gegeben hat. Irgendwann kurz vor dem Morgengrauen des Tages, an dem sie auswandern sollen, liegen sie wie Leichname nebeneinander auf dem Bett, vom Schlaf betäubt mit seinem uralten Versprechen aus der Kindheit: am Morgen wird alles gut sein.

Er stand benommen auf, völlig verkatert von seinen Gefühlen, und ging zu seinen Brüdern. Ihre leisen Stimmen hinter der Brettertür weckten sie. Sie stieg aus dem Bett, für einen Augenblick war ihr schwindlig, und sammelte dann den überall verstreuten Inhalt ihres Koffers ein. An dem Draht, den er für sie gespannt hatte, und auf den grellbunten Plastikbügeln, die sie auf dem Markt gefunden hatte, hing sie Hosen, Kleider und Blusen auf. Die Schuhe wanderten in einer Reihe an ihren Platz unter dem Fenster.

Er kam mit einem Eimer heißen Wassers ins Zimmer zurück. Er sah ihre Sachen, zusammengefaltet, aufgehängt, weggestellt. Er schaute nur kurz hin, sah sie nicht an. Dann goss er Wasser in die Schüssel auf dem Tisch und rasierte sich. Obwohl er ihr den Rücken zukehrte, sah sie sein Gesicht in dem kleinen Spiegel an der Wand, in dem er sich begegnete, wie er an diesem Morgen war. Sie sah wieder einmal seine von der Zunge straff gespannte Wange, als er sich behutsam um den glänzenden Schnurrbart herum rasierte.

Aus dem ordentlichen Stapel Unterwäsche auf dem Bett nahm sie einen BH und einen Slip und zog sich an.

Er spürte ihre Bewegungen irgendwo in seiner Nähe, so verlangsamt wie seine eigenen. Als er sich rasiert und gewaschen hatte, goss er das Wasser in den leeren Krug neben dem Tisch und füllte die Schüssel aus dem mitgebrachten Eimer wieder auf. Er hörte, wie sie sich wusch, während er sich für die Reise anzog. Jeans, die sie inzwischen genauso gut bügeln konnte wie die schwarze Frau, die sie früher im Cottage dafür bezahlt hatte, ein Hemd, das sie besonders gern mochte, und das seidene Halstuch, seine Schmuckfeder. Als sie ihm den Rücken zuwandte, sah er zufällig in dem kleinen Spiegel die Bewegungen ihrer

Hände, den gestreckten Hals, während sie die Ohrringe anlegte; wieder einmal.

Er sprach. Kommst du etwas essen?

Sie sah sich um wie nach einem Zuruf. Ja, gleich.

Alle waren zu Hause; offenbar hatten Maryam und die Brüder die Erlaubnis erhalten, später als sonst zur Arbeit zu kommen, um bei diesem Abschied anwesend zu sein. Der Schwager war zurzeit ohnehin arbeitslos. Beim Essen wurde, passend zum unmittelbar bevorstehenden Aufbruch, leise über die Reiseroute geredet, das Land, in dem das Flugzeug gewechselt wurde, die Zeitumstellung, eine weitere Trennung der Reisenden von der Familie. Sie erschien, gekleidet in Sachen, die ihr am besten standen, eine Hose aus hiesigem, handgewebtem Stoff und eine Jacke, vor langer Zeit auf einem Kurzurlaub in Italien gekauft. Eine Halskette, die ihr Maryam geschenkt hatte, bewirkte, dass beide sich kurz zulächelten. Als Ahmad fragte, wie lange man auf den Anschlussflug warten musste, antwortete sie: etwa drei Stunden. Ibrahim verbesserte sie: eher vier oder fünf, auf den Flughäfen auf dieser Seite der Welt gibt es immer Verzögerungen – in das anschließende Gelächter fiel sie mit ein. Da'ud, der Kaffeezubereiter, wandte sich liebevoll an seinen Bruder. »Vielleicht hast du ja Glück und alles geht gut, pünktlich.«

Mohammad, von der Schule beurlaubt, fügte rasch hinzu: »Und wenn Julie nächsten Monat fliegt, muss sie auch Glück haben!«

Jetzt verstand sie, was die leisen Stimmen hinter der Tür bedeutet hatten. Die erwachsenen Brüder hatten miteinander vereinbart: offiziell würde es von nun an heißen, dass die ausländische Ehefrau ihres Bruders ihm nachfolgen würde, sobald er wusste, in welcher Stadt er sich niederlassen würde.

Er ging ihr aus dem Weg, immer umgeben von der Familie, achtete sorgfältig darauf, nicht mit ihr allein zu sein, bis das Taxi für ihn eintraf. Soll sie ruhig eine Ahnung von dem bekommen, was sie sich nicht klarmacht, obwohl er so inständig auf sie eingeredet hat, wie es für sie sein wird in diesem Haus, dieser Familie,

diesem Dorf, diesem Ort in der Wüste, ohne ihn, ohne die körperliche Liebe, die sie so braucht, ohne einen Gesprächspartner, der wie er ihre Welt kennt, ohne – ja, er kann es zugeben, wenn auch nur vor sich selbst – ohne seine Liebe zu ihr. Dieser Schwäche, die er sich nicht leisten kann.
Sie kam nicht an ihn heran. Er wehrte sie ab, sein gutes Recht, so wie sie auf ihrem bestanden hatte. Sie ging nicht mit; trotz allem Schmerz, zu sehen, wie er zu denselben alt-neuen Erniedrigungen zurückkehrt, die ihn dort erwarten, der Drecksarbeit, die sie selber nicht tun wollen, den gnädigen Almosen des Kasinokönigs (ihres Stiefvaters, das ist er ja wohl) für den Prinzen aus dem Morgenland, auf den sich die Tochter seiner Frau aus unerfindlichen Gründen versteift hat. *So ist es. Das ist die Wirklichkeit.*
Nachbarn kamen, um den Glücklichen zu verabschieden, der nach Amerika ging. Das lange im Voraus bestellte Taxi hielt genau zur vereinbarten Zeit vor dem Familienhaus. In der Menge stand sie jetzt neben ihm, ihre Kleider berührten sich, sie würden zusammen an dem von den Brüdern vereinbarten Wortlaut festhalten; das war alles, was sie vorläufig für ihn tun konnte, ihren Liebhaber, ihre wunderbare Entdeckung in einer Autowerkstatt. Alle umarmten ihn, Kinder liefen zu ihm, um das große Abenteuer anzufassen, den großen Erfolg der Auswanderung, den sie nicht verstanden, aber spürten.
Muhammad kam mit der Reisetasche, und die Nachbarn überreichten Plastiktüten mit Reiseproviant. Der Sohn umarmte die Familie in der vorgeschriebenen protokollarischen Reihenfolge, den Vater, und dann, als Letzte, die Mutter. Sie segnete ihn. Und machte eine kleine, gleichsam dirigierende Handbewegung: ihr Sohn umarmte seine Frau. Vor allen, den Frauen, die auf der anderen Straßenseite hinter Gardinen zusahen, den Männern, die kurz die Arbeit an ihren Autos und Motorrädern unterbrachen und gleich wieder wegsahen, den befreundeten Nachbarn, die wie Schwalben ins Haus flatterten, den Kindern, die Leila zum

Spielen mitbrachte – er und sie hielten einander, und es entstand ein atemloses Schweigen. Ein alter Mann brach es mit der lauten Stimme der Schwerhörigen.

»Sie fährt nicht?«

»In ein paar Wochen.«

»*Bismillah.* Viel besser so.«

»Wenn er ein Haus hat.«

Er ging zum Taxi. Der Fahrer, den alle kannten, hielt ihm mit breitem Lächeln die Tür weit auf, ein freundlicher Mann mit grimmigem Gesicht, in dem die Gene eines Wüstenkriegers aus alter Zeit wiederauflebten.

Er beugte den Kopf, um einzusteigen, hielt sich kerzengerade auf dem ausgesessenen, verschlissenen Beifahrersitz und blickte nach vorn, als wäre er schon abgereist. Der Fahrer knallte die Tür mehrmals ins Schloss, damit sie zublieb, lachte der Versammlung zu und eilte ums Auto, um seinen Platz hinter dem Lenkrad einzunehmen.

Ibrahim hatte wieder einmal diesen Ort verlassen, sein Blick war auf die Straße gerichtet, die Ankunft auf demselben Flughafen, das Abtasten durch die Sicherheitskräfte, das Vorzeigen von Ticket und Reisepass mit dem deutlich eingestempelten Visum, das diesmal nicht angezweifelt werden kann, dieselbe Reisetasche, die von einem Förderband fortgetragen wird, das Gedränge der Menschen, die nach dem Aufruf zum Abflug hasten. Die Plastiktüten mit Reiseproviant, wie er sie auch erhalten hat, die in den Gepäckfächern verstaut werden, der verstopfte Mittelgang, durch den er sich zu seinem Sitz vorkämpfen wird. Dicht zu beiden Seiten der Atem, die Hitze der armen Teufel wie er selbst, denen er nicht entkommen kann. Die Riten der Reise.

Er schaut sich nicht um zu den winkenden Händen, zu den Gesichtern, einige lächeln über diese wunderbare Chance, ein oder zwei sind tränenüberströmt, nicht wegen seiner Abreise, sondern in der Erinnerung an einen anderen schweren Abschied.

Alle bleiben stehen, bis das Taxi um die Ecke gebogen und verschwunden ist. Die Kinder tollen aufgeregt herum, wie sie es bei jedem Anlass tun, der Erwachsene zusammenbringt. Maryam geht unsicher zur Mutter, um ihr etwas zuzuflüstern, und erhält offenbar ihre Zustimmung; alle werden zu Erfrischungen ins Haus gebeten.

Ibrahims Frau werden freundliche Fragen gestellt, wann denkt sie ihm nachzufliegen, in welcher Stadt werden sie sich niederlassen, bereitet sie warme Kleidung für das andere Klima vor, es heißt, dass man sich an die Kälte erst gewöhnen muss. Sie hat für sie die passenden freundlichen Antworten.

Mitten im geselligen Trubel und dem immer lauteren Stimmengewirr nahm sie unbemerkt ihren Tee und ging in den Anbau. Sie trank ihn langsam, stellte die Tasse aufs Fensterbrett und stand am Fenster, als an die Tür geklopft wurde. Bevor sie antworten konnte, wurde die Tür geöffnet; Chadija. Chadija ist noch nie in den Anbau gekommen. Mit dem oft von ihr zu hörenden verächtlichen Seufzer zog sie die schlecht schließende Tür hinter sich zu und hielt eine Traube Datteln hoch, ihre kräftigen, rot angemalten Lippen verzogen sich genüsslich.

Chadija legte verschwörerisch den Arm um sie, lächelte vertraulich und hielt ihr die süße Traube glatter, glänzender Datteln hin. Sie sprach Arabisch, die Ausländerin versteht inzwischen genug.

»Er kommt zurück.«

Aber vielleicht galt diese Versicherung ihr selbst, Chadija, die an ihren Mann auf den Ölfeldern dachte.

Anmerkungen

28 *In zu viel Hingebung manch Herz zum Steine ward.* – Zitat aus dem Gedicht »Ostern 1916« von William Butler Yeats.

35 *Wer eine Frau umarmt, ist Adam. Die Frau ist Eva.* – Zitat aus dem Gedicht »La dicha« (»Das Glück«) von Jorge Luis Borges.

42 *Ich entschloss mich, unsere Zukunft hinauszuschieben, und zwar auf eine möglichst lange Zeit* – Zitat aus der Erzählung »Die Sanfte« von Fjodor Dostojewskij.

73 *Und wenn die Rose krank* – Anspielung auf das Gedicht »The Sick Rose« von William Blake.

96 *Gehn wir in anderes Land* – Zitat aus dem Gedicht »Another Country« des südafrikanischen Dichters William Plomer.

152 *Und erwähne Hiob* – Koran, Sure 21, 83–84.

153 *Und gedenke im Buch der Maria* – Koran, Sure 19, 16–22.

154 *Der Erbarmer hat den Koran gelehrt* – Koran, Sure 55, 1–7, 19–20.

185 *al-Kitab wa-l-Qur'an: Qira'a mu'asira* (*Das Buch und der Koran: Eine zeitgenössische Interpretation*) – Die auf den vorhergehenden Seiten formulierten Ansichten der jungen Männer beruhen auf Zitaten aus diesem Buch, die nachzulesen sind in einem Aufsatz von Nilüfer Göle: »Snapshots of Islamic Modernities« (In: *Daedalus, Journal of the American Arts and Sciences*, Winter 2000).

251 *Ich war beschäftigt, ihn mir vorzustellen* – Zitat aus dem Roman *Die Aufzeichnungen des Malte Laurids Brigge* von Rainer Maria Rilke.

Besonderer Dank gilt meinem großzügigen Mentor Philip J. Stewart von der Universität Oxford, dem Autor des Buches *Unfolding Islam* (Reading 1995).